novum premium

Myrtha Kuni

Das zerbrochene Steckenpferd

Roman

novum premium

www.novumverlag.com

Bibliografische Information
der Deutschen Nationalbibliothek:

Die Deutsche Nationalbibliothek
verzeichnet diese Publikation in
der Deutschen Nationalbibliografie.
Detaillierte bibliografische Daten
sind im Internet über
http://www.d-nb.de abrufbar.

Alle Rechte der Verbreitung,
auch durch Film, Funk und Fernsehen,
fotomechanische Wiedergabe,
Tonträger, elektronische Datenträger
und auszugsweisen Nachdruck,
sind vorbehalten.

© 2018 novum Verlag

ISBN 978-3-903155-98-5
Lektorat: Tobias Keil
Umschlagfotos: Dmytro Tolokonov,
Yulia Saponova | Dreamstime.com
Umschlaggestaltung, Layout & Satz:
novum Verlag

Personen und Handlung sind frei
erfunden. Ähnlichkeiten mit lebenden
oder toten Personen sind rein zufällig
und nicht beabsichtigt.

Gedruckt in der Europäischen Union
auf umweltfreundlichem, chlor- und
säurefrei gebleichtem Papier.

www.novumverlag.com

Widmung

„Erweitere ständig deinen eigenen Horizont."

Dieses oft gehörte Zitat meiner Mutter spornt mich auch heute noch zu Neuem an.

Ihr widme ich dieses Buch.

Prolog

Lisa hatte von klein auf vor nichts Angst. Auf den Wanderungen im Passwanggebiet zogen sie die steil abfallenden Felsen wie Magnete an. Dem Grat entlang setzte sie jeweils ihre kleinen Füßchen an die äußersten Kanten, was ihren Eltern Schrecken und Entsetzen verursachte. Großen Hunden wich sie nie aus, und kein noch so bedrohliches Pferd mit nach hinten gelegten Ohren hielt sie davon ab, es zu streicheln, auch wenn sie sich für die Berührung der Flanken auf die Zehenspitzen stellen musste. Nein, Angst kannte Lisa nicht. Es gab nur zwei Ausnahmen. Vor Krebsen und Gespenstern hatte sie entsetzlich Schiss.

Lisa besuchte ihre Großmutter Anna Berger bei jeder sich bietenden Gelegenheit. Die ältere Dame wohnte an derselben Straße ein paar hundert Meter von Lisas Heim entfernt. Mit dem Schuleintritt wurden die Mittwochnachmittage zum wiederkehrenden Highlight der Woche. Großmutter Berger empfing ihre Enkelin jedes Mal mit den Worten: „Komm mein Schätzchen, bring Sonnenschein herein." Meistens durfte Lisa zwischen etwas unternehmen oder faulenzen wählen. Im gemütlich eingerichteten Wohnzimmer ergoss sich aus dem Radiolautsprecher fast pausenlos ein Klangvorhang mit vorwiegend deutschen Schlagern. *Südwestfunk Eins* war nämlich Großmutters bevorzugte Programm. Abends um halb sechs wurde eine Kinderstunde mit Hörspielen, Märchenerzählungen oder interessanten Reportagen ausgestrahlt. Dann setzte sich Lisa vor das Radio und lauschte gebannt den Geschichten, die ihr via Äther zugetragen wurden. Im Nachbarhaus von Großmutter Berger waren zwei Knaben daheim. Leo ging mit Lisa in dieselbe Klasse und sein Bruder Thomas war zwei Jahre älter. Diese beiden Jungs durften oft mit ihr zusammen in Großmamas Stube die Kinderstunde genießen.

Die Programmansage kündete eine Gespenstergeschichte mit wöchentlichen Fortsetzungen an. Das Thema passte ideal zum düsteren Herbsttag. Lisa und Leo saßen auf dem Sofa, Thomas in einem Fauteuil. Die sonore Stimme des Erzählers leitete die erste Folge ein:

Familie Brown ist nachts in einem alten Auto irgendwo in einer unwirtlichen englischen Landschaft unterwegs. Plötzlich beginnt der Motor zu stottern, und das Auto bleibt mit einem Ruck stehen. Mister Brown gelingt es nicht, das Gefährt wieder zu starten.

„Es hilft nichts. Wir müssen zu Fuß weiter", sagt er und bittet seine Frau und die beiden Töchter auszusteigen. Es ist stockdunkel, und die enge Straße wird von den großen Waldbäumen eingerahmt, als führe eine Allee direkt in die Unterwelt.

„Guck, Paps, dort vorne schimmert ein Licht", ruft eine verängstigte Tochter hoffnungsvoll aus. Immer das flackernde Licht als Wegweiser vor Augen marschiert Mister Brown der kleinen Gruppe voran und schlägt bei einer Abzweigung einen schmalen Pfad ein. Das Licht entpuppt sich als Leuchtreklame. An einem stattlichen dreistöckigen Haus strahlen die großen Lettern HOTEL SUMMERSET der gestrandeten Familie ein Willkommen entgegen. Bei zahlreichen Fenstern fällt durch schmale Spalten der gezogenen Vorhänge spärlicher Lampenschein.

Lisa stupste Leo an: „Das ist ja echt gruselig, findest du nicht?" Leo nickte nur und Thomas zischte: „Psst, ich verstehe nichts." Die Kinder hörten dem Erzähler weiter zu.

Mister Brown öffnet die große Eingangstüre, deren obere Hälfte mit dicken ziselierten Glasscheiben ausgefüllt ist, und tritt ins Hotelfoyer ein. Ihm folgen Frau und Töchter, denen die Erleichterung ins Gesicht geschrieben ist. Sie treffen auf etliche Gäste und Mitarbeiter, die entweder schlendernd oder zielstrebig die Halle durchschreiten. Misses Brown flüstert ihrem

Mann zu: „*Die sind ja angezogen wie vor mindestens fünfzig Jahren. Und sieh nur die seltsamen Frisuren der Ladys. Ist hier wohl eine Party mit Kleidervorschriften im Gange?*" Mister Brown geht zum Rezeptionisten, der einen schwarzen Nadelstreifenanzug, ein Gilet und ein weißes Hemd mit Stehkragen trägt.

„*Haben Sie noch ein Zimmer frei?*"

„*Aber selbstverständlich, mein Herr. Eine Suite mit Bad steht Ihnen zur Verfügung. Sind Sie mit dem Wagen angereist? Ich lasse ihn auf einen Parkplatz fahren.*"

„*Wir sind zu Fuß gekommen. Unser Wagen gab nicht weit von hier den Geist auf. Bestimmt gibt es in der Nähe eine Autowerkstatt. Ich wäre Ihnen zu Dank verpflichtet, wenn Sie mir die Adresse geben könnten, damit ich gleich morgen früh anrufen kann.*"

„*Ja, natürlich gibt es eine Werkstatt im nächsten Dorf. Es ist zwar eine Huf- und Wagenschmiede. Aber soviel ich weiß, reparieren sie auch Motorfahrzeuge. Telefonieren geht leider nicht. Unser Haus verfügt nämlich noch nicht über einen Telefonanschluss. Sie müssen persönlich vorbeigehen.*"

„*Das gibt es doch nicht! Ein Hotel ohne Telefon! Auf welchem Planeten sind wir denn gelandet?*" Mister Brown ist entsetzt.

Die vier Gestrandeten beziehen die Suite. Die Mädchen können es kaum fassen, dass sie in Himmelbetten schlafen dürfen. Schnell deponieren alle ihr Handgepäck und gehen in den feudalen Saal, wo ein üppiges Mahl auf sie wartet.

Am nächsten Morgen macht sich Mister Brown auf den Weg ins nahegelegene Dorf. Er marschiert zügig den schmalen Pfad entlang, biegt auf die Hauptstraße ein und erreicht die ersten Häuser nach knapp zwei Kilometern. Froh darüber, dass die Angaben des Hotelangestellten stimmen, lenkt er seine Schritte der Werkstatt entgegen, dessen Firmenschild er schon von weitem lesen kann. Auf dem Vorplatz muss er an ein paar Autos vorbeizirkeln, die entweder mit Preisschildern versehen sind oder zur Reparatur dastehen. Ein Mechaniker in dunkelblauem Overall öffnet Mister Brown die Servicetür des großen Schiebetors zur Werkstatt.

„*Guten Tag. Mit was kann ich dienen?*"

Mister Brown tritt ein. *„Ich hatte gestern Abend eine Panne mit meinem Wagen. Der Motor blockierte wie aus heiterem Himmel und macht keinen Wank mehr. Können Sie mich abschleppen oder gar an Ort und Stelle nachsehen, was ihm fehlt?“*

„Kein Problem. Wo steht er denn?“

„Ich würde sagen, etwa drei Kilometer von hier.“ Mister Brown sieht sich um und fragt den Mechaniker: *„Sie haben hoffentlich Zeit und müssen nicht etwa ein paar Pferde beschlagen? Ich sehe zwar nirgends eine Esse oder Amboss stehen.“* Mister Brown lächelt dem Mechaniker unsicher entgegen. Dieser wiederum fragt irritiert: *„Esse, Amboss, Pferde? Sie sind wohl ein kleiner Scherzbold, was? Sehe ich aus wie ein Hufschmied?“*

„Ja, ist das denn keine Huf- und Wagenschmiede? Man hat mich jedenfalls so informiert.“

„Wer sagt so was?“

„Der Rezeptionist vom Hotel Summerset.“

Der Mechaniker zieht seine Baseballmütze ab und kratzt sich in den Haaren. Mit Schwung setzt er seine Mütze wieder auf und blickt Mister Brown aufmerksam, wenn nicht sogar misstrauisch an. *„Sagen Sie mal, Mister …“*

„Brown. George Brown. Entschuldigen Sie, dass ich mich nicht vorgestellt habe.“

„Also Mister Brown. Wo genau steht Ihre Karre und seit wann liegt sie flach?“

„Wie gesagt, ungefähr drei Kilometer westlich von hier. Gestern kurz vor zwanzig Uhr machte der Motor mitten in einem langen Waldstück schlapp. Zusammen mit meiner Frau und unseren Töchtern machte ich mich dann zu Fuß auf die Suche nach einer Ortschaft und fand stattdessen das Hotel Summerset, wo man uns ein auserlesenes Nachtessen servierte und eine Suite anbot.“

„Summerset? Sind Sie ganz sicher, dass das Hotel Summerset heißt?“

„Wenn ich es doch sage. Ja. Auf der Leuchtreklame steht jedenfalls dieser Name. Und auf den Stoffservietten ist er ebenfalls aufgestickt.“ Mister Brown hält mit Reden inne, studiert kurz und fährt fort: *„Allerdings, wenn ich die Situation analysiere, handelt es sich um einen altertümlichen Kasten. Ein Telefon existiert jedenfalls nicht.“*

Die spannende Geschichte wurde Lisa unerträglich. Sie rückte näher an Leo und fasste dessen Hand. Leo entzog sie jedoch unauffällig. Die Berührung war ihm unangenehm, und er hoffte, dass Thomas es nicht bemerkt hatte. Mit banger Aufmerksamkeit verfolgte Lisa das Hörspiel weiter.

Der Mechaniker verschränkt seine Arme. *„Mister Brown, ich sage immer gerade heraus, was ich denke. Und ich denke jetzt, dass Sie entweder ein Gauner sind oder ein bisschen gaga."*

„Was unterstehen Sie sich?"

„Wie gesagt, ich rede nicht lange um den heißen Brei herum." Der Mechaniker geht zur Türe und bittet seinen Gast, die Werkstatt zu verlassen. *„Das Hotel Summerset, mein Lieber, gibt es seit bald hundert Jahren nicht mehr. Die baufällige Ruine wird vom dichten Unterholz überwuchert. Kaum ein Mensch verirrt sich dorthin, weil es nämlich darin spukt. Der Legende nach hocken die Geister und Gespenster tagsüber in den Baumwipfeln, kommen nachts runter, schnappen sich die Menschen, die es wagen in ihre Nähe zu kommen, und verschleppen sie ins Innere des Lotterhauses. Bye-bye Mister Brown. Hoffentlich treffen Sie Ihre Frau und Töchter wieder in bester Gesundheit an. Wenn nicht, suchen Sie in den dichten Ästen der alten Bäume. Irgendein Gespenst kann Ihnen bestimmt weiterhelfen."*

Ein disharmonischer Dreiklang beendete die erste Folge des Hörspiels. Leo und Thomas dankten Großmutter Berger, dass sie die Kinderstunde hören durften. „Bist du nächste Woche wieder da, Lisa?", fragte Thomas. „Mich würde schon noch interessieren, wie es mit den Geistern in den Bäumen weitergeht."

Lisa half ihrer Großmutter beim Aufräumen der Gläser und Teller und verabschiedete sich ebenfalls. „Bis zum nächsten Mal, Großmama. Ganz bestimmt am kommenden Mittwoch. Hoffentlich träume ich nicht von den Gespenstern."

Auf der Straße umhüllte Lisa eine herbstliche Düsterheit, die in ihr eine unbeschreibliche Furcht aufkeimen ließ. Zögerlich machte sie sich auf den Heimweg. Neben Leos und Thomas'

Haus stand ein großer, dicht belaubter Apfelbaum. Ein paar seiner Äste ragten bis zum Straßenrand. Zuerst verlangsamte Lisa ihre Schritte, doch dann nahm sie ihren ganzen Mut zusammen und eilte dem düsteren Hindernis entgegen, um es so schnell wie möglich zu passieren. Eine kleine Bewegung einer kaum wahrnehmbaren Gestalt in der Baumkrone ließ Lisas Herzschlag stocken. Sie spürte, wie ihr Brustkorb eingeengt wurde, als stecke er in einem Schraubstock fest. Schreckgelähmt hielt sie den Atem an. „Ein Gespenst“, schoss es ihr durch den Kopf, „ein Gespenst vom Hotel Summerset.“ Sie begann zu rennen, und als sie genau neben dem Apfelbaum war, ertönte von hoch oben ein fürchterliches Grollen. Lisa schaute kurz hinauf und rannte dann der Heidenlochstraße entlang, so schnell, wie sie noch nie im Leben gerannt war. Das Gespenst, das sie im Baum entdeckt hatte, wurde immer wirklicher. In ihrem Hirn brannten sich die Umrisse einer riesigen grauen Gestalt mit überlangen Armen und weit aufgerissenen Augen und Mund ein. Halb tot vor Angst und Schrecken erreichte sie ihr Zuhause.

Tage später hatte sich Leo verplappert. Thomas hatte Lisa einen Streich gespielt. Er kletterte daher auf den Apfelbaum und lauerte Lisa auf.

Kapitel 1 – Lisa rennt 23 Jahre später

Blickpunkt Welt 2015:
IS-Terror
und Flüchtlingselend

Und wieder rennt Lisa wie damals, als sie als kleines Mädchen vor einer dunklen Bedrohung floh, die in ihr eine unbeschreibliche Furcht auslöste. Sie bleibt keuchend stehen und ringt mit rasselndem Atem nach Luft. Wie aus dem Nichts wird Lisa von einer Angst überwältigt, die die Beine hochkraxelt, sich am Rücken festkrallt, Atmung und Herzschlag noch mehr geißelt, so richtig Schiss, der den Schließmuskel zu lähmen droht. Trotzdem rennt Lisa wieder los in einem Tempo, das sie nicht mehr steigern kann, obwohl sie glaubt, um ihr Leben laufen zu müssen. Sie atmet derart heftig, dass den überbeanspruchten Lungen bereits ein pfeifendes Geräusch entweicht, und sie muss notgedrungen den forschen Laufschritt mäßigen. Sie fühlt sich beinahe am Ende ihrer Kräfte, wie kurz vor dem Ziel eines Straßenlaufs, bei dem es nur um eines geht, nämlich um den Sieg. Ruhig, sagt sie sich. Wenn schon fliehen, dann mit Logik. Ihr Ziel ist der nahe Waldrand im Gebiet Vogelsand, wo sie sich fürs Erste verstecken kann. Die Kräfte reichen, sie zählt die Schritte wie auf den letzten Kilometern bei ihrem ersten Basler Stadtlauf vor fast zehn Jahren. Eins – eins, zwei – eins, zwei, drei. Immer darauf bedacht, die Reihenfolge einzuhalten.

Lisa hat den Waldrand oberhalb der Kantonsstraße, die sich nach einer scharfen Rechtskurve in die Baselbieter Ortschaft Arisdorf zwängt, erreicht. Sie lehnt sich rücklings an einen Baum, wird nach und nach ruhiger und ihr Atem fließt wieder normal. Erst jetzt wird ihr klar, dass sie völlig unpassend angezogen ist. Sie wundert sich, dass sie unterwegs ihre Hausschuhe nicht verloren hat. Ein altes T-Shirt in verwaschenem Blau hängt wie ein feuchter Sack an ihrem schlanken, sportlichen Body. Die Jeans sind an beiden Hosenbeinen auf Höhe der Knie zerschlissen. Es ist nicht etwa eine neue Hose mit zahlreichen eingewobenen Schlissen, wie sie Teenager für teures Geld kaufen. Ihre Bluejeans ist alt und der Stoff vom vielen Tragen durchgescheuert. Sie dient gerade noch für Hausarbeiten oder einen Auslauf mit dem Hund.

Angestrengt schaut Lisa hinunter nach Arisdorf, zur Kirche, die wie ein Solitär erhaben auf einem Hügel steht, und widmet dann ihrem Haus besondere Aufmerksamkeit. Allerdings sind nur die Nordfassade und ein Teil des Daches sichtbar. Sie streicht sich eine Strähne dunkelbraunes Haar von der schweißnassen Stirn und fixiert weiterhin ihr Heim. Nichts regt sich dort. Auch die Straße vom Dorf bis zum Waldrand, wo sie jetzt steht, ist menschenleer. Lisa wird nervös und ist unschlüssig, wie sie sich verhalten soll. Was jetzt? Fieberhaft sucht sie nach einer Lösung oder sogar auf ein Zeichen des Himmels, blickt dabei zum Horizont und betitelt sich in Gedanken sogleich als dumme Gans. Helfen kann nur sie sich selber, wird ihr bewusst. Wieder schaut sie in Richtung Dorf. Noch immer ist niemand zu sehen. Hie und da fährt ein Auto auf der Hauptstraße vorbei oder zweigt von dieser ab in Richtung Ringstraße. Plötzlich beschleichen Lisa Gewissensbisse, weil sie zugeschlagen hat und vor allem, weil sie die Nerven verlor. Das ist ihr bisher noch nie passiert. Immer hatte sie sich im Griff, bis heute. Allerdings ist sie überzeugt, dass sie sich nur verteidigt hat. Ein furchtbarer Gedanke keimt auf, nämlich dass sie John erschlagen haben könnte. Am Ende ihres handgreiflichen Streits lag er nämlich zusammengesackt und bewegungslos vor ihr auf dem Küchenboden. Von der Stirn bis zum rechten Ohr zog langsam eine dünne Blutspur ihre Bahn. Bei diesem Anblick ist Lisa irr vor Schreck planlos zum Haus hinausgerannt.

Jessy! An ihre Collie Hündin hatte sie in ihrem panischen Fliehen nicht mehr gedacht und sie im Hause zurückgelassen. Lisa fährt sich mit der Hand hektisch über die Stirn, als könnte sie etwas Belastendes wegwischen. Sie löst sich vom Baumstamm und begibt sich auf den Heimweg, so gut es geht immer ihr Haus im Auge behaltend.

Lisa öffnet leise die Haustüre. Sie ist nervlich derart angespannt, dass sie beim Ertönen des einschnappenden Schlosses zusammenzuckt. „Jessy“, ruft Lisa leise im Korridor und flüstert nochmals: „Jessy, komm her.“ Nichts bewegt sich in der Wohnung. Mit weichen Knien geht Lisa in Richtung Küche. Die Türe steht offen. Sie hält sich mit einer Hand am Türrahmen fest und beugt den Kopf vor, um freie Sicht zum Küchentisch zu haben. Vor der Kombination liegen der Staubsauger und daneben das abgetrennte Rohr mit Saugdüse. Keine Spur von John. Noch vor einer halben Stunde lag er auf dem Steinboden mit einer klaffenden Wunde am Haaransatz.

Kapitel 2 – Lisa versucht

Blickpunkt Welt 2015:
Absturz Airbus A 320 Germanwings
und FIFA-Skandal

Lisa war gerade beim Staubsaugen, als John in die Küche trat. Minuten vorher war ihr ein Sack Polenta hinuntergefallen und aufgeplatzt. Sie musste den verstreuten Mais unbedingt aufnehmen, bevor er in die ganze Wohnung verschleppt wurde. Wie meistens am Wochenende kam John im Freizeitlook daher. Jeans, Jeanshemd und Joggingschuhe gehörten zu seinem liebsten Outfit. Der großgewachsene, schlanke Mann war muskulös und durchtrainiert. Die etwas zu langen dunkelbraunen gewellten Haare passten nicht so recht zur sportlichen Erscheinung.

Von Lisa unbemerkt ging John zum Kühlschrank, öffnete die Türe und entnahm dem schmalen Innenfach eine Flasche Bier, die zwischen Milch und Mineralwasser stand. Auf dem mittleren Fach entdeckte er in Folien verpackte Salamischeiben. Er rümpfte die Nase und schob sie nach hinten. Dafür nahm er eine noch nicht angeschnittene kleine Nostrano Salami vom oberen Fach, las aufmerksam die Etikette und legte sie neben den Spültrog. Er wollte die Kühlschranktüre schließen, hielt inne, weil er bemerkte, dass die Milch im Tetrapack, das Mineralwasser sowie die angefangene Flasche Weißwein in ungewohnter Reihenfolge dastanden. Mineralwasser, Weinflasche, Milchpack und Bierflasche. So hätten die Getränke nebeneinander stehen müssen! Und zwar links beginnend. John knallte die Türe zu und erschreckte Lisa mit der Detonation aufs Heftigste. Die Collie Hündin Jessy, die wie üblich in ihrem Korb lag, erhob sich und schlich mit eingeklemmter Rute zur Küche raus. Lisa stellte den Staubsauger ab und fauchte John an: „Was zum Teufel soll der Auftritt? Bist du meschugge, oder was?"

„Frag nicht so scheinheilig.“ John öffnete den Drehverschluss der Bierflasche. „Du solltest es doch langsam begriffen haben.“

„Um was geht es denn diesmal? Die Türknallerei hat nicht nur mich erschreckt, auch Jessy flüchtete aus der Küche.“

John nahm einen Schluck aus der Flasche, bevor er antwortete: „Dein geliebtes Schoßhündchen wird's wohl überleben.“

„Nicht in diesem Ton, bitte.“ Lisa sah ihn wütend an. „Sag mir endlich, welche Laus dir über die Leber gekrochen ist.“

„Deine verdammte Unordnung. Du reißt mir noch den letzten Nerv aus. Und das ist dir voll bewusst.“

„Wo, zum Teufel, herrscht hier Unordnung? Es gibt keine Stelle in diesem Haus, die unaufgeräumt ist. Dafür sorgst du ja laufend.“

John schritt zum Kühlschrank, riss die Türe auf und zeigte mit der Bierflasche in der Hand auf das Getränkefach. „Hier zum Beispiel. Die Getränkeflaschen stehen nicht meinen Wünschen entsprechend da.“

Lisa blickte John über die Schulter und sah, was ihn derart verärgert hatte. Sie hatte ganz einfach vergessen, beim Wiedereinräumen die diversen Flaschen und die Milchpackung der Höhe nach einzuordnen.

Zornig und mit starrem Blick, aber bedrohlich leise rechtfertigte sich John: „Du weißt ganz genau, wie du mich auf die Palme bringen kannst.“

Lisas Wut ebbte ab und Mitleid kam auf. Mitleid für einen Mann, der von Zwängen beherrscht wurde, die sich wie ein Panzer um ihn legten. Sie wusste, dass diese undurchdringliche Schale auch jegliche Empathie anderen gegenüber verhinderte. Er war unfähig, Jessys Angst bei seinen Tobsuchtsanfällen zu realisieren. Der Hund konnte sich nicht wehren und Johns Verhalten einordnen. Lisa konnte es sehr wohl. Mit etwas schärferer Stimme als geplant fragte sie John: „Zum Teufel nochmal. Warum wirst du denn bei jeder Kleinigkeit derart wütend?“

„Es ärgert mich eben. Und zudem ist für einen Bauzeichner Genauigkeit oberstes Gebot.“

„Und da gehört deine Scheißpedanterie dazu? Alles in Reih und Glied wie früher auf dem Reißbrett oder die heutigen Baupläne auf dem Bildschirm. Jede Tasse, jeder Teller auf den Millimeter genau ausgerichtet. Wehe, die Gabel liegt zu weit links, und schon ist dir ein gutes Essen verdorben.“ Lisa konnte sich nicht mehr zurückhalten und das soeben verspürte Mitleid wurde weggefegt. Sie explodierte förmlich: „Du spinnst ja. So ist es, John. Du spinnst.“

Lisa wurde von Johns scharfem Blick buchstäblich durchbohrt. Entsetzt verfolgte sie, wie John sich umdrehte und die Flasche wuchtig auf die Granitablagefläche stellte, wobei unwillkürlich Bierschaum aus der Öffnung quoll. Langsam kam er auf Lisa zu, die Hände zu Fäusten geballt. Sie realisierte, dass sich John kaum mehr beherrschen konnte und er deshalb die Arme krampfhaft an den Körper gepresst hielt. Jähzorn flammte ihr entgegen. Voll Angst, er käme auf sie los, wich sie zurück an den Esstisch, rückte einen Stuhl zurecht, setzte sich, hob die Arme an und hielt John die offenen Handflächen entgegen. Sie handelte ganz instinktiv. Wie ein Hund oder ein Wildtier ergab sie sich dem Widersacher. Ein in Bedrängnis geratenes Tier legt sich auch auf den Rücken und hält dem Gegner den ungeschützten Bauch hin. Ein Verhalten, das signalisiert, den Kampf wehrlos abzubrechen. John war aber kein Beute fressender Vierbeiner, sondern ein Mensch, der im Moment ein vor Wut vernebeltes Hirn zu haben schien. Er hob den rechten Arm zum Schlag. Lisas Schrei: „John, nein“ brachte ihn offenbar halbwegs zur Vernunft. Er drehte sich um und blieb schwer atmend vor dem Küchenfenster stehen.

„Komm her. Setz dich an den Tisch, bitte. Es ist Zeit, dass wir miteinander reden.“

John griff wieder nach der Bierflasche und tat, wie ihm geheißen. Er schob den Stuhl weg vom Tisch, setzte sich, stellte die Flasche hin, schlug ein Bein über das andere und verschränkte die Arme vor der Brust.

„Über was willst du mit mir reden?“

Lisa wusste nicht, wie anfangen. Ihr fehlten plötzlich die richtigen Worte. Wie konnte sie ihm klarmachen, dass sie so nicht weiter mit ihm leben wollte und konnte. Erklären, dass er Hilfe benötigt, und zwar je eher, desto besser. John war in einer ähnlichen Situation wie ein Alkoholiker oder Drogensüchtiger. Ohne psychologische oder medikamentöse Unterstützung würde er sich dem Irrsinn nie entwinden können. Lisa kannte aus einer ganz persönlichen Erfahrung während ihrer Studienzeit in Luzern, wie sich ein alkoholkranker Mensch entgegen jeder Vernunft verhält. Nie im Leben hätte ihr Exfreund sich eingestanden, krank zu sein. Erst als der Bedauernswerte die unterste Stufe erreicht hatte, sozusagen in der Gosse lag, wurde eine Behandlung in Erwägung gezogen. John war kein Alkoholiker und noch weit entfernt, im Sumpfe seiner psychischen Erkrankung angekommen zu sein. Und dennoch musste sie ihm verständlich machen, dass er einen Neuanfang zu starten hatte. Als sie sein in Sachen Ordnung unkonventionelles Verhalten bemerkte, war sie noch zu verliebt, um es als Störfaktor in ihrer Beziehung wahrzunehmen. Später, als sie sich zu nerven begann, schaute sie darüber weg. Sie zwang sich, Johns Verhalten zu ignorieren, wie sie jeweils als Jugendliche das unmöglich laute Schnäuzen ihres Vaters ausgeblendet hatte. Schon wenn dieser sein Taschentuch hervorzog und tief Luft nahm, hatten sich bei ihr wortwörtlich die Haare gesträubt. Vaters Trompeten, wie sie es nannte, strapazierten ihre Nerven bis zum Gehtnichtmehr, und zwar so lange, bis sie ihren Reaktionen einen Riegel schieben musste. Sie verbot sich einfach hinzuhören, wenn er mit Getöse seine Nase reinigte.

„John, lass dir helfen. Ich habe die Möglichkeit, nach guten Psychologen Ausschau zu halten."

Johns Blick verfinsterte sich wieder. Er schaute erst zu Boden, dann über sie hinweg an die Wand.

„Hast du gehört, John?"

„Wüsste nicht, was ich bei einem Seelenklempner soll."

„Hilfe holen, ganz einfach."

John richtete seinen Blick auf Lisa. „Hilfe für was?"

Lisa schlug ebenfalls ein Bein übers andere. „Du weißt genau, für was."

„Ich will aber von dir hören, wieso ich zum Psychologen soll. Oder meinst du gar zum Psychiater?"

„Welcher Mediziner von beiden dir helfen kann, weiß ich nicht. Das wird sich vielleicht bei einem ersten Gespräch mit deinem Hausarzt zeigen."

„Ich wüsste nicht, warum ich wegen einer Lappalie zum Arzt rennen soll", antwortete John, setzte die Bierflasche an den Mund und trank einen Schluck.

„Von rennen habe ich nichts gesagt", antwortete Lisa sarkastisch. „Du kannst ja auch gehen oder das Auto nehmen."

Als John vom Stuhl aufschoss, wusste sie augenblicklich, dass sie ihn aufs Äußerste gereizt hatte. Er schien ihr wie eine zornige Hornisse. Da er seine Hände richtiggehend in die engen Hosentaschen zwängte, kam es Lisa vor, er müsste sich Fesseln anlegen, um ein unkontrolliertes Handeln zu verhindern. John stapfte durch die Küche, wobei er sich im Staubsaugerkabel verhedderte. Voller Wut trat er gegen den Apparat. Der schlitterte unter dem Tisch durch neben Lisas Stuhl. John lehnte sich an die Spüle. „Jetzt raus mit der Sprache. Was wirfst du mir vor?"

Lisa erhob sich ebenfalls und sagte ganz ruhig: „Unbeherrschtheit und Jähzorn."

„Ich bin nicht jähzornig, merk dir das."

Sie bemühte sich, ruhig sitzen zu bleiben, als John wieder zum Tisch kam und einen Stuhl an seinen Platz schob, wobei er mit der Hand Maß nahm und prüfte, ob der Abstand der Stuhllehne zur Tischkante links und rechts gleich war. Dasselbe machte er mit dem Stuhl daneben.

Lisa beobachtete sein Tun mit stoischem Gesichtsausdruck. „Dich plagen nicht nur Jähzorn, sondern auch diverse Ticks."

„Ich habe keine Ticks, verdammt noch mal. Was fällt dir ein?"

„Sogar mehr als nur Ticks. Du leidest unter Zwangshandlungen, die du nicht als solche einordnest. Zudem wird mir deine stetig zunehmende Besessenheit für gesundes Essen mehr und mehr unheimlich. Das sind alles Gründe, warum du ärztliche Hilfe benötigst." Lisa war erleichtert, dass sie endlich aussprechen konnte, was sich in ihr in letzter Zeit angestaut hatte. Sie fuhr fort und fasste die Konsequenz des Gesagten zusammen: „Wenn du dir nicht selber helfen willst, muss ich etwas unternehmen. Ich kann und will nicht mehr mit einem Psychopathen zusammenleben."

„Du bist zu weit gegangen, Lisa. So nicht mit mir“, sagte er mit einer stahlharten Stimme und ging drohend auf sie zu. Lisa interpretierte Johns Kommen als einen Angriff und wich instinktiv zurück, wobei sie auf den Staubsaugerschlauch trat. Sie bückte sich und nahm das Rohr in die Hand, das sich vom Schlauch gelöst hatte. John merkte, dass Lisa zuschlagen wollte. Er versuchte, ihren Arm zu packen, doch Lisa war schneller. Sie schlug wirklich zu.

Kapitel 3 – Lisa fährt

Blickpunk Welt 2015:
Anschlag auf Charlie Hebdo
und Oscar an Julianne Moore

Das kann nicht sein! Lisa starrt auf die Fliesen. Wo ist John? Er lag doch rücklings auf dem Fußboden, mit geschlossenen Augen, das rechte Bein angewinkelt, völlig leblos – wie tot. Ihre Gedanken rasen, und sie ist unfähig, sich an den genauen Ablauf des Streites zu erinnern. Noch immer lehnt Lisa am Türrahmen, gleitet langsam zu Boden und umfasst ihre Knie mit den Armen. Wieder befallen sie schreckliche Gewissensbisse, noch heftiger als vor Minuten am Waldrand. Sie kann nicht verstehen, dass sie bei der Auseinandersetzung in der Küche die Beherrschung verlor. Sie, die Ausgeglichene, Vernünftige in der Partnerschaft. Lisa steht wieder auf und geht zum Tisch. Plötzlich beginnt sie zu zittern. Ein sich anbahnender Schüttelfrost kriecht den Rücken hoch und dehnt sich bis in die Arme aus. Sie streckt die Hände nach vorne und betrachtet ihre vibrierenden Finger. Dann werden ihre Knie weich, und sie muss sich hinsetzen, weil sie merkt, dass die Kräfte erneut schwinden. „Welche Scheiße." Lisa staunt, dass sie trotz Schwächeanfall zu einem derartigen Fäkalausdruck fähig ist. Sie zwingt sich zu denken, ihre Lage zu analysieren und die konfusen, ja sogar irren Gedankengänge zu stoppen, um Ruhe einkehren zu lassen.

Erst jetzt fällt Lisa auf, dass Jessy nicht im Wohnbereich ist. Sie springt vom Stuhl auf und ruft laut: „Jessy, komm" und lauscht intensiv, ob irgendwo ein Winseln oder Bellen ihrer Hündin zu hören ist. Lisa geht zur Küche raus in den Korridor und ruft erneut nach ihr. Sie eilt die Treppe hoch ins Schlafzimmer, ins Badezimmer und ins Büro. Nirgends ist Jessy zu sehen. Zurück im Erdgeschoss schlägt Lisa eine langsamere Gangart an, weil ihr bewusst wird, dass Hektik nichts bringt. Sie steigt die Treppe runter in den Keller. Schon einmal hatte sie nämlich Jessy dort gefunden.

***

Als Lisa John kennenlernte, wohnte er in Muttenz in einem Hochhaus. Sie wunderte sich ein wenig, dass ein eingefleischter Städter ins Baselbiet zog. Doch er schwärmte derart überzeugend von einem gesünderen Landleben, dass ihre Skepsis augenblicklich verflog. In Lisas Augen war der Industrieort Muttenz zwar alles andere als ein Paradiesgarten. Als sie merkte, dass John ernsthaft ein Zusammenleben mit ihr plante, musste sie sich zwingen, den Umzug aus ihrer gemütlichen Zweizimmerwohnung in den zehnten Stock eines Hochhauses als etwas Positives zu betrachten. Sie hatte nach einiger Zeit Johns Drängen nachgegeben und eingewilligt, ihre Wohnung an der Burghalde in Liestal zu kündigen, aber erst dann, wenn sie ein geeignetes Mietobjekt irgendwo im Kanton Baselland gefunden haben. Zu Lisas Freude respektierte John ihre Abneigung gegen die Wohnung im Hochhaus und ließ seine guten Beziehungen in der Immobilienbranche spielen. Er hatte ein Reiheneinfamilienhaus in Arisdorf gefunden, das zur Miete ausgeschrieben war. Dem Schritt zu einem gemeinsamen Zuhause stand nichts mehr im Wege. Lisa hatte John aber schon bei den ersten Diskussionen klargemacht, dass sie nur einwillige, wenn sie ihre Hündin mitnehmen dürfe. „Du musst uns schon im Doppelpack aufnehmen“, hatte sie ihm gesagt und ihn etwas unsicher angelächelt. Denn John war nicht das, was man unter einem Hundenarr versteht, und er hatte deshalb ohne große Begeisterung zugesagt. Auf ein gemeinsames Leben mit Lisa hatte er sich aber riesig gefreut. Diese Freude hat mitgeholfen, die langhaarige Jessy als neue Hausbewohnerin zu akzeptieren, widerwillig zwar, aber er hatte keine Wahl.

Obwohl Lisa Jessy auch schon bei der Hausbesichtigung mitgenommen hatte, blieb nach dem Umzug die Umgebung für die Hündin ein unbekanntes Revier. Sie war zudem verunsichert und folgte Lisa in der ersten Zeit auf Schritt und Tritt, sogar ins Bad und ins Schlafgemach. Dagegen legte John sein striktes Veto ein. Das Schlafzimmer war für ihn eine Spielwiese, auf der viel Erotik Platz hatte, einem Hund aber der Zutritt verboten blieb. Lisa gab schweren Herzens nach.

Ein paar Tage nach ihrem Einzug ins neue Heim ging Lisa am späten Nachmittag in den Keller, um eine Flasche Wein zu holen. Sie hat nicht gemerkt, dass Jessy ihr gefolgt war, und eilte alleine die Treppe hoch. Dann bereitete sie das Abendessen vor und freute sich auf Johns Heimkehr. Als sie einen Wagen zum Haus fahren hörte, gefolgt vom ächzenden Öffnen und Schließen des Garagentores, lauschte Lisa mit freudigem Herzklopfen auf Johns Schritte. Nach der Begrüßung in der Wohnküche hatte Lisa John mitgeteilt, dass sie das Abendessen bereits zubereitet habe und er sich an den Tisch setzen könne. „Eins musst du aber wissen", sagte sie John. „Ich halte mich an die alte Weisung, wenn's ums Essen geht: ‚Erst das Tier und dann der Mensch.' Ein bekanntes Märchen handelt ja auch davon. Setz dich bitte, ich stelle nur noch schnell Jessy ihren gefüllten Napf hin." Sie drehte sich um, griff zum Napf und rief: „Jessy, komm, Gudigudi." Jessy kam nicht. Erst jetzt fiel Lisa auf, dass sie den Hund seit längerer Zeit nicht mehr gesehen hatte. Nochmals rief Lisa nach Jessy, wiederum ohne Erfolg. John saß derweil am Tisch, mit aufgestützten Ellenbogen und das Kinn auf den gefalteten Händen. Lisa stellte den Napf auf den Boden und ging zur Küche raus, stieg die Treppe hoch und sah in allen Zimmern und im Bad nach, immer in der Hoffnung, sie habe den Hund irrtümlich eingeschlossen. Irritiert kehrte sie in die Küche zurück.

„Wo kann denn der Hund stecken? Ich begreife ihr Verschwinden nicht." John schien nicht der Angesprochene zu sein, Lisa richtete die Frage eher an sich selber. Er nahm die geöffnete Weinflasche und schenkte ein.

„Komm, trink erst mal einen Schluck. Deine Jessy wird wohl nicht verloren gegangen sein." John hielt Lisa das gefüllte Glas entgegen.

„Danke, aber ich kann mich unmöglich an den Tisch setzen, bevor ich sie gefunden habe", entgegnete Lisa und ging wieder zur Küche hinaus in den Korridor.

John stand auf und rief ihr nach: „Kann ich wenigstens schon mal schöpfen? Ich bin am Verhungern."

Lisa hörte ihn nicht mehr, denn sie war schon draußen und rief nun vor dem Haus nach ihrem vierbeinigen Liebling. Inzwischen war sie mehr als nur beunruhigt und lief an der Vorderfront des Reihenhauses entlang. Fieberhaft überlegte Lisa, wann der Hund zur Haustüre hinaus entwischt sein könnte. Nach nochmaligem Rufen und Locken gab Lisa auf und kehrte in ihre Wohnung zurück. John saß am Tisch vor einem halbleeren Teller und schenkte gerade nochmals Wein nach, als Lisa eintrat.

„Hast du Jessy nicht gefunden?", fragte er mit vollem Mund.

„Nein, nirgends im ganzen Quartier." Lisa setzte sich resigniert auf den Stuhl, um sogleich wieder aufzuspringen.

„Im Keller! Ja natürlich, dort habe ich noch nicht nachgeschaut." Und schon rannte sie in den Korridor und die Kellertreppe runter. Endlich fand sie Jessy, die sich dummerweise bis zu diesem Moment total stumm verhielt. Wahrscheinlich hatte sie sogar beim Wort „Gudigudi" ihre Ohren besonders hoch aufgerichtet, aber dennoch keinen Mucks von sich gegeben. Jetzt hingegen war ihr Geheul unbeschreiblich. Sie sprang an Lisa hoch, als hätten sie einander seit Wochen nicht mehr gesehen. Die Befreiung aus dem dunklen Keller musste für den Hund ein wahres Wunder gewesen sein.

***

Doch diesmal ist es anders. Im Keller angekommen ruft Lisa: „Jessy, wo bist du?" Ihre hoffnungsvolle Frage verhallt ergebnislos. Nun bekommt es Lisa mit der Angst zu tun. Sie rast wieder hinauf in den Wohntrakt. Von der offenen Küchentüre aus schaut sie zwanghaft ein weiteres Mal auf den leeren Küchenboden. Die Stelle, wo John lag, zieht ihren Blick magnetisch an. Hektisch dreht sie sich um und geht weiter. Der letzte Ort, in dem sie noch nicht nach dem Hund gesucht hat, ist die Garage. Sie öffnet die Türe, und die freudig bellende Jessy springt ihr entgegen.

„Jessy, Gott sei Dank, wenigstens du bist noch hier", frohlockt Lisa und realisiert gleichzeitig das Fehlen von Johns Wagen. Nun hat sie Gewissheit, dass er lebt und sogar imstande ist, ein Auto zu lenken.

Lisa geht mit Jessy zurück ins Wohnzimmer und setzt sich auf die Couch. Sie fühlt sich plötzlich im Strudel einer verheerenden Situation, versucht sich zu erinnern, wie es zum Streit kam und welche Optionen ihr offenstehen. Ihre Hand fährt dabei immer wieder über den Kopf von Jessy, die vor ihr sitzt und sie verunsichert anblinzelt. Ich hirnlose Idiotin, denkt Lisa, wieso lasse ich mich von einem noch blöderen Deppen als ich es zurzeit bin dermaßen provozieren? Dabei schlägt sie wütend die rechte Faust mehrmals in die offene linke Handfläche. Lisa weiß, dass sie nur ganz selten impulsiv handelt. Heute war es wieder einmal der Fall und Zorn auf sich selber flammt auf. Doch sie mahnt sich zur Ruhe, bevor er zerstörende Ausmaße annimmt. Gut, ich bin eine Idiotin, aber nicht hirnlos und ja, John ist ein Depp, aber kein blöder, philosophiert Lisa. Vielleicht war der heutige Krach ja vorbestimmt. Unwillkürlich kommt sie sich nach diesem Gedankengang vor wie eine senkrecht entzweigeschnittene Portraitaufnahme. Die eine Hälfte hat einen mitfühlenden Ausdruck, die andere einen anklagenden. Die Schuldzuweisende sagt aus, dass das, was sie getan hat, Körperverletzung und somit eine strafbare Handlung ist. Lisa wird es beim Gedanken an die Folgen ihrer unüberlegten Abwehrreaktion siedend heiß. Sie hofft, dass sich John verarzten lässt, und befürchtet, dass er danach die Polizei einschalten wird. In diesem Falle muss sie die Konsequenzen tragen. „Shit und nochmals Shit!", zischt es aus ihrem tiefsten Innern hervor. Noch nie in ihrem Leben befand Lisa sich in einer derart prekären Lage. Doch sie gesteht sich keine Ausflüchte zu und wird zu ihrer Tat stehen, falls man sie zur Rechenschaft ziehen wird.

Mit einem Mal sieht Lisa ihren Weg, den sie gehen wird. Sie holt den Trolley aus dem Keller, schleppt ihn ins Schlafzimmer, sucht Kleider und Necessaire zusammen und packt alles ins Reisegepäck. Dann zieht sie sich völlig ohne Hast an. Immer wieder unterbricht sie ihre Handlung und lauscht, ob nicht ein Auto angefahren kommt. Falls John heimkommt, will sie mit ihm reden, ihm erklären, dass sie sich ein Zusammenleben mit ihm nicht mehr vorstellen kann. Erst jetzt, beim gedanklichen Probelauf der Diskussion, fällt ihr auf, dass sie eigentlich schon seit einiger Zeit innerlich mit John gebrochen hat. Was sie jetzt vorhat, ist kein kopfloses Davonrennen, sondern eine stinknormale, schmerzhafte Trennung.

Lisa lässt es darauf ankommen. Entweder trifft sie John noch hier in seinem Haus an, dann wird sie sich entschuldigen und ihm ihre Pläne mündlich offenlegen, oder er kommt nicht zurück, während sie packt, dann wird er eine schriftliche Nachricht vorfinden. Während Lisa sich diese weiteren Schritte überlegt, kommt sie zum Schluss, dass sie ihm wenigstens ein paar Worte per SMS schreiben sollte. Sie greift nach ihrem Handy und tippt ein: „John, ich bin noch etwa eine halbe Stunde zu Hause. Falls du vor meiner Wegfahrt heimkommst, können wir über alles reden. Sollten wir uns nicht mehr sehen, werde ich dir einen Brief hinterlassen. Lisa." Sie steckt sich das Handy in die Hosentasche am Gesäß, damit sie ja den Klingelton seiner Message nicht verpasst.

In ihre Lieblingshandtasche steckt sie das Portemonnaie und den Pass. Dann holt sie ihren Laptop samt Ladegerät sowie dasjenige für ihr Handy. Beinahe hätte sie Jessys Impfausweis vergessen. Ohne ihn würde sie eventuell Schwierigkeiten bei einer Kontrolle am Zoll erhalten. Denn während ihrer Packtätigkeit wurde ihr klar, dass die Reise ins Irgendwo im Norden führen wird. Die Idee, als Fernziel Hamburg anzupeilen, beginnt zu keimen.

„Jessy, jetzt kommst du dran. Wir müssen auch deine Sachen zusammensuchen", eröffnet sie ihrer Hündin. Diese steht vor ihr und hebt die Ohren an, als sie ihren Namen vernimmt. Ihr aufmerksames Gesicht zeigt Lisa, dass sie vor allem Action erwartet.

„Tut mir leid, Jessy, jetzt heißt es nicht spielen, sondern packen."

Das Hundebett, die Fress- und Trinknäpfe, eine Petflasche gefüllt mit Leitungswasser, Bürste und Kamm sowie ein paar alte Frotteetücher sind schnell beieinander. Im Vorratskeller füllt Lisa zwei große Plastiksäcke mit Trockenfutter ab, nimmt eine Handvoll Aludosen mit Nassfutter und legt alles in einen Korb.

Lisa bugsiert sämtliches Gepäck und die Sachen für Jessy in den Kofferraum ihres Wagens. Am Schluss legt sie noch zwei Sportjacken obendrauf. Sie pfeift nach Jessy und öffnet die Haustüre: „Komm mit, wir gehen noch kurz Gassi." Jessy trabt voraus, überquert die Straße und verrichtet an ihrem gewohnten Platz ihr Ding. Lisa beobachtet währenddessen die Zufahrt zum Haus. Sie ist sich nicht schlüssig, soll sie Johns Rückkehr herbeisehnen oder hoffen, dass er nicht auftaucht, bis sie abgefahren ist. Hund und Meisterin gehen wieder ins Haus zurück. Lisa holt sich ein weißes Briefpapier und setzt sich an den Küchentisch.

„Lieber John,

da dein Auto nicht in der Garage steht, gehe ich davon aus, dass du handlungsfähig bist. Darüber bin ich sehr, sehr froh. Bitte nimm meine Entschuldigung an. Es tut mir leid, dass ich die Beherrschung verloren habe.
Du wirst schnell bemerken, dass ich einiges eingepackt habe, und daraus die Schlüsse ziehen. Ich möchte eine weitere Eskalation vermeiden und auf unbestimmte Zeit verreisen. Frage mich bitte nicht wohin, denn ich weiß es selber noch nicht. Jessy nehme ich mit. Versuche auch nicht, telefonisch Kontakt aufzunehmen. Ich werde mich zu einem mir passenden Zeitpunkt melden. Wie immer du dann reagieren wirst, ich werde es akzeptieren.

Alles Gute. Lisa

P.S.: Leider muss ich dich um einen großen Gefallen bitten. Kannst du die Kleider und andere Utensilien von mir irgendwo verstauen, bis ich sie abholen kann? Vielen Dank.“

Lisa faltet den Briefbogen einmal, steckt ihn aber nicht in ein Couvert, sondern legt ihn auf den Tisch. Sie ruft nach Jessy und überlegt beim Abschließen, ob sie den Schlüssel in den Briefkasten werfen soll. Doch diesen Impuls unterdrückt sie. Das wäre eine geschmacklose Geste, die weitere Gespräche zum Vornherein abblocken würde. Sie überlegt sich kurz, nochmals reinzugehen und den Brief mit einem weiteren P.S. zu ergänzen, nämlich, dass sie den Schlüssel mitnimmt. Was soll's, das merkt er ja sowieso, denkt sie.

Lisa heißt Jessy ins Auto zu hüpfen. Ihr Platz ist auf dem Rücksitz, der mit einer starken Decke ausgelegt ist, die wie eine Wanne an den Nackenstützen der vorderen und hinteren Sitze hängt. Noch ist die Hündin voll Freude und ahnt nicht, dass sie für Stunden im Auto verharren muss. Lisa startet den Motor und kontrolliert, ob sie noch tanken muss. Zum Glück ist der Tank beinahe voll. Bei der großen Poststelle im Einkaufscenter Liebrüti in Kaiseraugst parkiert Lisa das Auto, gibt Jessy zu verstehen, dass sie einen Moment warten muss, und holt am Postomaten Euros. Zurück im Wagen schaut sie auf die Uhr und sagt laut: „Los geht's, noch habe ich fünf, sechs Stunden Fahrt bei Tageslicht.“

★★★

Lisa ist der Erschöpfung nahe. Endlich kann sie sich im Bett einmummeln und findet dennoch keinen Schlaf. Sie beneidet Jessy, die ausgestreckt am Boden liegt und mit Zuckungen und ganz leisem Knurren und Bellen kundtut, dass sie träumt. Es ist fast Mitternacht und ruhig im Novotel in Hildesheim. Lisa findet nicht nur wegen ihrer Übermüdung keinen Schlaf. Mitschuldig ist auch Jessy. Was Lisa befürchtet hat, ist eingetreten. Seit dem

Aufbruch Anfang Nachmittag bis kurz vor Mitternacht, als sie zum letzten Gang in den Hotelpark gingen, hat die Hündin kein Pipi gemacht. Nun hat Lisa Angst, dass sie nicht aufwacht, sollte sich Jessy diesbezüglich melden. Zwar ist Jessy hundertprozentig stubenrein, doch wenn die Blase zum Bersten voll ist, könnte ein Missgeschick passieren. Schon von klein auf hatte die Hündin Schwierigkeiten, einen ihr passenden Ort für ihre Notdurft zu finden. Sie konnte auf Ausflügen oder Bergwanderungen einen ganzen Tag lang sämtliche Duftmarken ignorieren und erst bei der Rückkehr zu Hause im Garten oder auf der benachbarten Wiese sich niederkauern.

Den ersten Halt machte Lisa kurz nach Karlsruhe. Sie ließ Jessy aus dem Wagen, vertrat sich selber ein paar Minuten lang die Beine und trank aus der Mineralwasserflasche. Nach Frankfurt, beim Autobahnkreuz Bad Hersfeld, verließ Lisa die A7 und fuhr in Richtung Rotenburg an der Fulda. Dort aß sie ein leichtes Nachtessen im Goldenen Löwen, ein wunderschönes Fachwerkhaus im Zentrum der malerischen Stadt. Jessy erhielt danach ihren Schmaus auf dem Parkplatz vor dem Gasthof. Dass sie Hamburg nicht mehr erreichen würde, war ihr während des Nachtessens bewusst geworden. Sie beschloss, noch etwa zwei Stunden Fahrt einzuplanen, und sah auf der Straßenkarte, dass sie dann ungefähr Hildesheim erreicht haben wird. Sie suchte mit ihrem Handy im Internet nach Hotels in Hildesheim und erkundigte sich telefonisch im Novotel, ob sie ein Zimmer reservieren könne und wenn ja, ob ihr Hund willkommen sei. Es war bereits dunkel, als Lisa aus Rotenburg wegfuhr. Sie wählte die Route dem Fluss Fulda entlang und fädelte vor Kassel wieder in den Verkehr auf der A7 ein.

Nach dem Zimmerbezug im Novotel telefonierte Lisa mit der Rezeption vom Hotel NH City in Hamburg, ihr bevorzugter Aufenthaltsort in der Millionenstadt. Auch von dort erhielt sie die positive Antwort, dass ein Zimmer verfügbar ist und Hunde erlaubt sind. Lisa buchte für mindestens eine Woche.

Laut Radiowecker ist es 00:57 Uhr. Lisa prüft auf ihrem Handy, ob eine SMS eingegangen ist. Zwar ist sie sich einigermaßen sicher, nie einen Klingelton gehört zu haben. Falls eine Mitteilung vorhanden wäre, würde sie nicht darauf reagieren. Vor allem nicht auf eine von John.

Lisa wacht kurz vor sieben Uhr auf. Jessy bemerkt dies, stellt sich fordernd vor sie hin und stupst ihre kühle Nase auf Lisas Backe. Lisa stützt sich auf dem linken Arm auf und krault die Hündin hinter den Ohren. „Guten Morgen. Muss ich mich beeilen, weil du raus willst?“ Am liebsten wäre es Lisa, Jessy würde ihr mit „Ja“ antworten. Dann wäre sie sicher, keinen Narrengang in den Park unternehmen zu müssen. Lisa steht auf und geht zum Fenster. Der wolkenlose Himmel an diesem Sonntagmorgen kündet einen schönen Spätsommertag an. Ihre Morgentoilette erledigt sie in Windeseile. Bevor Lisa mit dem Hund rausgeht, benetzt sie eine Handvoll Trockenfutter im Hundenapf mit Wasser.

Lisa öffnet die Türe und lockt Jessy, ihr zu folgen. Auf dem Parkplatz vor dem Hotel geht Lisa an ihrem Wagen vorbei, den Jessy sofort erkennt, denn sie wedelt beim Schnuppern an der Hecktüre wie wild. Lisa entdeckt nach der Parkplatzausfahrt ein geeignetes Stück Spazierweg.

„So, Jessy, mach jetzt ja keine Fisimatenten. Schau, hier hat es ein herrliches Rasenstück entlang der Straße.“

Lisa lacht plötzlich laut, denn sie hat die abstruse Vision einer irren Handlung, bei der sie ihrer Hündin vordemonstrieren muss, was von ihr erwartet wird. Jessy bleibt stehen und sieht Lisa mit leicht geneigtem Kopf aufmerksam an, merkt aber, dass das Lachen nicht ihr gilt, weshalb sie sich dem Rasenstück zuwendet und jedes Büschel Grashalme beschnuppert. Ihre Nase unaufhörlich knapp über dem Boden haltend, geht die Hündin aufreizend langsam voran. Endlich findet sie ihr Plätzchen. Lisa sendet ein stummes Dankgebet gen Himmel und deckt Jessy mit einer Lobeshymne ein, so ausführlich und laut, wie sie es, seitdem der Hund ein Welpe war, nicht mehr getan hat.

***

Vor drei Jahren hat sich Lisa durchgerungen, ihren Herzenswunsch endlich Wirklichkeit werden zu lassen. Als Kind ist sie mit einem Hund, ein gutmütiger Mischling, aufgewachsen. Sie war siebzehn Jahre alt, als er altershalber eingeschläfert werden musste. Seither hatte sie immer Sehnsucht nach einem Nachfolger und schaute jedem auch noch so kleinen Hündchen nach. Endlich wurde das Thema aktuell. Erst als sich Lisa definitiv für einen braunfarbigen Collie entschieden hatte, weihte sie ihre Stiefmutter ein.

„Diese Rasse und keine andere soll es sein", entgegnete sie ihr auf deren skeptische Äußerung wegen der langen Haare.

„Ich vermute, du hast noch immer das Bild der treuen Lassie vor Augen", probierte die Mutter nochmals, sie vom Kauf eines Collies abzuhalten, „aber denk daran, Lassie ist ein Filmprodukt. Nie im Leben kann ein Hund derart intelligent sein, wie der Fernseh-Collie es vorgaukeln musste."

Lisa gab ihr Recht, ließ sich aber nicht von ihrem Vorhaben abhalten. Sie fand eine Züchterin, bei der Lisa drei Wochen alte Welpen anschauen durfte. Aus dem Wurf von acht Hündchen hatte Lisa eines ausgesucht. Sie musste allerdings noch ein paar Wochen warten, bis sie den Wollknäuel mitnehmen konnte. Als die Welpen acht Wochen alt waren, rief die Züchterin Lisa an und machte sie darauf aufmerksam, dass sie die Stammbäume ausfertigen lassen müsse. Ab diesem Zeitpunkt hat jedes Tier seinen Namen. Sie bat Lisa, sicherheitshalber nochmals vorbeizukommen, um definitiv ihren Hund zu bestimmen, dem sie den Namen Jessy zuordnen kann. Lisa ging hin, und als sie im Gehege zwischen all den wild umherrennenden Hündchen stand, passierte es. Lisa entdeckte ihre Jessy. Es war aber nicht die Hündin, die sie schon vor Wochen ausgelesen hatte, nein, es war die Kleinste im Rudel, ebenfalls ein Weibchen. Der Welpe saß als einziger ruhig da und schaute Lisa unverwandt an. Lisa wurde durch den intensiven Blick leicht irritiert. Sie guckte nach ihrem bis anhin ausgewählten

Hund, dann wieder zur Kleinen, die noch immer saß und kein Auge von ihr ließ. Als würde wie bei einer Versteigerung mit einem Hammer der Zuschlag besiegelt, fiel die Entscheidung. „Komm her, du sollst meine Jessy sein. Warum nur habe ich dich nicht schon früher beachtet?"

Drei Wochen später war Jessy ihre Mitbewohnerin geworden. Nun begann die Geduldsphase. Jessy musste stubenrein werden und das gelang nur mit Lob und nochmals Lob in allen Varianten. Vor Freude mit dem Hündchen umhertollen, mit Leckerlis, mit Spielen und mit Jubeln wie soeben auf dem Rasenstück in Hildesheim.

★★★

Lisa kehrt mit Jessy um, und sie gehen zurück ins Hotelzimmer. Dort erhält die Hündin ihr inzwischen essbereites Futter, während Lisa den Reisekoffer schließt. Danach verlassen die beiden das Zimmer, Lisa mit Trolley, Hundedecke, Plastiksack und Handtasche bestückt, während Jessy brav hinterhertrottet. Auschecken, Autobeladen und Navigationsgerät mit dem neuen Ziel in Hamburg eingeben sind die nächsten Handlungen auf dem Weg ins Ungewisse. Bevor Lisa startet, ruft sie ihre Großmutter im Altersheim in Liestal an. Die betagte Dame ist glücklicherweise geistig gut beieinander und trotz einer geringen Schwerhörigkeit imstande zu telefonieren. Sie nimmt auch umgehend den Anruf entgegen.

„Guten Tag, Großmama. Wie geht es dir?"

„Lisa? Grüß dich. Mir geht's gut. Und dir?"

„Danke, bestens … Nein, stimmt nicht. Es geht mir beschissen. Ich sitze im Auto und bin unterwegs. In nächster Zeit kann ich dich nicht besuchen kommen."

„Unterwegs? Wo bist du und warum geht's dir – wie sagtest du? – beschissen?" Die Großmutter ist verunsichert.

„Soeben fahre ich vom Parkplatz eines Hotels in Hildesheim weg und …"

„Hildesheim? Wo liegt denn das?"

„In Deutschland. Ich bin auf dem Weg nach Hamburg."

„Du meine Güte, Mädchen. Schon wieder Hamburg? Da warst du ja schon einige Male. Hat es dir diese Stadt wirklich so sehr angetan?"

Lisa versucht, ruhig zu bleiben und der Großmutter ihre unvermittelt aufkommende Nervosität nicht anmerken zu lassen. Denn sie gesteht sich soeben ein, auf der Flucht zu sein, und zwar nicht vor John. Vor seinen psychischen Attacken hat sie keine Angst. Denen konnte sie bisher immer Paroli bieten und seine physische Überlegenheit würde er nie ausspielen. Nein, Lisa fühlt, dass sie vor ihrem seelischen Chaos flieht, das sich unangekündigt aus dem Nichts vor ihr ausbreitet. Die seit Jahren verdrängten Schuldgefühle ihrem Papa gegenüber steigen aus tiefster Versenkung hoch und die in Zorn an ihn gerichteten Worte liegen schwer wie Mühlsteine auf dem Gewissen. Auch ihre vermeintliche Mitschuld am Unglück ihres einstigen Freundes steigert sich vom Schwelbrand zur Feuersbrunst. Seine Hilferufe hat sie trotzig ignoriert und das Gespräch verweigert. Die Geschichte wiederholt sich, denkt Lisa, ich renne wieder einmal davon.

„Großmama, bitte höre mir zu. Ich kann nicht so lange telefonieren." Lisa schluckt leer und fährt weiter: „Ich hatte Streit mit John und habe ihn verletzt."

„Waaas hast du? John verletzt?", schreit die Großmutter in den Hörer.

„Ich glaube, nicht schlimm. Er kann jedenfalls Auto fahren, denke ich wenigstens."

Die alte Frau ist ganz verdattert. „Und jetzt?"

„Bin ich eben auf dem Weg nach Hamburg. Ich werde mich so bald als möglich wieder bei dir melden. Und, Großmama, Jessy ist bei mir."

„Kind, Kind. Du hast den Hund mitgenommen? Ja, geht das denn gut?"

„Ich weiß es noch nicht, hoffe aber, dass wir beide es schaffen werden." Während Lisa das sagt, greift sie Jessy in den üppigen Kragen, denn die Hündin ist auf dem Hintersitz aufgestanden, als sie ihren Namen hörte.

„Ich muss das Gespräch beenden, Großmama. Wie gesagt, ich werde mich bald melden. Versprochen."

Lisa fährt vom Parkplatz des Novotels in Hildesheim weg und erreicht nach wenigen Minuten die Autobahn. Es hat mäßig Verkehr an diesem Sonntagvormittag, vor allem ist das Fahren ein Genuss, weil weit und breit keine Lastwagen unterwegs sind. Oder nur ganz, ganz vereinzelt. Schon nach zwei Stunden leitet das Navi Lisa durch Vororte von Hamburg, dann durch die Innenstadt und bald darauf ertönt sein obligates „Sie haben Ihr Ziel erreicht" vor dem Haupteingang ihrer neuen Unterkunft.

Kapitel 4 – Lisa hadert

Blickpunkt Welt 2005:
Wahl Angela Merkel zur ersten Bundeskanzlerin
und die Swiss geht an die Deutsche Lufthansa

Lisa sitzt auf einem unbequemen Stuhl am Spitalbett und betrachtet ihren Vater. Sie blickt auf das Oval seines Gesichts, das von einem Bluterguss unter dem rechten Auge dominiert wird, und auf die linke Hand, die als einzige Extremität nicht bandagiert ist. Monotone Geräusche füllen den Raum aus. Obwohl sie zum ersten Mal einen schwer Verwundeten inmitten medizinischer Apparate sieht, ist ihr nichts fremd. Der Monitor mit den sich ständig im Fluss befindlichen Angaben – Herzschlag, Blutdruck, Sauerstoffsättigung, Puls –, das leise Pumpen der Sauerstoffzufuhr, der Ständer mit den Beuteln und Tropfzählern, all dies kennt sie aus Filmen oder Arztserien im Fernsehen. In den vergangenen zehn Minuten war Lisa immer wieder in ihrem stummen Monolog mit ihrem Vater unterbrochen worden. Zweimal kam eine Schwester ins Zimmer, um einen schnellen Blick auf den Bildschirm zu werfen, und dann erschien endlich ein Arzt, den Lisa um Auskunft bitten konnte. Doch der Assistenzarzt wusste noch nichts Genaueres, nur so viel, dass es sehr ernst um den Patienten stehe und man ihn weiterhin im künstlichen Koma belassen wolle. Mit dieser Diagnose ließ er die verunsicherte Lisa allein mit ihrem Vater im steril und unheimlich kühl wirkenden Überwachungsraum zurück.

Lisa spricht ihren Papa an, nicht nur in Gedanken, sondern laut: „Wenn du mich hören kannst, gib mir ein Zeichen. Versuche, nur einen Finger deiner linken Hand zu heben." Sie blickt erwartungsvoll über die Decke hinweg zum Arm. Doch nichts geschieht. „Papa, bitte wach auf." Sie seufzt, weil ein Dialog mit ihrem Vater unmöglich scheint. Nach einem tiefen Atemzug schaut Lisa ihren Vater vorwurfsvoll an. „Warum hast du mir meine brennendste Frage nie beantwortet? Du hast sogar Großmama ein Versprechen zum Schweigen abgerungen.“

***

Lisa hat von jeher zu ihrer Großmutter eine enge Beziehung. Sie liebt sie über alles und kann ihr auch all ihre Sorgen erzählen. Die quirlige Frau ist ihre beste Freundin und sie kommt ihr manchmal jünger vor als ihre Eltern. Großmutter Berger hat die schlohweißen Haare meist sportlich kurz geschnitten und trägt sogar zur allgemeinen Verwunderung oft Bluejeans. Ja, Lisa und ihre Großmama sind eine verschworene Gemeinschaft.

Eine gleiche herzliche Bindung zwischen Lisa und ihrem Vater, Peter Berger, gibt es seit ein paar Jahren nicht mehr. Zur Stiefmutter Elisabeth wuchs auch nie eine Verbundenheit im selben Ausmaß heran wie ihre Liebe zur Großmutter. Vielleicht sind die Unterschiede zwischen Lisa und ihrer Stiefmutter zu groß, denn Elisabeth ist in jeder Hinsicht das Gegenteil von ihr. Im Gegensatz zu Lisa lässt die etwas pummelige Mama jegliches Flair für Sport oder Musik vermissen. Äußerst selten fährt sie mit dem Velo vom Heidenlochquartier ins Zentrum von Liestal. Ihre sportlichen Ziele sind dann jeweils für Tage erfüllt. Auch wenn es um Haustiere geht, blockt Elisabeth Lisas Wünsche ab. So willigte sie erst ein, einen Hund in die Familie aufzunehmen, nachdem Lisa sämtliche Register gezogen hatte.

Noch bevor Lisa schulpflichtig wurde, hatten Peter und Elisabeth Berger der Tochter mit einfachen Worten erzählt, dass ihre leibliche Mutter gestorben ist. Lisas Frage „wann?“ beantworteten sie, dass dies wenige Wochen nach ihrer Geburt passiert sei. Das Kleinkind hatte diese Erklärung gelassen entgegengenommen, so machte es jedenfalls den Anschein. Es erfuhr gleichzeitig, dass kurz vor ihrem ersten Geburtstag Papa und Elisabeth geheiratet hatten. Für das Mädchen war bedeutungslos, dass sie noch eine Mama gehabt hatte, die jetzt – wie Papa sagte – im

Himmel wohnt. Die Sechsjährige konnte sich diese Konstellation ohnehin kaum vorstellen. Erst mit den Jahren wurde für sie der Tod ihrer Mutter ein Thema. Dass Lisa ihre leibliche Mama nie kennenlernen durfte, wühlte sie hie und da auf oder sie geriet ins Grübeln.

Kurz nach ihrem vierzehnten Geburtstag wollte Lisa von ihrem Vater Näheres wissen. Beide saßen auf dem Balkon im Wohnblock an der Heidenlochstraße in Liestal. Er genoss nach einem harten Arbeitstag auf der Baustelle die Ruhe und die letzten Sonnenstrahlen. Die alles einhüllende Spätsommerwärme ließ ihn kurz eindösen, doch er wehrte sich gegen den Schlummer und entfaltete die Zeitung. Lisa löffelte neben ihm ein Joghurt.

„Papa, wie ist meine richtige Mutter eigentlich gestorben?" Lisa fragte in einem belanglosen Ton, als würde sie sich erkundigen, ob er vorhabe, noch heute das Auto zu waschen.

„Warum fragst du?" Vater Berger sah sie über den Zeitungsrand an.

„Ich möchte es einfach wissen, und zwar genau", entgegnete Lisa. „Zudem beantwortet man eine Frage nicht mit einer Gegenfrage."

Lisa merkte, dass sich ihr Vater zum Schein wieder der Lektüre widmete und hakte trotzig nach: „Also?"

„Das haben wir dir doch schon einige Male erklärt. Sie hatte Krebs."

„Das weiß ich sehr wohl. Lymphdrüsenkrebs, nicht wahr? Aber wie verlief der Sterbeprozess und wie lange musste sie leiden? Sie hat doch gelitten, oder nicht?" Lisa hielt den leergegessenen Joghurtbecher krampfhaft fest und leckte ununterbrochen den Löffel blank, während sie ihren Vater fixierte.

„Natürlich hat sie gelitten, ist doch klar. Ihr Kampf dauerte", Peter Berger studierte kurz, „ungefähr sechs Monate."

„So lange hatte sie Schmerzen?" In Lisas Gesicht wurde das Entsetzen regelrecht eingemeißelt. Sie wusste noch nicht viel über Krankheiten und Unfälle und hätte sich höchstens vorstellen können, dass ein Beinbruch wehtat, aber nicht genau, wie sehr es schmerzt. Wo die Lymphdrüsen im Körper zu finden sind, wusste sie nicht und noch weniger, was der Krebs mit den Drüsen anstellt und wie Metastasen entstehen. Lisa konnte unmöglich wissen, wie sich die Schmerzen dieser unheimlichen Zerstörung anfühlten. Doch eines ahnte sie, nämlich dass ein halbes Jahr Überlebenskampf für ihre Mutter schreckliches, schmerzhaftes Leiden bedeutete. Sie sah förmlich einen widerlichen Krebs mit seinen scharfen Scheren Stück um Stück Fleisch im Innern ihrer leiblichen Mutter wegzwacken.

„Nein, natürlich nicht. Gegen die Schmerzen bekam sie wirksame Mittel. Gelitten hat sie aber psychisch." Vater Berger faltete die Zeitung zusammen. Ihm war nicht mehr zum Lesen zumute.

„Die letzten Tage war sie nicht mehr ansprechbar. Sie lag da mit geschlossenen Augen und atmete nur noch oberflächlich." Er stockte und fuhr fort: „Ich konnte mich nicht einmal von ihr verabschieden. Ich meine damit, sie hat mir nicht antworten können. Sie starb einfach, ohne noch ein Wort zu sagen oder wenigstens zu flüstern." Peter Berger stand auf und sah in die Ferne, über die träg dahinfließende Ergolz hinweg zum Sportstadion Gitterli. Er konnte seiner Tochter nicht in die Augen sehen, weil er sich dafür schämte, nicht früher von sich aus mit ihr über das Sterben seiner ersten Frau, der Mutter seiner einzigen Tochter, gesprochen zu haben.

Lisas harte Frage: „Vermisst du sie?" prallte an seinen Rücken. Peter Berger kehrte sich um und betrachtete Lisa intensiv. Sein Blick gab vieles preis: verlorenes Glück und Trauer, Sehnsucht und Resignation. Aber plötzlich ging in ihm eine Wandlung vor und seine Gesichtszüge verhärteten sich. Gram und Verunsicherung, weil er mit seiner halbwüchsigen Tochter ein unangenehmes Gespräch führen musste, schwanden. Seine Augen, ja seine ganze Haltung signalisierten eine Abweisung, die förmlich eine Wand zwischen ihm und Lisa schob. Er machte Anstalten, den Balkon zu verlassen. Lisa hielt ihn am Arm fest: „Sag, vermisst du sie?"

„Warum sollte ich? Ich habe ja eine Frau", antwortete der Vater und riss sich los.

Lisa glaubte, nicht richtig gehört zu haben! Ihre Mutter starb und ihr Vater hatte sie, seine geliebte Ehefrau, einfach vergessen! Aus dem Gedächtnis gestrichen wie ein gelesenes Buch, das sich nicht lohnt, noch einmal zur Hand genommen zu werden. In dieser Sekunde wurde Lisa überrollt von einer Sehnsucht nach der Unbekannten. Verzweiflung stieg in ihr hoch, dass sie die Frau nie kennenlernen durfte, aus deren Schoß sie stammte. Der Gedanke daran, dass ihre Mutter sie kurz vor dem letzten Atemzug unter Schmerzen geboren hatte, erdrückte sie fast. Lisa konnte sich nicht einmal das Gesicht ihrer wunderbaren, unbekannten Mama vorstellen, da es kaum Fotos von ihr gab und die wenigen vorhandenen hatten sie bis anhin nicht interessiert. Sie war fassungslos, dass ihr Vater diese einmalige Frau ins Nirgendwo versenkte.

„Du Arsch", schrie Lisa ihrem Vater hinterher, als er ins Wohnzimmer trat, „du miese, feige Ratte."

Peter Berger blieb abrupt stehen. So hatte ihn seine Tochter noch nie genannt. Auch wenn sie mitten in der Pubertät war, konnte er sich das von ihr nicht gefallen lassen. Zornesröte überzog sein Gesicht, er konnte sich jedoch beherrschen und wollte ihr gerade einen scharfen Verweis erteilen, als Lisa ihm nochmals entgegenschmetterte: „Du hast nicht einmal um meine Mutter getrauert und einfach wieder geheiratet. Weißt du, was du bist?"

„Es reicht, Lisa. Hör auf, sonst vergesse ich mich."

Auch bei der Großmutter hatte Lisa keinen Erfolg, als sie ein paar Tage später anlässlich eines Besuches ihr Herz bei der alten Dame ausschüttete. Die Enkelin wollte von ihr wissen, warum Papa seine verstorbene Frau einfach nur ausgetauscht hatte. So nannte sie es, austauschen. „Das geht doch nicht, Großmama", sagte die verzweifelte Lisa. „Man ersetzt doch einen geliebten Menschen nicht einfach mir nichts, dir nichts mit irgendjemand anderem." Lisa trug die leeren Teetassen in die Küche, wusch sie ab und naschte aus einer mit Konfekt gefüllten Kristallglasschale ein kleines Stück Florentiner, bevor sie wieder ins Wohnzimmer zurückging. Sie musste ein wenig Zeit schinden, damit Großmama ihre nassen Augen nicht entdeckte.

„Das siehst du falsch, Lisa“, probierte die Großmutter den Teenager zu überzeugen. „Dein Vater hat doch nicht eine x-beliebige Person ausgesucht. Da waren bestimmt tiefere Gefühle vorhanden.“

„Von wegen tiefere Gefühle. Ich kann's nicht fassen, dass er nicht einmal ein Jahr nach dem Tod meiner Mutter eine andere Frau angelacht hat“, entgegnete Lisa heftig.

Die Großmutter zögerte mit ihrer Antwort. „Lassen wir doch deine Mutter in Frieden ruhen, Lisa. Ich …“ Die Frau stockte, und Lisa sah sie fragend an.

„Was, Großmama?“

„Ich kann dir nur raten, nochmals mit Papa über das zu reden, was dich dermaßen beschäftigt. Es ist nicht an mir, dir mehr zu erzählen, als was Peter tun könnte.“ Die Großmutter drückte sich umständlich tiefer in den Sessel rein und fuhr fort: „Noch eines will ich dir sagen. Versetze dich doch in die damalige Situation deines Vaters. Ihm wurde aus heiterem Himmel sicher das Liebste genommen, das er hatte, und er war unvermittelt alleine mit einem wenige Wochen alten Baby.“

„So klein bin ich nicht mehr, Großmama, um das zu schnallen. Aber irgendetwas verschweigt ihr mir. Was ist es?“ Laut und zu trotzig hing Lisas Fragezeichen im Raum, bis sie endlich eine Antwort erhielt: „Wie ich dir schon geraten habe, frag deinen Vater. Mehr darf ich dazu nicht sagen.“

Lisa wurde hellhörig. „Wieso darfst du nicht?“

Die Großmutter stand auf und ließ Lisa mit der Frage allein.

Das Verhältnis zwischen Lisa und Vater war unwiderruflich gestört. Sie ersann sich Geschichten um den Tod ihrer Mutter. Je nach Gefühlslage waren diese rührselig oder dramatisch, nie entsprachen sie aber der Wirklichkeit, denn diese kannte Lisa nicht. In Gesprächen mit ihrem Vater hatte sie das Thema nie wieder aufgegriffen. Peter Berger seinerseits vermied es ebenfalls, das Sterben seiner ersten Frau zu erwähnen. Zeitlebens sprach er mit niemandem mehr darüber.

***

Lisas letztes Semester der Journalistenausbildung an der MAZ in Luzern geht dem Ende entgegen. Es ist Freitagnachmittag und Lisa ist auf dem Weg zur Aula. Ihr Handy klingelt, und sie fischt es aus der Tasche. Der Anruf kommt von Elisabeth. „Papa ist verunglückt“, schreit ihr die verzweifelte Mutter ins Ohr.

„Oh Gott, was ist passiert?“ Lisa denkt als erstes an einen Autounfall oder an etwas Naheliegenderes. Als Baustellenleiter bei einer Tiefbaufirma ist er allerlei Gefahren ausgesetzt. Er könnte unter einen Trax geraten oder in eine metertiefe Baugrube gefallen sein.

„Ein Unfall auf der Baustelle. Sein Chef informierte mich kurz. Peter stand neben einem Lastwagen und studierte konzentriert einen Plan, den er in den Händen hielt. Unverhofft rollte eine Ladung ungesicherter Stahlsprießen vom LKW-Auflieger, als der Chauffeur das Gefährt lediglich ein paar Zentimeter verschieben wollte. Sie vermuten, dass Peter zu spät reagierte, als das Getöse losging. Er habe keine Chance gehabt, sich mit einem Sprung aus der Gefahrenzone zu retten, und Lisa, stell dir vor, er wurde von mindestens einem halben Dutzend Sprießen zugedeckt.“

„Das ist ja entsetzlich. Konnte er selber hervorkriechen?“

„Wo denkst du hin? Die herbeigeeilten Bauarbeiter mussten die stählerne Ladung entfernen. Der Chef hat sofort die Ambulanz angefordert.“

Die geschockte Lisa kann kaum reden: „Wo ist er jetzt?“

„Er liegt auf der Intensivstation im Kantonsspital“, antwortet Elisabeth.

„Ich komme sofort und gehe direkt vom Bahnhof ins Spital. Du musst also nicht daheim auf mich warten.“

Kurz vor fünf Uhr steigt Lisa in Liestal aus dem Schnellzug und eilt mit langen Schritten zur Kantonalbankkreuzung hinunter, dem Kantonsspital entgegen. Wie immer an einem Wochenende hat sie einiges an Studienmaterial eingepackt, und die vollgestopfte Umhängetasche behindert ihren Laufschritt massiv. Bei der Anmeldung im Spitalhaupteingang erkundigt sie sich, ob Peter Berger tatsächlich auf der Intensiv liege und wo die zu finden sei. Die Dame an der Rezeption bestätigt ihr, dass der

Patient dort sei, jedoch keine Besucher empfangen könne. Lisa hört nicht mehr weiter zu und ruft beim Davoneilen: „Mich müssen sie zu ihm lassen. Ich bin seine Tochter."

Die Spitalatmosphäre ist Lisa fremd. Sie kennt nur die Praxen ihres Hausarztes sowie der Frauenärztin und der einzige Spitalbesuch, den sie je gemacht hatte, war bei ihrer Cousine, die nach einer Blinddarmoperation das Bett hüten musste. Heute findet Lisa dank der guten Beschilderung den richtigen Korridor und die Türe zur Intensiv. Sie erkundigt sich bei einer vorübereilenden Pflegerin, wie sie in den Raum gelangen könne, der mit einem Schild „Zutritt untersagt" gekennzeichnet ist.

„Fragen Sie bitte die Stationsschwester im Büro gleich vorne rechts", bekommt sie zur Antwort.

Lisa schaut auf die Uhr. Seit fast zehn Minuten versucht sie, einen Kontakt zum komatösen Patienten herzustellen. Wie der ausfallen sollte, weiß sie zwar nicht, hofft aber inständig auf ein Lebenszeichen. Die monotonen Geräusche der Geräte drängen sich immer wieder zwischen Lisas stummen Monolog. Sie rückt den Stuhl noch etwas näher zum Bett hin und betrachtet ihren Vater intensiv. Doch das sehnlichst erwartete Blinzeln oder irgendeine Regung bleibt auch nach noch so aufmerksamem Hingucken aus. Resigniert lehnt sich Lisa zurück. Sie hat sich bis anhin nie Gedanken über das Sterben oder sogar über ein Leben nach dem Tod gemacht. Das Wenige, das sie über Glauben und Religion wusste, hatte sie vor Jahren im Religionsunterricht oder als Konfirmandin erfahren.

„Papa, falls du sterben solltest … mit Betonung auf sterben, und jetzt noch einmal aus dem Koma aufwachen würdest, bliebe dir vermutlich die letzte Gelegenheit, mit mir zu reden." Lisa erschrickt, als sie sich laut sprechen hört, und schaut sich um, ob ein Lauscher Zeuge ihrer Worte geworden ist. Sie nimmt gedanklich das Thema wieder auf und spinnt ihren Faden weiter. Die Angst um das Leben ihres Vaters weicht einer Anschuldigung. Lisa klagt ihn an, sie über den Krankheitsverlauf ihrer verstorbenen Mutter bewusst im Ungewissen gelassen zu haben. Sie beugt sich wieder vor, ganz nahe ans Gesicht des Patienten und flüstert ihm ins Ohr: „Als ich dich als Halbwüchsige nach ihrem Sterbeverlauf ausfragte, bist du ausgewichen. Warum? Ich lasse aber nicht locker. Solltest du wirklich sterben und sollten wir uns erst im Jenseits wieder begegnen, werde ich dir dort auf die Pelle rücken, Papa."

Zum Glück wird Lisa in ihrer negativen Gedankenwelt unterbrochen, weil Elisabeth und Großmutter Berger ins Zimmer kommen. Lisa steht auf, begrüßt die beiden Eintretenden mit einer kurzen Umarmung und bietet der Großmutter den Stuhl an. Elisabeth beginnt beim Betrachten ihres verunglückten Gatten augenblicklich zu weinen.

„Hoffentlich muss er nicht leiden", schluchzt sie.

Die Großmutter hält sanft eine Hand auf die einbandagierte Brust ihres Sohnes und sieht zu Lisa auf. „Hast du schon mit einem Arzt sprechen können?"

„Nur mit einem Assistenzarzt, und der machte mir überhaupt keine Hoffnungen."

„Dann gehe ich jemanden suchen, der uns Auskunft geben kann." Mit diesen Worten verlässt Elisabeth immer noch schniefend den Raum.

Auch am Samstag bleiben die drei Frauen im Ungewissen, wie es dem Sohn, dem Gatten bzw. dem Vater geht. Die folgenden Tage werden für die Familienmitglieder eine Tortur, da sich je nach Ärzteteam die Prognose um den Genesungsverlauf ändert. Einmal heißt es, der Patient trete wohl seinen letzten Kampf an, dann wieder, die Heilungschancen seien weit besser als anfänglich eingeschätzt.

Am meisten leidet offensichtlich Großmama Berger. Mehr als einmal sagte sie, das Gesetz des Lebens laute, dass die Eltern vor den Kindern sterben sollen. Sie verdrängt mit aller Gewalt die Tatsache, dass die Spielregeln auch umgekehrt sein können. Elisabeth war von Anfang an ohne jede Hoffnung. Jedes Mal, wenn sie am Bett ihres Mannes sitzt, weint sie unaufhörlich, denn sein Dahindämmern mitzuverfolgen übersteigt ihre Kräfte. Auch die wenigen Aussagen seitens Ärzten oder Pflegepersonal, eine Besserung sei möglich, können sie nicht aus ihrer Depression befreien.

Die Jüngste im Bunde ist die Pragmatischste. Lisa verfolgte ohne Tränen während einer Woche den Todeskampf ihres Vaters. Sie nimmt den Unfall als vorbestimmten Schicksalsschlag an.

Lisa besucht am Sonntagmorgen ihren Vater, während ihre Mutter das Mittagessen zubereitet. Nichts deutet auf eine dramatische Änderung hin, und Lisa wird deshalb auch nicht vom Pfleger vorgewarnt, der noch im Zimmer ist, als sie eintritt. Wie gewohnt rückt sie den Stuhl nahe ans Bett, setzt sich und legt ihre Hand auf das unverbundene Handgelenk ihres Vaters. Der Pfleger verlässt den Raum mit dem Hinweis, dass er jederzeit abrufbar sei.

„Sie wissen ja, nur den roten Knopf an der Klingel drücken und ich bin so schnell wie möglich hier."

„Okay. Ich bleibe höchstens eine halbe Stunde und werde mich im Stationsbüro abmelden, wenn ich gehe", entgegnet Lisa.

Nach ein paar Minuten steht Lisa auf und geht zum Fenster. Sie schaut über zahlreiche Dächer hinweg zur Stadtkirche mit den markanten rot-braunen Ecksteinen am hohen Kirchturm. Sie ändert die Blickrichtung und entdeckt zwischen Gebäudelücken einen in Richtung Bahnhof fahrenden Güterzug, das heißt, sie sieht eigentlich nur den oberen Teil der Wagons. Gleichzeitig kreuzt ein Schnellzug die Güterzugschlange und rast nordwärts. „Ein Zug nach irgendwo", denkt Lisa und ihr altbekanntes Fernweh meldet sich.

Lisa wird plötzlich durch ein Röcheln aus ihrer Gedankenwelt gerissen. Sie eilt zum Bett und ist überrascht, ihren Vater wieder ruhig atmend vorzufinden. Dass sie eben erst ein eigentümliches Geräusch gehört hat, weiß sie jedoch mit Bestimmtheit. Sie neigt sich zum Vater hinunter und fühlt, dass etwas anders ist. Sie kann die Änderung jedoch nicht definieren. Das Gesicht, ja selbst der unter Bandagen verdeckte Körper senden aber Signale aus, die Lisa nicht versteht. Sie hält eine Hand auf die Brust ihres Vaters und spürt es unverhofft. Undefinierbare Schwingungen strömen durch ihre Hand hindurch. Der Patient macht wiederum mühsam und röchelnd einen tiefen, nicht enden wollende Atemzug, verharrt wenige Sekunden und stößt die Luft mit einem unheimlichen Ton wieder aus. Nach diesem tiefen Grollen passiert nichts mehr. Das gleichmäßige Auf und Ab des Brustkorbes bleibt aus. Lisa hält noch immer ihre Hand auf der Brust und spürt, wie der Herzschlag langsamer und schwächer wird, doch das Atmen will und will nicht mehr einsetzen. Dann drückt sie den roten Knopf und rennt zum Zimmer hinaus. Auf dem Korridor entdeckt sie niemanden, also läuft sie zum Stationsbüro. Noch bevor sie dort eintrifft, kommt ihr aber der Pfleger mit raschen Schritten entgegen.

„Kommen Sie schnell, ich glaube, es ist etwas passiert", ruft ihm Lisa zu und eilt ebenfalls ins Zimmer zurück.

Die Abdankung findet in der Friedhofskapelle statt. Auch dieser Anlass ist für Lisa eine Ersterfahrung. Sie weint während der Urnenbestattung, doch eher darum, weil Großmama und Mama sie mit ihrem unaufhörlichen Tränenvergießen anstecken.

Kapitel 5 – Johann fragt

Blickpunkt Welt 1990:
Nelson Mandela in Freiheit
und Wiedervereinigung Deutschlands

„Mama, warum heiße ich Johann?"

„Weil dieser Vorname in unserer Familie Tradition ist."

„Was ist Tradition?"

„Etwas, das immer wieder gleich oder in ähnlicher Form gemacht wird. Warum machst du dir Gedanken über deinen Namen?"

„Nur so."

„Nur so ist keine Antwort."

Johanns Mutter sitzt am großen Tisch aus Kirschbaumholz, der im Zentrum der Wohnstube steht. Ein paar Ordner, eine Rechenmaschine und zahlreiche lose Blätter, Kundenbriefe und Rechnungen, bedecken die Hälfte des Tisches. Johann kniet auf einem Stuhl neben ihr. Sein anfängliches Interesse an Mutters stummem Hantieren mit dem Papierkram weicht einer Langeweile. Sie bemerkt es, trennt daher einen bedruckten Papierstreifen an der Rechnungsmaschine ab und legt ihn auf einen Stapel Rechnungen. „Also, mein Kleiner, warum studierst du über deinen Namen nach?"

„Weil es doof ist, dass ich Johann heiße und nicht Peter oder Max."

„Dein Bruder heißt doch schon Max. Übrigens auch der Tradition zuliebe. Aber zwei Brüder können nicht gleich heißen. Ein Max reicht."

„In einer Familie? Aber wir haben doch zwei Mäxe, Papa heißt ja auch so."

„Familientradition eben. Und dich tauften wir Johann, weil dein Onkel ebenfalls diesen Namen trägt. Das ist jedenfalls ein ungeschriebenes Gesetz im weitverzweigten Stammbaum der

Kaltenbachs. In jeder Generation werden männliche Nachkommen entweder Johann oder Maximilian getauft."

„Ist ein Stammbaum ein umgekehrter Baumstamm?"

„Johann, du nervst. Ich kann mich nicht konzentrieren. Schau dir die Bilder im Büchlein über den Käfer Skarabäus an. Sobald ich hier fertig bin, lese ich dir daraus vor."

Frau Kaltenbach nimmt einen Ordner und heftet einen Brief darin ab. Sie ist eine stattliche Frau um die vierzig. Noch sind ihre mit Dauerwellen geformten Haare dunkelbraun und nicht mit unliebsamen grauen Strähnen ergänzt, weil sie sich jedes aufkommende farblose Haar auszupft. Die Kaltenbachs wohnen in der Güterstraße in Basel und betreiben eine Tischlerei. Die zahlreichen Handwerker-Kleinunternehmen im Gundeldingerquartier werden zusehends weniger, sei es aus Platzgründen oder weil die Konkurrenz der großen Firmen in der Agglomeration erdrückend wird. Herr Kaltenbach ist aber noch zufrieden mit dem Geschäftsverlauf seiner Schreinereiwerkstatt. Er ist dankbar dafür, dass er sich voll und ganz seiner Arbeit widmen kann und seine Frau alles Administrative und den Haushalt in der über der Werkstatt liegenden Wohnung erledigt. Zudem ist die Erziehung der Söhne ihre Herzensangelegenheit.

Der fünfjährige Johann setzt sich mit einem Seufzer auf die Couch und nimmt das Bilderbuch zur Hand. Der Kleine scheint Mutters Haarfarbe geerbt zu haben. Die etwas zu langen Fransen fallen ihm ins wohlproportionierte Gesicht. Er ist ein hübscher Junge mit großen, dunklen Augen. Johann wechselt seine Haltung in den Schneidersitz und muss dabei an den Hosenbeinen seiner abgewetzten braunen Manchesterhose zupfen, weil sie ihn einengen. Unmotiviert blättert er vor und zurück. Er wartet sehnsüchtig auf seinen Bruder Max, der bald aus der Schule heimkommt. Als Erstklässler kann Max schon leidlich lesen, und Zahlen sind für ihn auch kein Buch mehr mit sieben Siegeln. Wenn Max seine Hausaufgaben macht, darf Johann sich am Esstisch neben ihn setzen und zusehen, wie der ABC-Schüler ungelenk Zahlen und Buchstaben in seine Schulhefte kritzelt.

Alles, was Max vor sich hinmurmelt, nimmt der kleine Bruder wahr und lernt so ganz im Geheimen lesen.

***

Zwei Wochen zuvor überraschte Johann seine Mutter während einer Tramfahrt und gab ungewollt sein Geheimnis preis. Er saß neben ihr, guckte aufmerksam zum Fenster hinaus, beobachtete bei der Haltestelle Barfüsserplatz das hektische Gewirr von Fußgängern und Verkehr und buchstabierte halblaut: „Restaurant zum braunen Mutz." Er wandte sich an seine Mutter: „Was ist ein brauner Mutz?"

„Wer hat dir vom braunen Mutz erzählt?", wollte sie wissen.

„Niemand." Johann drückte seine kleine Hand an das Fenster. „Dort an der Hausmauer steht es doch geschrieben."

Erstaunt nahm Frau Kaltenbach zur Kenntnis, dass ihr Jüngster offensichtlich lesen kann.

„Aufgeweckt, der Kleine", unterbrach eine ältere Dame aus der Sitzreihe links vom Gang das stumme Staunen der Mutter. Da meldete sich ihr Sitznachbar zu Wort:

„Wieder eine arme Kreatur, die schon Jahre vor Schuleintritt das ABC lernen muss."

Frau Kaltenbach lehnte sich etwas vor und entgegnete dem mürrischen Herrn mit scharfen Worten: „Erstens haben wir unseren Sohn zu nichts gezwungen und zweitens, wenn wir es getan hätten, ginge das Sie einen Dreck an."

Johann schaute seine Mama mit großen Augen an. So hatte er sie noch nie reden gehört, jedenfalls nicht mit Fremden – und erst noch im Tram! Der alte Mann stänkerte weiter. „Sie würden ihn also zwingen? Ja oder nein?"

Seine Sitznachbarin legte ihm beschwichtigend die Hand auf den fuchtelnden Arm. „Lass gut sein, Otto, misch dich da nicht ein und beherrsche dich bitte."

Frau Kaltenbach wurde unvermittelt am Antworten gehindert, weil sich eine Dame, die durch die Sitzreihen zum Ausgang ging, über sie beugte und zischte: „Sie haben ja keine Ahnung, wie Sie Ihrem Sohn schaden, wenn er bei Schuleintritt schon lesen kann.

Er wird *gemobbt* werden, wie man heute so schön sagt." Das Tram hielt am Aeschenplatz an und sie rief noch kurz vor dem Aussteigen über ihre Schulter zurück: „Denken Sie an meine Worte."

„Ha, ich bin also nicht der Einzige, der Sie entlarvt", meldete sich der Mann aus der linken Sitzgruppe erneut. Seine Frau senkte den Kopf und starrte mucksmäuschenstill auf ihre auf dem Schoß liegende Handtasche.

Frau Kaltenbach stand unvermittelt auf und zog Johann hinter sich her. „Komm, Johann, das müssen wir uns nicht länger anhören."

„Aber, wir sind doch noch nicht …"

„Komm jetzt."

***

Die Haustüre fällt laut hörbar ins Schloss. Offenbar hat es Max eilig, denn er rennt die Treppe zum Wohnzimmer hoch. Johann ist flugs auf den Beinen, wobei ihm das Bilderbuch entgleitet. Er macht ein paar Schritte zur Wohnungstüre hin, kehrt aber um und hebt das Buch auf. Er legt es auf den Tisch neben Ordner und Akten und schiebt es zweimal hin und her, bis ihm offenbar die Lage passt. Frau Kaltenbach verfolgt das Tun ihres Jüngsten und betrachtet den Knaben nachdenklich, bevor sie sich wieder ihrem Papierkram hinwendet.

Max stürmt in die Wohnung, entledigt sich vom Schulsack und ruft noch außer Atem: „Röbi und Christian warten unten. Ich geh mit ihnen auf die Spielwiese. Sie brauchen mich dringend für einen Match, weil sie zu wenig sind. Die anderen …"

„Stopp", unterbricht ihn die Mutter. „Nicht so hastig, mein Sohn. Auch bei uns ist es Sitte, dass der Eintretende zuerst grüßt. Zudem weißt du ganz genau, dass ich wissen will, ob Hausaufgaben anstehen. Wenn ja, werden diese zuerst erledigt."

„Ich muss nur fünf Rechnungen lösen und einen ganz winzig kleinen Text lesen. Wirklich winzig", gibt Max zu verstehen und unterstreicht seine Aussage, indem er mit Daumen und Zeigefinger die Gestik „klein" macht.

„Wenn der so kurz ist und du nur gerade fünf Rechnungen zu machen hast, ist das ja im Nu getan und deine Freunde können so lange auf dich warten."

Max merkt sogleich am Tonfall seiner Mutter, dass Widerstand zwecklos ist. Er geht zum Fenster, öffnet es und ruft auf die Straße hinunter: „Ich darf erst kommen, wenn die Hausaufgaben erledigt sind. Wartet ihr auf mich? Ich beeile mich."

Max hört aber nur Hohngelächter. „Bis du fertig bist, haben wir schon längstens drei Tore geschossen. Vergiss es, wir fragen Päuli."

Enttäuscht schließt Max das Fenster und schlurft zum Tisch. Er packt seine Utensilien aus und legt sich Etui, Lesebuch und Rechnungsheft zurecht. „Ich habe Durst. Darf ich Citro haben?"

Die Mutter bejaht, und Max geht in die Küche und holt die Flasche und ein Glas. Johann schiebt sein Bilderbuch zur Seite, dafür ordnet er die von Max ausgepackten Schulsachen säuberlich ausgerichtet an den Platz, wo Max' Stuhl steht. Max kommt zurück und verschiebt gedankenlos mit dem Unterarm das Lesebuch, damit er eine freie Fläche für Glas und Flasche hat. Es stört ihn nicht, dass Johann vor dem Tisch steht und seine abgewinkelten Arme darauf legt. Doch ihm entgeht, dass Johann den rechten Arm ausstreckt und kaum merkbar das Lesebuch Zentimeter für Zentimeter wieder parallel zur Tischkante schiebt. Max beginnt nach einem Schluck Citro mit einem Seufzer seine Rechenaufgaben zu lösen. Im Gegensatz zu Johann fallen Max die Haare nicht ins Gesicht, wenn er den Kopf nach vorne neigt, denn er hat stark gekrauste dunkelblonde Locken. Er hat noch niemandem gesagt, dass er Johann um dessen langsträhnige, dunkelbraune Haarpracht beneidet.

Johann klettert auf seinen Stuhl, auf dem er kniend Platz nimmt, und schaut gebannt Max beim Rechnen zu. Max schreibt säuberlich Zahl um Zahl in sein Heft, unterstreicht hie und da einfach oder doppelt.

„Ist das die Sieben?", fragt Johann und deutet auf eine Zahl.

„Ja, und das hier ist eine Fünf und daneben steht die Null. Zusammen nennt man es siebenhundertfünfzig."

„Aha", antwortet Johann knapp, denn was er zu hören bekommt, ist wortwörtlich zu hohe Mathematik für ihn.

„Was bedeutet *null*?", will Johann nach einem Weilchen wissen.

„Nichts."

„Was nichts?"

„Eben null. Null heißt nichts."

„Aber hier steht doch", und dabei hält Johann seinen Zeigefinger auf die Zahlenreihe im Heft, „hier steht doch eine Null hinter der Fünf. Und du hast gesagt, das heißt siebenhundertfünfzig. Das ist doch nicht nichts."

„Schau, Johann", beginnt Max zu erklären, wobei er auf einem losen Blatt zu schreiben beginnt. „Das ist die Null. Also nichts. Und das ist zum Beispiel eine Eins. Du weißt doch, was eins bedeutet, oder?"

Johann nickt und streckt den Zeigefinger hoch.

„Gut. Eins ist eins. Wenn du nun die Null dahinter schreibst", Max schiebt seine Zungenspitze ein wenig zwischen den Lippen hervor und bemüht sich, einen schönen Kreis zu schreiben, „dann wird aus der Eins eine Zehn. Verstehst du? Alleine ist die Null nichts, aber zusammen mit einer anderen Zahl wird sie groß oder viel, wie du willst."

Johann sieht Max mit unbeweglicher Miene an: „Wie kann denn aus nichts zehn werden?"

Max gibt auf. Er kennt die mathematische Regel, ist aber nicht imstande, sie seinem unwissenden Bruder erklären zu können.

Max ist fertig und nimmt sein Lesebuch hervor. Auf Anhieb findet er die Stelle, die er sich ansehen muss. Morgens muss er in der Schule das Gelesene frei erzählen können. Er beginnt, den Text zu lesen. Johann schiebt seinen Stuhl ganz nahe an denjenigen von Max. Dieser schubst ihn mit dem Ellenbogen an. „Rück mir nicht auf die Pelle. Ich hasse das."

„Aber so kann ich besser sehen, was du liest."

„Wie willst du denn wissen, was ich lese?"

„Wenn du laut liest, erkenne ich die Buchstaben und Wörter."

Doch Max ist diesmal nicht gewillt, seinem Bruder vorzulesen. Er ist immer noch sauer, weil er nicht mit seinen Kameraden spielen darf. „Hau ab, du störst mich“, raunzt er deshalb Johann an.

Johann geht zum Zimmer raus, und Mutter Kaltenbach und Max beschäftigen sich stumm mit ihren Aufgaben. Plötzlich rumpelt es bedenklich im Korridor, gefolgt von einem Schleppgeräusch. Zur Türe rein kommt Johann. Er zieht das große Bügelbrett hinter sich her.

„Was zum Kuckuck soll das?“, fragt Frau Kaltenbach und steht vom Stuhl auf. „Warum bringst du das Bügelbrett in die Stube?“ Sie geht zu Johann und will ihm das Brett aus der Hand nehmen. Der aber wehrt sich und lässt nicht los.

„Ich will hier drinnen spielen. Da ist es gemütlicher als in meinem Zimmer.“ Energisch entreißt er der Mutter das Brett. Max beobachtet ebenfalls den kleinen Kampf und kann sich keinen Reim auf Johanns Verhalten machen. „Du hast doch eine Schraube locker. Wie willst du denn mit dem Brett spielen?“, schnauzt er ihn an.

Johann schleppt das Bügelbrett zur Couch und lässt das vordere Ende darauf plumpsen. „Das gibt eine Rampe, auf der ich rauf- und runterfahren kann, und gleichzeitig ist es eine Brücke.“ Er rennt raus, um gleich darauf mit seinem kleinen Spielzeugtraktor aus Metall und mit Gummirädern wiederzukommen. Das Gefährt hat sogar ein Steuerrad, mit dem er die Vorderachse bewegen kann. Im Nu ist Johann in seine eigene Welt eingetaucht. Er schiebt den Traktor das Brett hinauf, macht auf der Couch eine große Wende und lässt ihn selber hinunterrollen.

***

Max hat zu seinem Geburtstag neue Turnschuhe erhalten. Blendend weiße mit hohem Schaft. Eigentlich sind es Basketballschuhe. Max zieht sie zu Hause bei jeder sich bietenden Gelegenheit an und marschiert stolz wie ein Pfau durch die Wohnung. Natürlich wünscht sich Johann ebenfalls ein solches Paar. Doch da beißt er bei seinen Eltern auf Granit.

„Hör endlich auf mit deiner Stürmerei. Du gehst ja noch nicht zur Schule und benötigst keine Turnschuhe“, erklärt ihm die Mutter sichtlich genervt. „Zudem ist Max aus seinen alten Sportschuhen herausgewachsen. Komm, wir probieren mal, ob sie dir schon passen, was ich zwar nicht glaube. Setz dich bitte hin."

Mutter Kaltenbach nimmt die alten Turnschuhe von Max und will dem Kleinen den rechten Schuh anziehen. Johann streckt ihr aber seinen linken Fuß entgegen. „Nein, Johann, den anderen Fuß", sagt sie und hält den Schuh mit zurückgezogener Lasche bereit. Er aber wippt mit seinem linken Fuß und sagt: „Diesen zuerst. Immer kommt der als Erster dran."

Die Mutter sieht ihn an. „Seit wann hast du diese Marotte? Egal, dann also halt den linken Schuh zuerst." Johann muss ein paar Schritte machen, doch die Mutter merkt sofort, dass seine Füßchen noch ein Stück wachsen müssen, um die Schuhe auszufüllen. Johann scheint es nichts auszumachen, dass er darauf verzichten muss. Es sind ja doch nur alte, gebrauchte Schlarpen von Max. Er zieht sie aus und geht nur mit Socken bekleidet in das gemeinsame Schlafzimmer der Buben. Es ist Zeit zum Schlafengehen.

Am anderen Morgen ruft Mutter Kaltenbach mit strengem Ton aus der Küche: „Max, wo steckst du? Komm endlich frühstücken. Du bist viel zu spät dran." Sie bestreicht für Max ein Brot mit Konfitüre und stellt eine Tasse mit heißer Ovo neben den Teller. „Max, Herrgott nochmal, jetzt komm schon."

Aus dem Korridor tönt es zurück: „Ich finde meine neuen Turnschuhe nirgends. Ohne die gehe ich nicht in die Schule. Heute spielen wir Fußball in der Halle."

„Such nochmals gründlich."

Max räumt den Schuhkasten fast leer und findet seine weißen Schuhe nicht. „Scheiße, sie sind nicht hier."

„Max, die Schuhe können doch nicht zur Kuhweide rausgeflogen sein. Denk nach. Wo hast du sie gestern Abend hingelegt? Warte, ich komme nachschauen. Aber wehe, ich finde sie." Im Korridor blickt Mutter Kaltenbach auf eine unsägliche Unordnung. Schuhe aller Größen und Formen liegen kreuz und quer auf dem Boden. Entsetzt hält sie sich eine Hand auf die Brust. „Mich trifft glatt der Schlag. Was hast du dir nur gedacht? Du musst die Schuhe doch nicht aus dem Gestell nehmen, um nach einem Paar zu suchen. Himmel auch", stöhnt sie und beginnt mit Einräumen.

„Geh frühstücken. Die Zeit reicht gerade noch für wenige Bissen. Oder nein, iss die Konfischnitte unterwegs und trink wenigstens die Ovo."

„Und die neuen Turnschuhe?", fragt Max etwas eingeschüchtert.

„Zum Glück hast du ja noch die alten. Pack diese ein."

„Die sind mir doch viel zu klein."

„Dann mach halt Fäustchen mit den Zehen. Während einer Turnstunde wirst du es wohl aushalten."

Max macht sich enttäuscht, dass er seinen Kameraden die nigelnagelneuen Basketballschuhe nicht präsentieren kann, auf den Weg zur Schule. Vor dem Hinausgehen bittet er seine Mutter inständig, nochmals zu suchen. „Wenn sie jemand finden kann, dann du", meint er und eilt davon.

Frau Kaltenbach räumt alle Schuhe in den Schuhschrank und geht zurück in die Küche, um für Johann aufzudecken. Danach öffnet sie die Türe zum Bubenzimmer und findet Johann noch schlafend im Bett. Sie geht zu ihm, setzt sich auf den Bettrand und rüttelt ganz sachte am Duvet. Johann schlägt die Augen auf und sieht seine Mutter mit verschlafenem Blick an.

„Komm, du Schlafmütze, aufstehen. Du musst in einer Stunde in den Kindergarten." Während Frau Kaltenbach das sagt, schlägt sie das Duvet zurück und glaubt, zu träumen. Mit großen Augen starrt Frau Kaltenbach auf Johanns Beine. Seine Füßchen stecken in den neuen Basketballschuhen!

„Johann! Johann! Was hast du dir bloß gedacht?" Sie zeigt auf die Schuhe.

Erst jetzt scheint Johann richtig aufgewacht zu sein.

„Musst mich gar nicht so treuherzig anschauen." Die Mutter bemüht sich, mit dem tadelnden Ton bei Johann wenigsten einen Hauch von Schuldbewusstsein hervorzurufen. Es scheint nicht zu wirken, denn sie merkt, dass Johann die wunderschönen weißen Turnschuhe seines Bruders verzückt betrachtet.

Kapitel 6 – Johann tobt

Blickpunkt Welt 1992:
Marc Rosset gewinnt Olympia-Gold
und Bill Clinton wird 42. US-Präsident

Seit Johann zur Schule geht, haben die beiden Kaltenbach-Söhne eigene Schlafräume erhalten. Das Erste, was in Johanns Zimmer ins Auge sticht, ist die Ordnung. Johanns Plüschtierherde und andere Spielzeugfiguren sind zu einer beträchtlichen Armada angewachsen. Am oberen Bettrand hat er einen Ritter, drei Indianer und einen Cowboy auf Pferdchen sowie ein Fantasiegebilde, das eine Mischung zwischen Riese und Drache ist, hingesetzt. Auffallend an der Figurenreihe ist die Anordnung nach Größe. Links steht der stattliche Ritter und ganz rechts außen liegt das kleine Fabelwesen. Zwischen Johanns Bett und dem Pult, das sein Vater selber angefertigt hat, sind auf dem Boden alle Tiere aus Plüsch oder aus Kunststoff platziert. Auch hier herrscht eine seltsame Ordnung. Johann hat seine Tiere wie eine Orgelpfeifenreihe hingesetzt. Sie beginnt mit der Giraffe und dem großen Esel mit langen abgewetzten Ohren, geht über zu einem Plüschbären in einem Matrosenkleidchen – eine Kombination, die niemand versteht, Johann aber von Beginn weg fasziniert hat – und endet mit der Plastikschildkröte und dem farbenfrohen Krokodil aus Filz. Niemand in der Familie Kaltenbach darf diese Ordnung stören. Mutter Kaltenbach hat einmal die Spielsachen spontan hingelegt, ohne die vorgegebene Reihenfolge zu beachten, und so beim Sohn eine für sie nicht nachvollziehbare und erschreckende Reaktion hervorgerufen. Johann schrie wie am Spieß, in einer Tonlage, die der Mutter durch Mark und Bein ging. Gleichzeitig schleuderte er sämtliche Figuren im Zimmer umher, an die Wand, auf das Pult, ja selbst ans Fenster. Nur mit Mühe konnte Frau Kaltenbach ihren vor lauter Schreien dem Ersticken nahe Buben beruhigen.

Die Mutter hatte die heile Welt von Johann unbeabsichtigt gestört, Max hingegen tat es ganz bewusst. Ihm war schon lange aufgefallen, dass Johann sowohl seine Spielsachen wie auch alles, was auf dem Pult liegt, nach einem gewissen Muster anordnete. Immer öfter ärgerte er Johann, indem er ihm seine Figuren auf dem Bett oder die Plüschtiere auf dem Boden zerstreute oder er hat auf seinem Pult die ausgerichteten Bleistifte, das Lineal und andere Schulutensilien verschoben und umgeordnet. Wenn Johann dies entdeckte, hatte er jeweils getobt, dass die Wände wackelten.

Max hat sich wieder einmal in Johanns Zimmer geschlichen. Er will ihn heute nur ein wenig necken, mehr nicht. Zuerst nimmt er den Esel und setzt ihn aufs Pult. Vom kleinen Bücherregal wiederum entfernt er das von Johann heiß geliebte Indianerbuch, welches millimetergenau der Größe entsprechend mit anderen Büchern auf dem Tablar eingereiht ist. Max sieht sich nach einem möglichst unpassenden Platz um und entscheidet sich fürs Bett. Dann will er sich aus dem Zimmer schleichen und trifft unter der Türe auf Johann.

„Was machst du in meinem Zimmer?", fragt Johann und ahnt Böses.

Max lacht: „Nichts. Das heißt, ich habe nur ein wenig aufgeräumt."

„Geh doch in deinen Saustall, dort hast du etwas zum Aufräumen, nicht bei mir." Johann ist inzwischen bei seinem Pult angelangt und entdeckt den Esel.

„Nein, was hast du getan? Der Esel darf nicht aufs Pult. Sein Platz ist hier." Er nimmt das Grautier und setzt es energisch auf den Boden. Johann kehrt sich um zum Bett. Entsetzen, blankes Entsetzen krallt sich an Johanns kleine Kinderbrust. Das Indianerbuch mitten auf dem Duvet! Der Knabe wird kreidebleich und von heftigem Jähzorn befallen. Er stimmt ein mörderisches Geheul an, läuft zum Pult, nimmt die große Schere aus dem runden Plastikbehälter und schleudert diese gegen seinen Bruder, der noch unter der offenen Türe steht. Die Schere verfehlt leider ihr Ziel nicht und bleibt im Oberarm von Max stecken. Nun brüllt auch dieser derart los, dass es die Mutter hört, die gerade vom Vorplatz zur Haustüre reinkommt. Johann aber verstummt augenblicklich. Sein Jähzorn ist verflogen. Vor lauter Schrecken über seine Tat wird seine Gesichtsfarbe um Nuancen heller. Max flieht schreiend in die Küche. Endlich ist Mutter Kaltenbach im ersten Stock angelangt und kommt zur Wohnungstüre rein. Sie hört Max in der Küche heulen und eilt zu ihm, entdeckt die Schere, die baumelnd an seinem Oberarm hängt, und wird beinahe ohnmächtig.

„Max, um Himmels willen, was ist passiert?", ruft sie ihrem Älteste entgegen, fasst ihn vorsichtig an den Schultern und drückt ihn auf einen Küchenstuhl. Mit einem Geschepper schlägt die Schere auf dem Küchenboden auf. Johann steht schuldbewusst im Korridor und schaut von weitem dem Geschehen zu.

„Wie kommt diese Schere in deinen Arm?", fragt die Mutter nochmals, bückt sich und hebt die „Mordwaffe" auf.

„Johann hat sie nach mir geworfen", gibt Max schluchzend zur Antwort.

„Johann! Johann!" Die Mutter dreht sich um und sieht zum Kleinen. „Was soll das?"

Johann kann kaum sprechen: „Er hat mich geärgert, deshalb."

„Das ist doch kein Grund für eine solche unverschämte und unsinnige Tat." Und wieder schreit sie, aber um einiges lauter: „Johann!" Doch plötzlich wird ihr bewusst, dass jetzt nicht Zeit ist zum Streiten mit Johann, sondern dem armen Max geholfen werden muss. Sie nimmt das weiße Geschirrtuch vom Haken und wickelt es Max um den Arm.

„Komm runter, Max. Ich fahre dich ins Spital."

Sie hilft Max beim Einsteigen in Vaters Kombi, geht in die Werkstatt und berichtet ihrem Mann in wenigen Worten, was passiert ist. Dann fährt sie mit Max los ins Spital. Vater Kaltenbach steigt wutentbrannt in die Wohnung hoch und findet Johann in seinem Zimmer. Wortlos packt er ihn, beugt ihn über sein Knie und versohlt dem völlig verdatterten Jungen, der noch nie vom Vater geschlagen worden ist, den Hosenboden. Johann beginnt unmittelbar zu weinen. Der Vater stellt ihn hin und verabreicht ihm als Dreingabe eine heftige Ohrfeige. „Jetzt hast du wenigstens einen Grund zum Heulen. Bleib im Zimmer und bete zu Gott, oder zu einem deiner Indianerschamanen, dass Max wegen deiner Attacke keinen Schaden nimmt." Mit diesen Worten stapft Vater Kaltenbach wieder in seine Werkstatt hinunter.

Johann setzt sich auf sein Bett und nimmt sein abgegriffenes Indianerbuch zur Hand. Der Kleine sucht unwillkürlich Trost beim Betrachten der Bilder. Das Buch mit einfachen Texten und zahlreichen Illustrationen ist ein Weihnachtsgeschenk von seinem Paten. Seit er in die erste Klasse geht, kann er die Geschichten noch besser lesen als nur mit den Vorkenntnissen, die er sich selber angeeignet hatte. Die Mutter hat ihm einiges erklärt, was er nicht verstand. Zum Beispiel, was ein Schamane ist und dass die Indianer einer bestimmten Menschenrasse angehören. Johann wischt sich mit dem Handrücken eine letzte Träne weg und wünscht sich in seinem Seelenjammer nichts Sehnlicheres, als bei den Indianern sein zu können, obwohl er nicht weiß, wo dieses Volk lebt. Immerhin hat er dank der Weltkugel, die im Zimmer von Max steht und auch mit dessen Hilfe entdeckt, dass die Rothäute in Nordamerika zu Hause sind. Max hat nämlich beim Erklären Johanns kleine Hand genommen, sie auf den Globus gelegt und den Zeigefinger auf den winzigen Punkt gesetzt, der die Schweiz bedeutet. Dann führte er den Finger auf der Kugel die Strecke von Europa über den Atlantik bis Amerika. „Schau Johann, genau hier wohnen die Indianer."

Kapitel 7 – Johann träumt

Blickpunkt Welt 1993:
Belgiens König Baudouin I. gestorben
und Kapellbrücke in Luzern abgebrannt

Während der Herbstferien darf Johann mit seiner Mutter in den Zoologischen Garten, in Basel liebevoll Zolli genannt. Max will nicht mitgehen. Er fühlt sich als Zehnjähriger zu groß für solchen *Kinderkram*, wie er es nennt. Gleich nach dem Mittagessen macht sich Johann bereit, zieht ein paar saubere Jeans und die bequemen Sportschuhe an – wie gewohnt: erst den linken, dann den rechten. Da es nicht allzu weit ist bis zum Zoo, stellt sich Johann auf einen Fußmarsch ein, vor allem, weil seine Mutter sparsam ist. Sie gibt so wenig wie möglich Geld für Tramfahrten aus und predigt ihm und Max immer, sie hätten vom lieben Gott zwei Beine zum Gehen erhalten und nicht zum Tramfahren. Heute jedoch macht sie eine Ausnahme und bevorzugt die Straßenbahn, weil das Besichtigen der Zooanlagen kilometerlanges Gehen bedeutet. Zudem plagt sie seit Wochen ein Hühnerauge, das sie ganz im Geheimen, jedoch mit mäßigem Erfolg mit „Hühneraugen Lebewohl" behandelt.

Johann freut sich riesig auf die Seelöwen. Noch im Tram ermahnt er seine Mutter, ja den Zeitpunkt der Fütterung nicht zu verpassen. „Punkt drei Uhr müssen wir beim Seelöwenbecken sein. Vergiss das nicht, Mama."

„Keine Angst. Ich schaue rechtzeitig auf die Uhr."

„Vorher will ich aber noch den Schimpansen zusehen. Ich glaube, die erhalten ihr Fressen auch am Nachmittag. Und die Elefanten müssen wir unbedingt besuchen, vor allem wegen dem Jungen. Und Mama", Johann kommt richtig in Fahrt, „Berni hat gesagt, bei der Außenanlage der Raubtiere darf man sich ja nicht über die Abschrankung lehnen, sonst wird man von einem

Löwen gepackt und hineingezogen. Stimmt das? Er hat erzählt, ein kleines Mädchen sei sogar gefressen worden. Ist das wirklich passiert, Mama?"

Berni ist Johanns Pultnachbar in der Primarschule an der Sempacherstraße und seit neuestem sein bester Freund. Allerdings hat Bernhard eine blühende Fantasie, und man weiß bei ihm nie so genau, was er soeben erfunden hat oder ob er selber an die Schauermärchen glaubt.

„Von einem gefressenen Mädchen habe ich bis jetzt noch nichts gelesen oder gehört. Das hat dir Berni wirklich erzählt?", fragt die Mutter etwas ungläubig. „Aufpassen muss man bestimmt. Ich werde dich deshalb bei der Hand nehmen und eine Stunde lang nicht mehr loslassen."

„Was willst du? Mich an der Hand halten? Das ist ja völlig bekloppt, nein, das kannst du total vergessen. Lieber verzichte ich auf den Zolli-Besuch", empört sich Johann. Er sieht seine Mutter entsetzt an, entdeckt ihr Grinsen und weiß sofort, dass es ihr auf keinen Fall ernst ist mit dem Händchenhalten.

Im Zoo bestimmt Johann das Tempo. Bei Tieren, die ihn nicht zum Staunen bringen, geht er achtlos vorbei. Flamingos, das Haus mit Vögeln und Reptilien und selbst der Affenfelsen interessieren ihn nicht. Er nimmt auch keine Rücksicht auf seine Mutter, die für alles Gefiederte eine Schwäche hat und gerne die exotischen Vögel, vor allem die zahlreichen Papageien, besucht hätte. Zielstrebig geht er zu den Grizzlybären und den Bisons, deren Gehege im selben Sektor sind, und bleibt länger bei ihnen stehen. Diese gewaltigen Tiere kennt er aus seinem Indianerbuch.

„Siehst du, Mama, die großen Bären und die Büffel kommen aus Amerika", erklärt er mit leuchtenden Augen.

Die Elefanten sind der nächste Anziehungspunkt. Die Hauptattraktion ist das halbjährige Jungtier. Dann will Johann ins Affenhaus. Eigentlich hat er eine Schwäche für die Schimpansen, als er aber die Gorillas hinter der Riesenscheibe beobachten kann, ist er schwer beeindruckt. Fast ununterbrochen betrachtet er den Silberrücken Pepe und die Gorilladame Goma, die als Affenbaby in der Wohnung des Zoodirektors leben durfte, weil ihre Mutter sie nicht akzeptiert hat.

Für Johann und Mama ist es Zeit, sich auf den Weg zu den Seelöwen zu machen. Im Zuschauerbereich hat es nur noch wenige Plätze auf den Stufen, die rund um das Wasserbecken angeordnet sind. Einige Tiere schwimmen aufgeregt und elegant im Becken umher, andere watscheln plump auf einer Plattform im felsenartigen Kunstbau hin und her. Es ist Fütterungszeit, und die Meeresbewohner scheinen eine innere Uhr zu haben.

„Schau, Mama, der Wärter kommt", ruft Johann von ganz unten, wo er einen Platz ergattert hat, zur Mutter hinauf, die auf der zweitobersten Rampe steht.

Der Tierpfleger kommt im Neoprenanzug und in Gummistiefeln daher. In jeder Hand hält er einen Eimer, der eine mit Fischen, der andere mit Spielsachen gefüllt. Er lässt die Seelöwen mit einem Ball spielen, wirft Gummiringe ins Wasser, die sie apportieren müssen, und belohnt die flinken Schwimmer nach jedem Kunststück mit einem Fisch. Als Höhepunkt der Vorstellung zieht der Tierpfleger die Stiefel aus und springt zusammen mit dem großen Bullen vom Felsvorsprung ins Becken.

„Es gibt weit und breit keinen Zoo, wo das zu sehen ist. Höchstens im Seaworld in Amerika", erklärt Johann seiner Mama.

Mutter und Sohn machen sich langsam auf den Rückweg und steuern dem Ausgang zu. Auf dem schmalen Sträßchen tönt ihnen ein Trip Trap entgegen. Flott fährt ein Ponygespann an einem Wagen daher. Darauf sitzen ein Kutscher und zahlreiche Kinder. Es sind Ponys aus der Herde vom Zoo, welche täglich bewegt werden. Ein schwarzes und ein braun-weiß geschecktes. Der Kutscher ruft „ho", und die Pferdchen bleiben stehen. Es ist der Platz, von dem aus die Kinder auf- und absteigen. Mutter Kaltenbach geht weiter, bemerkt aber bald, dass Johann ihr nicht folgt. Dieser steht vor den Ponys und schaut sie völlig entrückt an. Er berührt vorsichtig das schwarze Tier am Kopf und streicht ihm über den Nasenrücken und die samtweichen Nüstern.

„Komm, Johann, wir sollten nach Hause", ruft die Mutter.

Johann hört sie nicht. Seine Sinne sind nur noch auf Sehen und Fühlen eingestellt.

„Johann, komm endlich", ertönt es nochmals, diesmal eindringlicher. Frau Kaltenbach kehrt um und geht zu Johann. Sie tippt ihm auf die Schulter und bedeutet ihm, dass es Zeit zum Gehen ist. Johann sieht die Mutter an, als ob er geradewegs aus einem Traum aufgeweckt worden ist.

„Mama, darf ich ein Pony haben?" Johanns Augen leuchten und betteln, dass Gott erbarm.

„Wie stellst du dir das vor, Johann? Wir können doch kein Pony ins Haus nehmen", antwortet sie ihrem Sohn und geht davon. Sie hat es eilig, denn die Zeit verflog im Nu. Johann trippelt hinter ihr her, kehrt sich nochmals nach seinen Traumtieren um und ist enttäuscht, das Gespann nicht mehr zu sehen. Er bleibt stumm, bis sie im Tram sitzen.

„Mama, ich hätte so gerne ein Pony", beginnt er die Unterhaltung. „Ich würde alles tun dafür, ehrlich."

„Vergiss es, Johann. Das sind Hirngespinste."

„Aber, Mama, ich …"

„Vergiss es, sagte ich."

Er insistiert: „Das ginge doch bestimmt."

Mutter Kaltenbach reißt sich zusammen und versucht, dem Knaben mit ruhigen Worten zu erklären, warum es unmöglich ist. „Schau, Johann, für ein Pony braucht es einen Stall und den haben wir nicht."

„Papa könnte doch neben der Werkstatt eine Hütte bauen. Das kann er doch als Schreiner, oder nicht?"

„Eine Hütte ist kein Stall. Und zudem hätte das arme Pferdchen nicht einmal ein Stück Weide."

„Doch, das hätte es. Wir haben ja einen kleinen Vorgarten mit Rasen."

„Darauf willst du das Pony weiden lassen? Mit all dem Verkehr vor der Nase und dem Lärm aus der Werkstatt? Johann, denk logisch. Wir wohnen in der Stadt und können kein Pferd beherbergen."

Bei Johann nützt aber alle Logik nichts. Er hat sich in den Kopf gesetzt, bald ein Pony sein Eigen zu nennen. In einem seiner zahlreichen Bücher hat er eine Geschichte gelesen, die von einem Mädchen und ihrem Zauberstab handelt. Alles, was es sich wünschte, war flugs vorhanden, es musste das Hilfsmittel nur dreimal durch die Luft kreisen lassen und dabei den Wunsch aussprechen. Beim Lesen hat er noch an die Wirkung des Stabs geglaubt, jetzt aber nicht mehr. Er ist ja kein kleiner, gutgläubiger Junge mehr. Was ihm aber in Erinnerung geblieben ist, ist die unerklärliche Macht des Glaubens. Das Mädchen hat nämlich erklärt, dass alles in Erfüllung geht, das man sich von Herzen wünscht, wenn man ununterbrochen daran glaubt. Und das wollte er jetzt tun: ununterbrochen daran glauben, dass er ein Pony haben wird.

Johann sitzt am Schulpult und schaut zum Fenster raus. Sein Freund Berni ist noch am Schreiben, Johann aber hat seinen Aufsatz schon seit Minuten beendet. Er widmet sich seiner liebsten Beschäftigung, dem Tagträumen. Ein Lächeln steht in seinem Gesicht, weil er an sein Geheimnis denkt. Er überlegte sich nämlich vor Tagen, was für ein Hilfsmittel es gäbe, den Glauben an die Erfüllung seiner Wünsche zu stärken. Die Blitzidee hatte er beim Mittagessen. Es gab gefüllte Tomaten, prall und rot. Zwei davon lagen auf seinem Teller. Mit Appetit begann er zu essen.

„Sind Tomaten immer rot?“, fragte Johann und hob dabei den schrumpeligen Gemüsedeckel ab und schob sich etwas Reis auf die Gabel.

„Erst sind sie natürlich grün, aber wenn sie reif sind, sind sie rot. Es gibt aber auch gelbe. Die habe ich zwar noch nie ausprobiert“, erhielt er von Mama zur Antwort. „Warum fragst du?“

„Nur so.“ Johann aß stumm weiter. Eine schwarze Tomate, dachte er, soll sein Zauberstab werden. An dem Tag, an dem er im Briefkasten eine schwarze Tomate findet, wird sein Wunsch in Erfüllung gehen. Von nun an öffnete Johann den Milchkasten täglich, manchmal sogar zweimal. Bis jetzt lag noch keine schwarze Tomate darin. Johann hat sich aber deswegen noch nicht entmutigen lassen.

***

Die Schule ist aus, und Johann macht sich auf den Heimweg. Zu Hause angekommen, geht er schnurstracks zum Briefkasten, öffnet das Milchfach und registriert, dass es leer ist. Er legt seinen Schulsack neben die Haustüre und marschiert in Richtung Werkstatt. Vater Kaltenbach steht an der Hobelmaschine und hört ihn nicht reinkommen, da er den Gehörschutz trägt. Johann muss seinen Papa antippen, damit dieser ihn bemerkt. Noch immer hat Johann einen gehörigen Respekt vor seinem Vater, seit der ihm vor ein paar Jahren das erste und bis heute einzige Mal den Hintern versohlt hatte, deshalb fragt er ihn scheu: „Papa, hast du mir eine lange Holzstange?" Der Vater nimmt seinen Gehörschutz ab, stoppt die Maschine und wendet sich dem Kleinen zu.

„Was für eine Stange willst du?"

„Sie sollte mindestens so lange sein", Johann streckt seinen Arm über den Kopf, „und etwa so dick." Er deutet einen Durchmesser von zwei, drei Zentimetern an.

„Ja, solche habe ich im Lager, allerdings sind sie zwei Meter lang."

„Oh, super, das ist die richtige Länge."

„Was willst du mit der Holzstange machen?", will der Vater wissen.

Johann wird verlegen. Er zieht seine Unterlippe zwischen die Zähne, eine Geste, die er immer macht, wenn er nachdenken muss. Soll er seinem Vater den Grund offenlegen oder ihn mit Ausflüchten anschwindeln? Er ringt sich zu Ersterem durch.

„Bis ich ein eigenes, richtiges Pony habe, nehme ich die Stange als Steckenpferd."

„Aha." Der Vater blickt Johann nachdenklich an. Es stimmt also doch, dass der Junge einen Herzenswunsch hat, der ihn nicht mehr loslässt, denkt er. Gleichzeitig schämt er sich, dass er nie auf die Idee gekommen ist, Johann ein schönes, hölzernes Steckenpferdchen zu basteln.

Vater Kaltenbach entnimmt dem Bund mit einem Dutzend Stangen einen hölzernen Stab und überreicht ihn Johann.

„Darf ich noch zwei Nägel haben, die ich in die Stange klopfen kann?“ Auf die Frage des Vaters, welchen Zweck die Nägel haben, erklärt Johann, dass er sie einander entgegengesetzt eine Armlänge vor dem Ende einschlagen will, damit er daran eine Schnur befestigen kann. „Als Zügel, weißt du.“

Der Vater hat aber eine bessere Idee. Statt Nägel nimmt er zwei Ringholzschrauben und montiert sie an der von Johann angegebenen Stelle.

„Vielen Dank, Papa“, und schon ist Johann mit seinem Fantasiepferd weg, denn er muss Mama um eine Schnur bitten. Sie gibt ihm sogar eine dünne gelbe Kordel, die Johann durch die zwei Ringe zieht und verknotet. Fertig ist sein Pony. Die Mutter verfolgt amüsiert das kuriose Vorgehen ihres Jüngsten.

„Als der liebe Gott die Fantasie verteilt hat, bist du wohl zweimal hintereinander zuvorderst in der Reihe gestanden“, schmunzelt sie. „Weißt du was? Weil ich dir eine schöne Kordel geschenkt habe, kannst du für uns ein paar Sachen besorgen. Ich brauche dringend Fleischkäse und Salat. Die Hausaufgaben darfst du für einmal später erledigen.“ Sie wartet gar nicht erst Johanns Reaktion ab, sondern überreicht ihm eine Stofftasche und das Portemonnaie. Zu ihrem Erstaunen protestiert er nicht, im Gegenteil, freudig macht sich Johann auf den Weg zum Quartierladen ein paar Häuserblocks entfernt. Nebst der Tasche nimmt er aber auch das Steckenpferd mit. Frau Kaltenbach beobachtet zum Küchenfenster raus, wie Johann mit der Holzstange zwischen den Beinen davontrabt. In einer Hand hält er die Zügel und in der anderen baumelt die Tasche.

★★★

Das Glück mit dem Fantasiepony dauert aber nicht lange. Zwei Wochen später zieht sich Johann die Sportschuhe an, erst den linken, dann den rechten, nimmt das Holzpferd zwischen die Beine und galoppiert zur Spielwiese. Ihm ist egal, wenn die anderen Kinder grinsen und dumme Sprüche reißen. Bis er ein lebendiges Pony aus Fleisch und Blut hat, muss das hölzerne Ding die Lücke füllen. Er legt die Stange neben eine Sitzbank und geht zu seinen Mitschülern, die sich auf dem Rasen mit einem Ball vergnügen. Eigentlich wollen sie Fußball spielen und sind dankbar, dass Johann dazustößt.

„Mirjam, geh du ins Tor", übernimmt Stefan das Zepter. „Hanspi und ich sind ein Team und Berni und Johann das andere. Bei jedem Goal wechseln wir den Torwart aus."

„Gibt's nur ein Tor?", fragt Mirjam.

„Für zwei Kasten sind wir doch viel zu wenig", sagt Johann, zieht seine Mütze mit dem Emblem des WWF ab und legt sie auf den Rasen. „Hat noch jemand etwas als Markierung?" Hanspi entledigt sich der Socken und legt sie etwa zwei Meter daneben. Fertig ist das Tor.

Berni entdeckt die Gruppe Knaben, welche sich bei der Sitzbank neben dem Trottoir aufhalten. Es sind Schüler vom selben Schulhaus wie sie. Max ist auch dabei. Berni stupft Johann an: „Kennst du diejenigen, welche bei Max stehen?"

Johann sieht rüber und bejaht. „Es sind alles Viertklässler."

Langsam schlendern die größeren Buben über den Rasen. Schnell ist man sich einig, zwei Teams, gemischt aus Viert- und Zweitklässlern, zu bilden. Sie spielen allerdings nicht lange, weil den größeren Jungs die kleinen zu blöde sind. Besonders Max schikaniert vor allem Mirjam, Berni und Johann. Die drei jüngeren Schüler haben genug und geben das auch zu verstehen.

„Mit euch zu spielen macht keinen Spaß", sagt Berni, erschrickt jedoch ob seinem Mut, Schülern aus einer oberen Klasse die Stirne zu bieten.

Der größte der Viertklässler, der fette Sebastian, lacht aber nur und kickt den Ball weit übers Feld. „Na dann, holt ihn euch und spielt Sitzball."

„Oder noch besser Schlagball", ergänzt ein anderer, „ihr könnt jetzt Johanns Holzstange hervorragend dafür benutzen."

Die Viertklässler machen sich aus dem Staub, und Johann und seinen Freunden ist das Weiterspielen auch vergangen. Sie trennen sich, und Johann geht zusammen mit Berni Richtung Sitzbank. Schon aus Distanz sieht Johann, dass mit seinem Holzpferd etwas nicht stimmt. Die letzten Meter rennt er und – lässt sich vor der Bank auf die Knie fallen. Die Stange liegt in zwei Stücken vor ihm! Es ist unschwer zu erkennen, dass sie jemand mit dem vorderen Ende auf die Bank gelegt und vermutlich mit einem Sprung darauf zerbrochen hat. Auch die schöne Kordel ist zerschnitten. Johann brüllt los. Seine Trauer um das kaputte Spielzeug, sein innig geliebtes Pferdchen, wandelt sich in glühenden Zorn. Er schlägt mit dem kürzeren der beiden Stücke immer wieder auf die Sitzbank, so lange, bis ihn Berni stoppt. „Hör auf, Johann, du machst noch die Sitzbank kaputt." Johann trägt wütend die beiden Teile nach Hause. Daheim angekommen, schmeißt er die beiden Holzstangen achtlos neben den Hauseingang und rennt die Treppe zur Wohnung hoch. Er geht schnurstracks zu Max ins Zimmer, knallt die Türe zu und schreit ihn an: „Du gemeiner Blödmann. Ich hasse dich."

Max lacht los. Sein Lachen tönt aber unnatürlich und gequält. „Mach keinen Aufstand, Kleiner." Mit diesen Worten geht er an Johann vorbei und zur Türe raus, nicht ohne ihn anzurempeln. Johann folgt ihm hinterher und droht ihm noch während dem Eintritt in die Küche: „Du Arsch. Das zahle ich dir heim!"

„Was willst du Max heimzahlen?", fragt die Mutter, welche noch an der Anrichte steht. Vater Kaltenbach sitzt schon am Tisch und schaut den Knaben fragend entgegen.

„Er hat mein Steckenpferd zertrümmert", sagt Johann und setzt sich ebenfalls an seinen Platz.

„Wie denn das?", schaltet sich der Vater ein.

„Stimmt überhaupt nicht. Ich habe nichts getan", verteidigt sich Max.

Johanns Wut ist inzwischen verflogen, hingegen nimmt Trauer überhand. Deshalb wiederholt er nochmals, diesmal in weinerlichem Ton: „Doch, er hat es getötet."

„Red' doch keinen Kohl. Holz kann man nicht töten", zischt Max ihn an.

„Raus mit der Sprache“, der Vater schaut streng von einem zum anderen, „um was geht es eigentlich?“, dabei fixiert er Max eindringlich. „Hast du Johanns Steckenpferd geschlissen?“

„Nein, das war nicht ich. Ehrlich.“ Doch Max scheint es nicht mehr so wohl in seiner Haut zu sein.

„Du warst es, gib es zu.“ Johanns Gemütslage hat wieder von Trauer auf Zorn gewechselt. Er packt die Gabel und zeigt dabei bedrohlich über den Tisch auf seinen Bruder. „Du fieses Stinktier.“

„Johann, wag es nicht, mit der Gabel zuzustechen, und du Max“, dabei wendet sich der Vater seinem neben ihm sitzenden älteren Sohn zu, „erklärst mir die Sachlage, und zwar klipp und klar. Ich will keine Lügen hören.“

„Der Sebastian hat die Idee gehabt, als er die Holzstange liegen sah. Er meinte, das sei kein echtes Spielzeug und Johann wäre sowieso nicht ganz hundert im Kopf, sich wie einer aus dem Kindergarten zu benehmen. Und dann hat er die Stange zerbrochen“, erklärt Max kleinlaut.

Der Vater schaut ihn nachdenklich an. Johann hingegen schleudert Max mit lauter Stimme die Frage entgegen: „Und was hast du gemacht? Nur zugeschaut oder hast du Sebastian noch angefeuert? Du bist ja so was von hundsgemein. Stinktier!“

Der Appetit ist allen verflogen, und es kommt keine Unterhaltung auf. Vater Kaltenbach tröstet Johann und verspricht ihm, ein echtes Steckenpferdchen zu basteln, sobald er etwas Zeit habe. Johann lehnt jedoch trotzig ab. Im Geheimen denkt er, dass er ein lebendiges Pony wünscht und keines mehr aus Holz, getraut sich aber nicht es auszusprechen.

Als die Knaben nach dem Essen jeder auf sein Zimmer geht, hält Max Johann unterwegs an und flüstert ihm zu: „Geschieht dir recht. Das war erst ein kleiner Teil meiner Rache für deine Scherenstecherei.“

„Aber das ist doch lange her“, flüstert Johann zurück.

„Deine Tat verjährt nie. Wenn du mich schon Stinktier nennst, verhalte ich mich in Zukunft wie eines.“

Es ist kurz vor Mitternacht und Johann liegt immer noch wach im Bett und brütet über Max nach. Er kann nicht verstehen, dass der so gemein ist. Johann wünscht sich einen anderen Bruder oder seinetwegen auch eine Schwester. Doch mit einem Mädchen kann er nicht viel anfangen, weil er sie mit Ausnahme von Mirjam im Allgemeinen doof findet. Also bleibt nur eine Gestalt, die besser als Max ist und die ihn weder drangsaliert noch Unordnung auf seinem Pult hinterlässt. Er stellt sich vor, in seinem Zimmer hat es ein zweites Bett, darin liegt ein Etwas. Er sieht ein Kind im selben Alter wie er. Krampfhaft versucht Johann, ein Gesicht zu erkennen. Zu seiner großen Verwunderung gelingt es ihm nicht. Vor seinem inneren Auge formt sich eine menschliche Figur mit einem Kopf, den eine voluminöse Perücke mit dunklen Haaren ziert. Das Gesicht aber ist glatt und hell, ohne Augen, Nase und Mund. Er versucht nochmals mit seiner ganzen Einbildungskraft, sich ein Angesicht vorzustellen, eine Nase und Ohren zu formen, einen Mund und Augen einzusetzen. Auch das misslingt. Die Fläche unterhalb des Haarkranzes bleibt hell wie ein Stück Karton. Jetzt habe ich ein namenloses Geschwister ohne Gesicht, denkt Johann. Die Gestalt will er aber nicht anonym lassen. Ihm kommen ein paar Mädchen- und Bubennamen in den Sinn, doch bei keinem macht es Klick. Langsam wird Johann schläfrig und kurz vor dem Wegdriften ist der Name plötzlich da. Mein unsichtbarer Freund soll Nulli heißen. Denn das Wesen ist ja nichts, eine Null sozusagen, aber mit mir zusammen ist es ein Vielfaches, überlegt er. Johann hat soeben ein geschlechtsloses Individuum mit Namen Nulli erfunden, das nur ihm gehört und nur er sehen kann. Mit diesem glücklichen Gedanken schläft der Kleine endlich ein.

***

Seit dem Vorfall mit dem zerbrochenen Steckenpferd ist auch etwas in Johanns Innerstem zerstört. Weitere Streits zwischen ihm und Max sind fast an der Tagesordnung.

Die Jungs machen sich nach dem Frühstück bereit für die Schule. Max kommt gerade aus seinem Zimmer, als Johann sich im Korridor die Schuhe anziehen will. Weil Max Johanns Tick mit den Schuhen kennt, greift er blitzschnell nach dessen linken Turnschuh auf dem Gestell.

„Gib mir den Schuh“, fordert Johann seinen Bruder auf.

Doch Max hält ihn hinter den Rücken. „Zieh dir erst den rechten an, dann erhältst du den anderen.“

Johann bittet nochmals, doch Max hat kein Gehör. Er lacht nur und wiederholt: „Zieh dir den rechten Schuh an, Kleiner.“

Johann wird bleich. Er greift tatsächlich nach dem Turnschuh, nimmt ihn in die Hände, ist aber unfähig, ihn anzuziehen. Er beginnt zu zittern und ihm wird siedend heiß. Nochmals macht er eine Bewegung, als will er seinen rechten Fuß in den Schuh schieben und wiederum stoppt Johann. Es ist ihm unmöglich, diese simple Handlung zu vollziehen.

„Schau, Johann, hier ist dein linker Schuh“, reizt ihn Max zusätzlich und schwenkt den Turnschuh vor Johanns Gesicht hin und her.

Johann explodiert. Er lässt sein bekanntes Gebrüll eines Uristiers los und wirft sich seinem Bruder entgegen. Aus der Küche kommt die Mutter gerannt, um die beiden Streithähne zu trennen. Da die Knaben aber nicht mehr so leicht auseinanderzureißen sind wie früher, greift sie in der Not in den erstbesten Haarschopf, den sie fassen kann, und zieht mit aller Gewalt daran. Sie hat denjenigen von Johann erwischt. Der Junge kehrt sich blitzschnell um, und die Mutter blickt in ein totenbleiches und wutverzerrtes Gesicht. Sie kann nicht mehr reagieren, und die kleine Faust trifft sie auf die linke Backe. Der Schlag sitzt und tut ihr furchtbar weh. Noch mehr schmerzt sie jedoch das jähzornige Verhalten ihres Jüngsten.

Johann realisiert, was er getan hat, und wird auf der Stelle normal. „Das wollte ich nicht, Mama, glaub mir.“ Er beginnt sogar zu schluchzen und hält seine Mutter fest umklammert. Sein Gesicht an ihren Körper gepresst wimmert er: „Es bringt Unglück, wenn ich den falschen Schuh zuerst anziehe.“

Nur mit Mühe kann Mutter Kaltenbach Johann von sich lösen. Seine Tränen haben ihre Wirkung getan. Sie verzeiht dem Kleinen, sagt aber mit ungewohnt fester Stimme: „Ich nehme dieses eine Mal deine Entschuldigung an. Solltest du dich künftig nicht beherrschen können, werde ich andere Saiten aufziehen müssen.“

Max ist froh, dass er der Mutter den Grund für den Streit nicht erklären muss. Ein schlechtes Gewissen wegen seiner Provokation hat er aber nicht. Nur mit Mühe kann Max ein schadenfrohes Grinsen unterdrücken und freut sich darüber, dass Mama Johann schmerzhaft an den Haaren riss. Er packt seinen Schulsack und macht sich pfeifend auf den Weg.

Kapitel 8 – Lisa findet

Blickpunkt Welt 2015:
Erdbeben in Nepal
und VW-Abgasskandal

Nach zwei Stunden Fahrt von Hildesheim nach Hamburg findet Lisa auf Anhieb – Navi sei Dank – das Hotel NH an der Feldstraße nahe des berühmt-berüchtigten St. Pauli Quartiers. Eine junge Hotelangestellte an der Rezeption begrüßt sie wie eine alte Bekannte. Lisa ist erstaunt, denn sie kann sich nicht an sie erinnern.

„Kennen Sie mich denn persönlich?"

„Leider nein, aber ich sehe auf unserem Gästeverzeichnis, dass Sie heute", die Dame sieht nochmals auf den Bildschirm, „zum vierten Mal unser Gast sind." Lachend ergänzt sie: „Aber zum ersten Mal in Begleitung eines Vierbeiners."

Obwohl erst elf Uhr ist, kann Lisa ihr Zimmer bereits beziehen. Sie nimmt das Couvert mit dem Schlüssel im Kreditkartenformat entgegen und lacht ebenfalls: „Wie es der Zufall so will, wird mir zum dritten Mal ein Zimmer in der vierten Etage zugewiesen."

Lisa schleppt ihr Gepäck in den Lift, und Jessy folgt ihr gottergeben hinein und hinaus, dann durch den langen Korridor bis ins Zimmer. Als Erstes füllt Lisa einen Napf mit Wasser, aus dem Jessy sogleich zu trinken beginnt. Lisa setzt sich aufs Bett und fühlt sich wieder wie zu Hause. Noch heftiger überfällt sie jeweils bei Ankunft am Flughafen das Gefühl von Heimkehr. Das ist ausnahmslos jedes Mal der Fall, wenn sie in die Hansestadt fliegt. Am eindrücklichsten war es, als sie zum ersten Mal Hamburger Boden betrat.

***

Heinz und Louise, ein älteres Ehepaar aus Liestal, das mit Lisas inzwischen verstorbenen Eltern befreundet war, wollten nach mehr als dreißig Jahren Unterbruch wieder einmal die Stadt an der Elbe besuchen. Louise fragte Lisa beiläufig, ob sie nicht mitkommen möchte. „Zwar ist es eine Zumutung, dass du zwei alte Kaliber wie uns begleiten sollst“, sagte Louise. Sie und ihr Mann gingen beide auf die siebzig zu. Heinz ist mittelgroß mit einem enormen Bauchumfang und einer Vollglatze, die ein schmaler Grauhaarkranz verziert, Louise eher klein und mollig, mit hellgrauer Kurzhaarfrisur.

Heinz fand es toll, dass Lisa, die noch nie in Hamburg war, begeistert zusagte. Doch als sie sich anerbot, bei der Suche nach Flügen und Unterkunft behilflich zu sein, winkte Heinz ab. Er wollte nichts wissen von Selber-Buchen im Internet. Er hatte keinen eigenen PC und war stur der Meinung, dass er das Teufelszeug nicht benötige. Zudem fand er das Reisebüro vertrauenswürdiger als einen Computer. Dass auch im Reisebüro das Zeitalter von Schreibmaschine und Fax vorbei war, ignorierte er starrköpfig. Heinz war froh, dass Lisa ihn gewähren ließ, denn sie war ja nur Reisebegleiterin. Er begab sich in das ihm bekannte Büro Rotstab Reisen im Städtchen. Als der Reisefachmann Heinz ein paar Hotels in Hamburg zur Wahl vorlegte, war für ihn klar, dass nur eines in der Nähe von St. Pauli in Frage käme, und entschied sich sofort für das Hotel mit dem Kürzel NH. Die Reeperbahn strahlte eine besondere Anziehungskraft auf Heinz aus. Louise und Lisa hingegen waren skeptisch, als sie von der Lage ihrer Unterkunft hörten. Beide hatten nichts am Hut mit der Sex-Vergnügungsmeile. Doch Heinz versicherte ihnen, dass nach Auskunft des Reisemanagers das empfohlene Hotel ein höchst seriöses Haus sei.

Alles klappte dann wie am Schnürchen. Lisas Reisefieber hielt sich auch am Tag des Aufbruchs in Grenzen. Der Start in Basel, der Flug in den Norden und die Landung in Hamburg waren bilderbuchmäßig. Als sie nach dem Verlassen des Flugzeugs durch den endlos langen Korridor in Richtung Eingangshalle des Flughafens marschierten, überfiel Lisa ein Zittern ähnlich einem Fieberschub. Sie erschrak und versuchte ängstlich, das Schlottern zu unterdrücken. Auf keinen Fall wollte sie krank werden und den beiden Mitreisenden zur Last fallen. Doch dann merkte Lisa, dass sie nicht Fieber bekam, sondern unbändige Freude über die Heimkehr sie überrumpelte. Eine Heimkehr notabene an einen ihr vollkommen unbekannten Ort. Noch an keiner anderen Städte der Welt, die sie bereist hatte, wurde sie von einem solchen Gefühl erschüttert. Sie kam nach Hause! Mit dieser Erkenntnis hörte das Zittern augenblicklich auf.

Lisa war es nicht entgangen, dass Heinz sich stets als Familienoberhaupt fühlte und offenbar von jeher das Sagen hatte. Louise hat sich gegen ihn kaum aufgelehnt. Lisa vermutete sogar, dass Louise sie deshalb zum Mitkommen animiert hatte, in der Hoffnung, zwei Frauen bilden ein ausreichendes Gegengewicht zur Dominanz von Heinz. Lisa gelang es auch ausgezeichnet, während des gesamten Hamburg-Aufenthaltes Louise zu unterstützen, ohne dass er es merkte.

Am ersten Tag wollte Heinz seine Kenntnisse über die Stadt unter Beweis stellen und vermeldete den Damen, er übernehme nun die Führung.

„Setz dein Perret auf, ich glaube, es beginnt zu regnen und zu stürmen“, mahnte Louise vor dem Abmarsch. Heinz fuhr sich über seine Vollglatze und meinte, das sei nicht nötig.

Bei der U-Bahnstation wäre die Dreiergruppe prompt in die falsche Richtung gefahren, hätte Lisa nicht im letzten Moment bemerkt, dass sie den Perron wechseln müssen. Auf der Fahrt zur Station Landungsbrücken bekam Heinz glänzende Augen, als er unterwegs das Haltestelle Schild „St. Pauli“ erblickte. Als sie beim nächsten Halt ausstiegen und am Ufer der Elbe ans Tageslicht traten, öffnete der Himmel seine Schleusen. Es schüttete und stürmte derart, dass alle Fußgänger unverzüglich an geschützte Orte flohen.

„Jetzt gibt es nur eines, wir ziehen die geplante Stadtrundfahrt vor“, bestimmte Heinz. Und wieder strich er sich über sein bares Haupt, diesmal um es zu trocknen. Lisa erwies sich in ihrer Sportjacke als Regentauglichste und besorgte die Fahrkarten an der zentralen Ausgabestelle.

Im roten Doppelstockbus fanden sie Platz in der bevorzugten oberen Etage. Ronald, ihr Reiseleiter für zwei Stunden, erwies sich als hervorragender Entertainer. Er nahm neben Lisa Platz und redete unaufhörlich in sein Mikrofon. Die lustigste Szene beschrieb Ronald in der vornehmen Gegend entlang der Alster. Er erklärte, dass einmal eine Reisegruppe bestehend aus ausschließlich älteren Herren seine Gäste im Bus waren, die er mit nichts, aber auch gar nichts aufheitern konnte. Alle hätten nur stur zum Fenster rausgeguckt und auf keine auch noch so tolle Pointe seinerseits reagiert. Ronald machte dann auf ein renoviertes altes Haus mit hohen Fenstern aufmerksam.

„Schaut nach rechts. In dieser wunderschönen Villa praktiziert ein stadtbekannter Zahnarzt. Wir fahren derart nahe am Fenster des Behandlungszimmers vorbei, dass man einem Patienten auf der Liege sogar tief in den Rachen sieht, sofern der Mund offen steht." Ronalds Stimme wurde geheimnisvoll. „Als ich damals mit den Senioren hier vorbeifuhr und sie mit denselben Worten wie euch heute auf diesen nicht alltäglichen Anblick aufmerksam machte, meinte ein steinalter Kauz mit einer Fistelstimme: ‚Schade, dass es kein Gynäkologe ist.' Das Eis war gebrochen und ich hatte mit der Altherrengesellschaft noch einen kurzweiligen Abschluss auf der Rundfahrt."

Fast am Schluss der Tour fuhr der Bus durch ein paar Straßen in St. Pauli. Noch immer schüttete es in Strömen und der heftige Regen hinterließ auf den Scheiben Tropfen, die unaufhörlich schräge Bahnen nach unten zogen. Heinz klebte förmlich am Fenster, um ja nichts zu verpassen. Louise zeigte ganz aufgeregt auf eine Hausfront an der Reeperbahn: „Schaut mal, das ist doch die Davidswache."

Lisa verstand nicht, was Louise meinte. Ronald bejahte jedoch: „Ja, meine Dame, Sie haben richtig gesehen. Die berühmteste Polizeiwache Deutschlands."

„Aber ich kenne das Haus doch von der Fernsehserie." Louise blickte ungläubig zum Busfenster hinaus. „Ich dachte immer, das sei eine Kulisse."

„Ist es nicht. Sie sehen ja, es gehen Polizisten rein und raus, und zwar echte, keine Schauspieler."

Am nächsten Abend hielt es Heinz nicht mehr aus. Er musste unbedingt St. Pauli einen Besuch abstatten. Louise war jedoch müde, da sie den ganzen Tag lang einige Sehenswürdigkeiten abgeklappert hatten. Sie hatte nur noch das Bett im Sinn.

„Aber Louise, du spinnst doch. Wie heißt es so schön in einem alten Schlager: In Hamburg sind die Nächte lang und so weiter. Komm, reiß dich zusammen. Nicht wahr, Lisa, wir gehen ins Getümmel?"

Lisa hätte sehr wohl die ganze Nacht durchbummeln können, aus Solidarität zu Louise meinte sie jedoch: „Heinz, vielleicht überforderst du deine Frau."

„Ach was, schlafen kann sie zu Hause, so viel sie will. St. Pauli erleben kann sie nur hier."

Louise willigte schließlich ein. „Aber nicht zu lange, hörst du."

Mit dem Getümmel, wie Heinz es erhoffte, war nichts los. Die drei Schweizer waren einfach zu früh auf der Reeperbahn, und es floss noch immer ein unaufhörlicher Verkehrsstrom durch die breite Straße. Hie und da hielt eine Luxuskarosse oder ein Protzwagen am Trottoirrand an und ein aufgemotzter Kerl mit verspiegelter Sonnenbrille auf der Nase und mit Goldketten behangen stieg aus. Vereinzelt kamen zwischen den spärlichen Touristen sogenannte harte Jungs in Rockermontur und Kampfhund an der Leine daher.

Louise konnte gar nichts anfangen mit den unzähligen Etablissements und Sexshops. Immerhin ließ sie sich von Heinz überreden, in der Seitenstraße Große Freiheit in einen, wie sie es nannte, anrüchigen Laden einzutreten. „Kommt, meine Damen", lockte er und hielt ihnen die Türe auf, „in Liestal sucht ihr vergebens nach einem solchen Shop." Louise fielen fast die Augen aus dem Kopf, als sie die Sexspielzeuge und Utensilien sah, von denen sie nicht einmal mit größter Fantasie herausfand, wie sie angewendet werden. Verstohlen zeigte sie auf einen Gegenstand, der aussah wie eine Kelle oder ein überdimensionierter Schuhlöffel mit Loch. „Heinz, was ist das?"

Heinz wusste es auch nicht. „Eines ist sicher, das Ding ist jedenfalls nicht zum In-der-Pfanne-Rühren geeignet."

Louise hatte allmählich genug und wollte zurück ins Hotel. Heinz schlug aber vor, noch etwas zu trinken, und hoffte insgeheim, danach seine Göttergattin zum Flanieren durch die engen Gassen des Quartiers animieren zu können. Doch er biss auf Granit. Lisa war hin- und hergerissen, wem sie nun eher zureden sollte, und entschied sich dann, Heinz die Hotelbar schmackhaft zu machen.

„Also gut", meinte Heinz, „wenn ihr nicht wollt, mache ich mich alleine auf einen Rundgang. Ins Hotel komme ich jedenfalls nicht schon um neun Uhr. Ihr müsst auch nicht in der Bar auf mich warten."

Lisa und Louise gingen zurück ins Hotel, und Heinz machte sich erwartungsvoll und vom störenden Anhang befreit auf den Weg ins Abenteuer.

Eine Stunde nach Mitternacht klingelte Lisas Telefon auf dem Nachttisch.

„Heinz ist noch nicht zurück", schluchzte Louise in den Hörer.

„Mach dir doch keine Sorgen. Er ist erwachsen und wird bestimmt den Weg zum Hotel finden."

„Wenn ihm aber in der verruchten Gegend etwas passiert ist? Er ist nicht mehr der Jüngste. Oh Gott, oh Gott, ich darf nicht an so was denken."

„Was soll denn schon passieren? Nein, keine Angst. Heinz kommt sicher bald. Wenn nicht, können wir auch nichts unternehmen. Stell dir vor, wir würden ihn suchen gehen oder sogar die Polizei einschalten und deinen Mann als vermisst melden. Die würden sich ja einen Schranz lachen. Also, beruhige dich und versuche zu schlafen."

Am nächsten Morgen traf Lisa das Ehepaar im Frühstücksraum an. Beide sahen aus wie Leichen. Heinz saß am Tisch, konnte aber weder essen noch trinken. Er war verkatert wie seit Jahren nicht mehr. Louise hatte eine schlaflose Nacht hinter sich und ihr Appetit hielt sich ebenfalls in Grenzen. Lisa setzte sich zu ihnen und begann mit einem Heißhunger ihr Frühstück zu genießen.

„Stell dir vor, Heinz kam erst gegen drei Uhr ins Zimmer, und zwar in einem unbeschreiblichen Zustand“, flüsterte Louise Lisa zu.

„Brauchst gar nicht zu flüstern, ich bin noch nicht taub und höre alles“, knurrte Heinz und schob demonstrativ den Teller weg, auf dem ein von Louise zubereitetes Marmeladenbrot lag.

„Iss doch wenigstens einen Bissen.“

„Mir ist speiübel“, entgegnete Heinz und erhob sich blitzartig. Mit Trippelschrittchen eilte er zur Türe raus.

Nach ein paar Minuten kam Heinz zurück, noch eine Nuance blasser. Louise sah ihm beunruhigt entgegen. „Geht’s dir nicht gut, Heinz?“

„Nein, überhaupt nicht. Ich war in unserem Zimmer. Hast du mein Portemonnaie?“

„Warum soll ich deinen Geldbeutel haben? Vermisst du ihn?“

„Ja!“ Heinz setzte sich hin, aschfahl und ausgelaugt.

„Hast du überall gesucht?“

„Ja.“

„Auch in Hosentaschen, in der Jacke, auf dem Nachttischchen, überall?“

„Ja, Herrgott nochmal“, schrie sie Heinz an. Vom Nebentisch schaute eine Dame entsetzt herüber.

„Heinz, benimm dich, bitte. Wir sind nicht zu Hause.“ Louise war der Auftritt merklich peinlich.

Heinz erklärte den beiden Begleiterinnen, dass er in ein paar Bars war und sich mit drei Bayern angefreundet habe. Er wusste nur noch, dass sie ihn zum Schluss ihrer Beizentour in die Holsten Schwemme mitgeschleppt hatten, weil dort ein sagenhaft gutes Bier ausgeschenkt wird.

„Dort habe ich jedenfalls bezahlt, demnach hatte ich mein Portemonnaie noch. Zurück zum Hotel bin ich zu Fuß gegangen“, schloss Heinz seinen Bericht.

So dominant Heinz auch war, in Sachen Finanzen überließ er aber Louise das Zepter. Dies erwies sich nun als großes Glück. Die Kreditkarten, Ausweise und Tickets verwaltete sie. Heinz bewahrte in seinem Portemonnaie lediglich Belangloses auf und hatte nie zu viel Bargeld bei sich. Trotzdem bestand er darauf, noch am Vormittag in die Holsten Schwemme zu gehen, weil er die Hoffnung hatte, das Verlorene zu finden.

Langsam kehrten Heinz' Lebensgeister zurück und er lotste Louise und Lisa zur berühmten Bar in St. Pauli. Das Lokal war sogar für die Frauen eine Augenweide. Sämtliche Wände und selbst die Decke sind ausstaffiert mit allem Möglichen, was mit Schiffen zu tun hat. Heinz wurde von der Wirtin mit einem lauten „Moin moin, da ist ja unser Schweizer“ begrüßt. Das Portemonnaie aber hatte sie nirgends gesehen.

***

Lisa sitzt immer noch auf dem Bett und grinst wie jedes Mal, wenn sie an diese Episode aus ihrer ersten Hamburg Reise denkt. Heinz hatte nämlich seine Lektion gelernt und die folgenden Tage Louise nicht mehr abgekanzelt. Im Gegenteil, er wurde richtiggehend zum braven Schoßhündchen. Aber nur, bis er wieder daheim in der Schweiz war.

Lisa nimmt die Hundeleine zur Hand und hängt sich die Handtasche über die Schulter. Nach der langen Autofahrt müssen sie und Jessy sich unbedingt die Beine vertreten. Sie marschieren über das Heiligengeistfeld hinunter nach St. Pauli und via Reeperbahn zur Holsten Schwemme. In dieser Bar lässt Lisa erst mal das Ambiente, eine Mischung aus Fernweh und Seemannsgarn, auf sich wirken und genießt dann das erste sagenhafte, frischgezapfte Bier seit ihrer Flucht aus der Schweiz.

***

„Hallo, Paul. Gut, dass ich dich telefonisch erreiche." Lisa steht am Fenster ihres Hotelzimmers und telefoniert mit dem Redaktionsleiter der *Basellandschaftlichen Zeitung* in Liestal.

„Tschau Lisa. Wo brennt's so früh am Montagmorgen?"

„Du bringst es auf den Punkt. Es brennt tatsächlich." Lisa zögert mit dem Weiterreden, weil sie sich keine Gesprächstaktik überlegt hatte.

„Ich bin im Moment nicht zu Hause. Das heißt, ich bin weg von daheim und sitze in einem Hotel in Hamburg."

„Wo bist du? In Hamburg? Ja, Herrgott Sack, hast du Ferien?"

„Nein, nicht direkt. Wenn ich ehrlich sein will, bin ich abgehauen."

Paul ist nicht nur ein Mann, der bestens zwischen den Zeilen lesen kann oder Flöhe husten hört, er ist auch blitzgescheit und einfühlsam. „Also bist du ohne John in Hamburg, stimmt's?"

„Ja."

„Möchtest du darüber reden?" Paul probiert so ruhig zu bleiben, wie es nur geht, damit Lisa nichts von der üblichen Hektik in der Redaktion mitbekommt.

„Nicht im Detail. Noch nicht. Ich wollte mich eigentlich nur melden, weil du noch auf meinen Beitrag wartest."

„Den Artikel über die diversen Kleinstmuseen in Privathäusern? Warte kurz." Lisa hört Rascheln und danach Tastaturgeklapper. „Bist du noch da? Also, du hast noch ein paar Tage Zeit. Deadline ist Ende dieser Woche."

„Er ist fertig und die Bilder dazu ebenfalls. Ich möchte den Text nur nochmals durchlesen und wenn nötig überarbeiten. Du wirst ihn morgen oder spätestens übermorgen auf deinem Bildschirm haben." Lisa ist erleichtert, dass das Gespräch so gut lief.

Paul will doch noch etwas wissen, keine Details, aber wenigstens ein paar Angaben in geschäftlicher Hinsicht. „Stehst du mir weiterhin zur Verfügung?"

„Klar doch. Alles, was von hier aus machbar ist. Du kannst selber abschätzen, ob es für einen Beitrag meine physische Präsenz in der Schweiz benötigt oder ob ich alles elektronisch erledigen kann."

„Viel wird es nicht sein. Das weißt du selber. Ein persönliches Interview mit Fotomaterial fällt schon mal dahin. Aber, was rede ich. Ich muss ja einer freiberuflichen Journalistin mit großem Erfahrungsschatz nichts vorkauen.“ Paul lacht laut in den Telefonhörer. „Oder anders ausgedrückt, einen Affen klettern lernen.“

„Falls ein Interview aber hier in Hamburg über die Bühne gehen könnte, würde das allen passen, dir und mir.“ Lisa hat eigentlich nur laut gedacht.

Paul sagt schelmisch: „Die Reporterin hat Blut geleckt. Das gefällt mir.“

„Nein, im Ernst. Ich habe nichts Konkretes in petto. Es war lediglich ein voreiliges Geplapper.“ Lisa ist selber überrascht über ihren Einfall.

„Danke, Paul, dass du mir zugehört hast. Ich melde mich bald.“

***

Lisa lehnt sich an ein Geländer an den Landungsbrücken und schaut über die Elbe zur eigenartigen, aber höchst interessanten Konstruktion der Elbphilharmonie. Seit ihrem ersten Hamburg-Besuch hat sich viel getan beim Neubau über einem ehemaligen Speicher. Die Außenhülle ist fertig und nur noch die aufwändigen Innenausbauten mit dem Konzertsaal, der mit seiner prognostizierten einzigartigen Akustik einmalig auf der Welt sein dürfte, gehen ihrer Vollendung entgegen. Sofort melden sich ihre journalistischen Lebensgeister und sie nimmt sich vor, über dieses Jahrhundertwerk und zusätzliches Hamburger Wahrzeichen zu recherchieren und einen Bericht zu verfassen. Ihr scheint die Idee verlockend, da sie ja vor Ort einen hervorragenden Zugang zu allen Stellen hätte. Dass sie als Baselbieterin über das gigantische Werk der Basler Architekten Herzog und de Meuron etwas schreiben könnte, macht das Vorhaben speziell interessant. Beim Gedanken an das Architekturbüro wird es Lisa ganz flau im Magen, denn sie denkt unweigerlich an John. Spontan nimmt sie ihr Handy aus der Umhängetasche, tippt Johns Telefonnummer ein und schreibt eine SMS.

„Lieber John. Hoffe, du bist wohlauf. Ich bin in Hamburg und würde gerne mit dir reden oder wenigstens einc SMS von dir erhalten." Lisa liest, was sie geschrieben hat, und löscht es unvermittelt wieder. Ihr ist klar, dass sie sich unmöglich mit diesen Worten bei John melden kann. Es kommt ihr schäbig vor, ja sogar feige. Dies vor allem, weil sie in ihrem Abschiedsbrief an John unmissverständlich festhielt, sich erst zu melden, wenn sie mit sich im Reinen sei. So oder ähnlich hat sie es formuliert. An die genauen Worte kann sich Lisa nicht mehr erinnern.

Das tiefe Tuten eines langsam vorüberziehenden Kreuzfahrtschiffes holt Lisa ins Jetzt zurück. Auf den diversen Decks winken die Passagiere den auf den langen Quais stehenden und staunenden Landratten zu. Die Reisenden lachen fröhlich und allen ist ihre erwartungsvolle Aufbruchsstimmung anzusehen. Eine positive Schwingung schwappt vom Schiff her über das Wasser zum Quai und umhüllt die Zurückgebliebenen wie eine federleichte seidene Decke. Lisa spürt jedenfalls, wie der Druck auf ihrer Seele schwindet.

Wieder zückt sie ihr Handy und schreibt: „Lieber John. Ich hoffe, es geht dir gut. Mein momentaner Aufenthaltsort ist Hamburg. Darf ich dich anrufen? Ich danke dir für eine Antwort und grüße dich. Lisa." Sie liest den Text nochmals. Er scheint ihr besser als die erste Version, weil sie John die Wahl lässt, mit ihr Kontakt aufzunehmen, und er nur mit einem einzigen Wort antworten muss, nämlich ja oder nein. Sie drückt auf „Senden".

„Komm, Jessy, ich habe Hunger."

Lisa dreht sich um, sucht im Rund der Häuserkulisse den Kirchturm der St. Michaelskirche und marschiert in diese Richtung los. Als sie wenige Minuten später vor dem Haupttor vom Michel steht, wie die Hamburger ihr Wahrzeichen nennen, bereut sie, Jessy bei sich zu haben. Gerne wäre sie in die riesige Kirche hineingegangen und hätte sich ein paar Minuten auf eine Bank gesetzt, um sich von den Bildern, den mit üppigem Tageslicht beschienenen Emporen und der unaufdringlichen Atmosphäre einlullen zu lassen. Doch Hunden ist der Zutritt versagt und Jessy draußen anbinden kommt für Lisa nicht in Frage. Sie wechselt die Straßenseite und geht zielstrebig zu ihrem Lieblingsrestaurant, dem Old Commercial Room, wo ihr ein bevorzugter Platz am Fenster angewiesen wird. Erstaunlicherweise sind nicht alle Tische besetzt und der sonst übliche Lärmpegel ist angenehm reduziert. Auf die Menu-Karte kann Lisa verzichten, weil sie jedes Mal dasselbe bestellt, nämlich das Gericht bestehend aus drei verschiedenen Meerfischen, Blattspinat und unglaublich herrlichen Bratkartoffeln.

Während sie isst, erinnert sie sich an einen Restaurantbesuch vor ungefähr drei Jahren. Sie saß damals mit ihrer Arbeitskollegin Rahel ebenfalls hier. Lisa und Rahel waren für nur zwei Tage in die Hansestadt geflogen. Im St. Pauli Theater stand das Stück „The Kings Speech" auf dem Spielplan. Sowohl Lisa wie Rahel hatten den Film über den stotternden König George V. von England gesehen und waren begeistert davon. Lisa verfolgte im Fernsehen ein Interview mit einem bekannten Tatort-Kommissar und erfuhr, dass er auf der Bühne den Sprachlehrer mimen werde. Diesen Auftritt wollte sie sich auf keinen Fall entgegen lassen. Sie musste Rahel nicht überreden, mit ihr nach Hamburg zu fliegen. Ihre Kollegin freute sich ebenfalls auf die interessante und vor allem wahre Geschichte, für einmal live auf der Bühne vorgetragen.

Tags darauf kehrten sie im Old Commercial Room ein, wo es hoch zu und her ging. Der elegant gekleidete Kellner, ein Italiener, hatte schon bei der Begrüßung gemerkt, dass sie aus Basel kommen, da er unter anderem auch dort gearbeitet hatte. Er schäkerte mit ihnen, und als ihn Lisa um die Rechnung bat, hatte er sich noch einen Scherz erlaubt. Er stand vor ihrem Tisch und klatschte mehrmals in die Hände. Rahel fragte ihn, was das soll. „Ich verjage die Elefanten, damit Sie ungehindert den Ausgang finden, meine Damen."

Lisa und Rahel grinsten ihn an. „Auch mit meiner größten Fantasie sehe ich hier keine Elefanten stehen", kicherte Rahel.

„Sehen Sie, es hat geklappt." Er zwinkerte ihnen zu und ging zum Tresen, um die Rechnung zu holen.

Lisa bestellt einen Espresso, der unverzüglich serviert wird. Die Erinnerung an den Kurzaufenthalt in Hamburg macht sie nachdenklich. Wann werde ich wieder so unbeschwert lachen können wie damals bei der Elefantenepisode?, denkt sie. Lisa ruft den Kellner und bezahlt. Dann stupst sie Jessy an, die unter dem Tisch liegt. „Auf geht's, Jessy, vielleicht kannst du mich ein wenig aufheitern."

Kapitel 9 – Johnny rebelliert

Blickpunkt Welt 2001:
Terroranschlag auf das World Trade Center New York
und Grounding der Swissair

„Johnny Coldbrook. Melden." Der Mathelehrer steht an seinem Pult und hält noch ein einziges Blatt mit den gelösten Aufgaben der letzten Schriftlichen in der Hand. „Wo sitzt Johnny Coldbrook?"

Berni stupst Johnny an und flüstert: „Hast du es gewagt? Echt?"

Johnny streckt seinen Arm in die Höhe.

Der Mathelehrer kommt langsam, beinahe bedrohlich dem Gang zwischen den Pulten entlang auf Johann zu. „Seit wann heißt du Johnny Coldbrook? Für mich bist du Johann Kaltenbach, und zwar auch noch die letzten Monate deiner Schulzeit, verstanden?" Er nimmt einen Kugelschreiber von Johnnys Pult, durchstreicht den englischen Namen zweimal und legt das Blatt und den Stift hin. „Ansonsten gute Arbeit." Dann geht er wieder nach vorne.

„Mein Name ist Johnny, ob es Ihnen passt oder nicht", ruft Johnny seinem Lehrer hinterher.

Der Lehrer geht ruhig weiter und kehrt sich erst um, als er an der Wandtafel angelangt ist. „Den zweiten Teil deines Satzes lasse ich mir nicht gefallen. Du hast mir nicht zu sagen, was mir passen soll. Hingegen was deinen Namen betrifft, können wir uns in aller Ruhe unterhalten. Also, erkläre mir, warum du dich umtaufen willst."

„Damit wir ihn nicht mehr ‚Johannes der Täufer' nennen", ruft ein Mitschüler lachend.

Johnny sieht nach hinten und zeigt ihm den Stinkefinger, dann wendet er sich wieder dem Mathelehrer zu.

„Ich habe mich zeitlebens mit meinem Vornamen nicht identifizieren können, deshalb änderte ich ihn schon vor längerem. Der Familienname Coldbrook ist ein Joke, verstehen Sie? Kalter Bach eben."

„Er ist halt ein Amerika Freak. Da tönt Johnny cooler als ein hundskommuner Johann", mischt sich Berni ein. „Ist doch so Johnny, oder?"

Johnny nickt seinem Freund zu und sieht wieder den Lehrer an. „Sie heißen Ernst. Gefällt Ihnen Ihr Name?"

„Selbstverständlich gefällt er mir. Auch wenn er mir nicht gefiele, würde ich mir keinen anderen geben. Schließlich wurde ich auf den Namen getauft."

„Kennen Sie die Geschichte vom Ernst?", fragt Johnny. Dem Lehrer entgeht der leicht ironische Tonfall nicht.

„Auf was willst du hinaus?"

Johnny steht auf und blickt erst in ein paar Gesichter seiner Mitschüler, bevor er antwortet. „Vor Jahren haben sich Ihre Eltern kennengelernt. Ihr Vater lud Ihre Mutter zu einem Wochenende auf die Heimwehfluh ein. Dort hatten die beiden Spaß, aus Spaß wurde Ernst", Johnny macht eine Kunstpause, „und der Ernst sind Sie." Im Klassenzimmer entlädt sich ein schallendes Gelächter. Johnny lacht nicht. Er setzt sich hin und starrt die Wandtafel an. Der Lehrer steht ebenfalls regungslos da.

***

Johann freute sich auf die Klasse, in der endlich Englisch-Unterricht auf dem Stundenplan stand. Mit Enthusiasmus widmete er sich dem Studium seiner Lieblingssprache. Auch zur Geografie hatte er eine besondere Beziehung. Er konnte es kaum erwarten, dass der Lehrstoff die Enge des europäischen Kontinents sprengte und die imaginäre Reise westwärts ging, hinüber nach Nordamerika. Es vergingen nur wenige Wochen im neuen Schulabschnitt und aus Johann wurde Johnny. Er bat seine Mitschülerinnen und Mitschüler darum, ihn nur noch so zu nennen. Manchmal war es mehr ein Befehl als eine Bitte. Vielleicht hatten viele Schulkameraden auch vor seinem Jähzorn Respekt, den sie einige Male erlebt hatten. Immer ging es um dieselbe Sache, wenn er ausrastete. Irgendjemand hatte seine Ordnung auf dem Pult zerstört, ein Buch, das millimetergenau ausgerichtet dalag, verschoben oder die Bleistifte und Kugelschreiber wie Mikado Stäbchen durcheinandergewirbelt. Mit der Zeit hatten alle begriffen, dass sie seinen Ordnungstick respektieren und ihn deswegen besser nicht mehr ärgern sollten. Auch wuchs bei den meisten das Verständnis, dass Johann zu Johnny mutierte. Schüler in diesem Alter sind tolerant.

Im zweiten Jahr mit Englisch Unterricht kam der Lehrer mit einem Bündel Briefe in die Stunde. Es waren alles Briefe von Schülern aus diversen amerikanischen Schulen. Der Lehrer wollte seine Englischlektionen interessanter gestalten und hatte die Briefkontakte mit Jugendlichen aus USA und der Schweiz aufgegleist.

„Hier habe ich achtzehn Briefe von Schülern aus Nordamerika. Es sind Mädchen und Knaben in eurem Alter. Alle, die eine Brieffreundschaft aufbauen wollen, dürfen sich ein Couvert aus dem Bündel nehmen. Es ist freiwillig, doch ich empfehle euch, mitzumachen."

Er fächerte die zahlreichen Briefumschläge auf und hielt sie den vordersten Schülern hin. „Es ist wie eine Tombola, entweder zieht ihr einen Hauptpreis oder eine Niete. Ich will damit sagen, dass ihr Glück haben könnt mit dem noch unbekannten Absender, sei es Mädchen oder Junge. Im besten Fall habt ihr die Chance, euer Englisch aufzumotzen und eine Freundschaft fürs Leben aufzubauen."

Er ging von einem Schultisch zum nächsten. Am Schluss haben sämtliche achtzehn Briefe die Hand gewechselt. Alle Schülerinnen und Schüler hatten neugierig den jeweils ausgewählten Brief geöffnet und versucht zu ergründen, ob der Absender ein Knabe oder ein Mädchen war. Das war nicht immer klar. Bei manchen Namen musste der Lehrer auf die Sprünge helfen, um welches Geschlecht es sich handelte. Berni hat eine Sue ergattert und war überhaupt nicht glücklich mit ihr.

„Wer will tauschen? Ich habe ein Mädchen gezogen."

Es wollte keiner auf den Handel eingehen, Mirjam hingegen fragte den Lehrer, ob sie zwei Adressen haben dürfe. „Mein künftiger Briefpartner heißt Tom. Zusätzlich eine Sue käme mir gelegen."

Der Lehrer war einverstanden, und Berni überreichte Mirjam mit großer Erleichterung sein Couvert, denn er war sowieso schreibfaul.

Die Adresse auf Johnnys Brief lautete: Pete Pollard, Ackert Hook Rd. 201, Rhinebeck, NY 12572. Pete war schon mal gut. Johnny nahm seinen Atlas unter dem Pult hervor, blätterte bis zur Seite von Nordamerika und begann zu suchen. Doch die Ortschaft Rhinebeck fand er nicht, weil es sich offensichtlich um einen kleineren Ort handelte. Er meldete sich beim Lehrer: „Können Sie mal auf Ihrem Computer nachschauen, wo mein Pete zu Hause ist? Das geht doch, oder nicht?"

„Natürlich geht das. Im Internet findet man heutzutage alles. Wie ist die Adresse?"

Johnny ging mit dem Couvert nach vorne und stellte sich neben den Lehrer, der seinen Computer startete. Die Schüler selber durften nicht an das Gerät. Es vergingen nur wenige Minuten, und der Lehrer wurde fündig.

„Da schau, Johnny, hier liegt Rhinebeck", er zeigte auf einen Kartenausschnitt auf dem Bildschirm. Am unteren Rand war New York angegeben, am oberen die Stadt Albany zu sehen.

„Siehst du, Rhinebeck liegt am Hudson, ungefähr in der Mitte zwischen diesen zwei Städten. Warte, ich druck dir diese Seite aus." Dann überreichte er dem Schüler den Ausdruck. „Ich wünsche dir Glück mit deinem künftigen Brieffreund, Johnny." Er war übrigens der einzige Lehrer, der ihn mit dem neu gewählten Vornamen anredete.

„Danke vielmals. Ich habe ein gutes Gefühl und freue mich auf den Kontakt mit Pete. Wissen Sie was? Eines Tages werde ich ihn besuchen. Da können Sie Gift darauf nehmen."

„Lieber nicht, ich lebe noch zu gerne."

„Was? Ah, Sie meinen das Gift. Entschuldigung, das war natürlich bullshit", grinste Johnny und ging zurück an seinen Tisch.

Johnny schrieb Pete Pollard den ersten Brief. Das war schwieriger, als er gedacht hatte. Er wollte sich vorstellen, erklären, in welcher Stadt er lebt, in welche Schule er geht und über seine Hobbys schreiben. Leider konnte er sich nicht ausdrücken wie in Deutsch. Die Sätze waren einfach und kurz. Immer wieder musste er den Diktionär zu Hilfe nehmen. Er war ganz sicher, dass es im Brief nur so wimmelte von Fehlern. Aber es war ihm so was von egal. Hauptsache, er konnte einem richtigen Amerikaner schreiben. Johnny wollte auf keinen Fall, dass ihm jemand anderer beim Schreiben half. Schon gar nicht sein Bruder. Von ihm lehnte er seit Jahren jegliche Hilfe ab, obwohl ihm Max in seiner frühen Kindheit einiges beigebracht hatte.

***

Johnny verschlang alles Lesenswerte über Amerika. Zuerst waren es Indianerbücher für Kinder, mit den Jahren kamen aber auch Romane, Krimis und Geschichtsbücher dazu. Es gab kaum ein Thema, das mit amerikanischem Leben zu tun hatte, über welches er sich nicht informierte. Immer öfter wollte er seinen Freund Berni mit seiner Begeisterung infizieren. Je älter die beiden Schüler wurden, desto mehr konnte auch Berni dem von Johnny vorgelebten Faible etwas abgewinnen. Da auch der Briefkontakt zu Pete Pollard intensiviert worden ist, lag es auf der Hand, dass die beiden Freunde eine Reise in die Staaten von Amerika planten. Irgendeinmal sollte das geschehen, je eher desto besser.

***

Johnny verlässt als Letzter das Schulzimmer. Der Mathelehrer hält ihn zurück. „Johann, warte noch einen Moment."

Johnny dreht sich unter der Türe um und schaut den Lehrer fragend an.

„Komm rein und schließ die Türe, bitte."

„Ich habe mir ja nur einen Spaß gemacht. Ich entschuldige mich dafür. Wenn Sie darauf bestehen, sogar vor der gesamten Klasse", sagt Johnny, während er zurück ins Zimmer kommt.

„Es geht nicht um den Ernst, Johann. Ich möchte etwas viel Bedeutenderes ansprechen. Setz dich bitte", fordert ihn der Lehrer auf und stellt sich vor den Schüler.

„Johann, als dein Klassenlehrer bin ich beauftragt, dich über ein Vorhaben der Schulleitung zu informieren."

Johnny sieht zum Mathelehrer auf. „Wollen Sie mich disziplinarisch belangen?"

„Nein, Johann, dafür besteht kein Anlass, höchstens deine heutige Entgleisung, aber wie schon gesagt, ich lasse den Ernst Ernst sein. Nein, es geht um deinen unnatürlichen und übertriebenen Ordnungssinn und den oft in diesem Zusammenhang an den Tag gelegten Jähzorn."

Johnnys nervöses Grinsen verfliegt augenblicklich. „Was hat die Schulleitung vor?"

„Sie wird in den nächsten Tagen Kontakt zu deinen Eltern aufnehmen und sie zu einem Gespräch aufbieten." Der Lehrer hatte offensichtlich Mühe, weiter zu reden. „Man will ihnen empfehlen, den ‚Schulpsychologischen Dienst' in Anspruch zu nehmen."

„Das heißt was?" Johnny steht auf und starrt den Lehrer an.

„Das bedeutet, dass wir – die Schulleitung und alle deine Lehrerinnen und Lehrer – der Ansicht sind, dass du eine Therapie nötig hast."

„Ich soll zum Psychiater? Spinnt ihr denn alle?" Johnny wird kreidebleich. Er ballt die Fäuste und macht einen Schritt auf den Lehrer zu. „Das lasse ich mir nicht gefallen! Nie im Leben."

Erschrocken weicht der Lehrer zurück. „Beruhige dich, von Psychiater hat kein Mensch gesprochen. Es geht ja vorerst nur um ein Gespräch mit den Eltern, wobei du natürlich miteinbezogen wirst. In wenigen Monaten verlässt du diese Schule und trittst deine Lehre an. Ist es nicht besser, vorher noch etwas Klarheit zu schaffen?"

„Ich benötige dieses Gespräch nicht. Und vor allem meine Eltern nicht", trotzt Johnny. „Okay, ich gebe ja zu, dass ich hie und da meine Nerven nicht im Griff habe und die Beherrschung verliere, aber deswegen als Psycho abgestempelt werden, geht doch zu weit. Das will ich nicht."

„Es geht doch nicht ums Stigmatisieren, sondern um eine Hilfeleistung", versucht der Lehrer nochmals zu beschwichtigen.

„Steckt euch diese Hilfe, wohin ihr wollt. Da mache ich nicht mit. Ich habe es gerne aufgeräumt und bin vielleicht etwas pedantisch. Mir daraus einen Strick drehen, finde ich fies. Echt." Sagt's und geht wortlos zur Türe raus.

Kapitel 10 – Johnny fliegt

Blickpunkt Welt 2010:
Ölpest im Golf von Mexiko
und Unglück bei der Loveparade in Düsseldorf

Johnny und sein Freund Berni genießen einen heißen Sommerabend am Kleinbasler Rheinufer. Sie sitzen auf dem untersten Absatz am Rheinbord, lassen die nackten Füße ins Wasser baumeln und jeder hat eine Dose Bier in der Hand. Im Moment reden sie nicht viel, trinken hie und da einen Schluck und sehen den jungen Frauen nach, die schlendernd ihrer Lieblingsbeschäftigung nachgehen, nämlich mit Unterstützung des Handys zu kommunizieren. Johnny ist Single und Bernis Freundin weilt seit einem Monat in einem Sprachinstitut in Vancouver und wird erst Anfang Oktober zurück sein.

„Wie steht's mit dem Termin im September? Hast du deinem Boss unsere Ferienpläne schon gesteckt?", fragt Johnny.

„Oh, ich Esel, genau, das wollte ich dir ja noch mitteilen. Alles paletti. Wir können buchen", sagt Berni und leert in einem Zug seine Dose Bier. „Das heißt, wenn dir nicht das Großprojekt mit den drei Wohnblocks dazwischenkommt."

„Nein. Zum Glück gibt es eine Verschiebung mit den Erlenmattplänen. Unser Chefarchitekt meint, sie werden erst in zwei Monaten spruchreif, dann sind wir längstens wieder zurück."

Auch Johnny trinkt seine Dose aus und will sie gedankenlos in den Fluss werfen. Im letzten Moment stoppt er sein Vorhaben, steht auf und steckt sie in den Abfallbehälter gegenüber seinem Sitzplatz. Dann zieht er die Socken und Schuhe an und steigt zum Trottoir hinauf. Berni folgt ihm die Treppe hoch.

„Sehen wir uns morgen Abend?", fragt Johnny. „Weißt du was, wir machen gleich im Reisebüro am Aeschenplatz ab, okay?"

***

Seit einem Jahr arbeitet Johnny bei einem großen Basler Architekturbüro als Bauzeichner. Zielstrebig hat er diesen Job angepeilt und alles in Bewegung gesetzt, bei der renommiertesten Firma der Stadt angestellt zu werden. Berni wiederum ist Zahntechniker geworden. Ihm liegt eher das handwerkliche als das intellektuelle Arbeiten. Sein Arbeitsort liegt am Rande des Stadtzentrums. Ihre Freundschaft, die in der Primarschule begann, hat gehalten, vor allem weil Berni ein toleranter Bursche ist, den kaum etwas aus der Ruhe bringen kann.

Jahrelang waren die zwei Freunde körperlich ähnlich, das heißt schlank und groß, beide mit üppiger, brauner Haartracht, die sie je nach Mode in langen Strähnen oder kurz geschnitten trugen. Berni hat aber während der Rekrutenschule nochmals einen Wachstumsschub durchgemacht, sowohl in die Höhe, zu seinem Leidwesen aber auch in die Breite. Nun überragt er Johnny um ein paar Zentimeter, und man entdeckt bei ihm beginnende Geheimratsecken. Über Johnnys Ticks lacht Berni nur, und er lässt sich weder von ihnen irritieren, noch will er sie imitieren. Von der Begeisterung für Amerika aber hat er sich anstecken lassen. Und jetzt wird eine Reise ins Land seiner Träume Realität. Berni ist sich bewusst, dass Johnny die Triebfeder des Vorhabens ist, und überlässt ihm auch den Lead. Ein paar Mal hat Johnny ihm Passagen aus Briefen von Pete Pollard vorgelesen, in denen der Besuch in Rhinebeck thematisiert wurde. Berni findet es super, dass Pete Johnny nicht allein eingeladen hat, sondern ihn ebenfalls als Gast begrüßen möchte.

Voll Vorfreude auf ihren USA-Trip sitzen die zwei Freunde im Reisebüro und lassen sich alles erklären. Da sie keine Beratung über irgendwelche Reiseziele brauchen, geht die Abwicklung schnell vonstatten.

„Für den Visaantrag benötige ich Ihre beiden Pässe. Habt ihr sie dabei?“, erkundigt sich der ältere Herr, der ein Gesamtpaket für Flug und Hotelreservation vorbereitet. Er erhält das Gewünschte und blättert in den Dokumenten. „Ist Ihr Vorname nicht Johnny?“, fragt er erstaunt.

„Doch, warum?“

„Im Pass steht aber ‚Johann‘.“

„Ach so, natürlich. Wissen Sie, den Taufnamen habe ich bereits vergessen. Ich habe mich als Knabe sozusagen selber umgetauft“, entgegnet Johnny grinsend.

Dem Berater missfällt das dämliche Grinsen in höchstem Maße. „Sie können sich nennen, wie Sie wollen. Mir ist das egal, nicht aber den Amis. Wenn Sie auf den Zollformalitäten ‚Johnny‘ eintragen und dieses Formular zusammen mit dem Pass bei der Einreise dem Zollbeamten hinstrecken, schickt der Sie womöglich gleich wieder nach Hause. Nein, Herr Kaltenbach, glauben Sie mir, für Ihre Reise in die Vereinigten Staaten von Amerika müssen Sie wohl oder übel Ihren Taufnamen wieder aus der Versenkung hervorholen. Jedenfalls für Visum, Einreiseformulare und Flugticket.“

***

Bei der Wahl des Hotels verließen sich die zwei Reisewilligen ganz auf den Fachmann. Er empfahl ihnen das Hotel Omni Mitten in Manhattan in der 7. Avenue, Ecke 56. Straße, wenige Meter von der Carnegie Hall und dem Central Park entfernt. Johnny und Berni haben aus Kostengründen ein Doppelzimmer gebucht. Dort stehen sie nun und betrachten aus dem Fenster vom 24. Stock den Verkehrsstrom und die Passanten in Ameisengröße auf den Trottoirs. Berni blickt auf seine Armbanduhr. „Jetzt ist es kurz vor drei Uhr. Komm, Johnny, wir gehen gleich runter auf die Straße“, meldet er sich nach dem ersten Staunen. „Wo hast du den Stadtplan?“

Johnny geht zielstrebig zu seiner Reisetasche und entnimmt einem Außenfach den Plan. Er breitet ihn auf dem riesigen Bett aus und sucht darauf ihren Standort.

„Da sind wir“, sagt er, „und hier unten liegt der Times Square. Da gehen wir jetzt hin.“

Vor lauter Freude verspüren beide nicht die Spur von Müdigkeit, obwohl sie schon seit fünfzehn Stunden auf den Beinen sind. Um sechs Uhr in der Früh mussten sie aufstehen, der Abflug in Kloten war um zehn, die Ankunft am John F. Kennedy-Flughafen New York um achtzehn Uhr. Dies bedeutete jedoch zwölf Uhr mittags Ortszeit. Am Nachmittag um drei Uhr checkten sie im Hotel ein.

Im Flughafen Kloten ging es erstaunlich gut. Berni hatte nämlich vor Reiseantritt ein wenig Bedenken, weil beide noch nie einen Überseeflug erlebt haben. „Mit dem Einchecken und dem Boarding kann so viel schiefgehen", meinte er. Dass er ein wenig unter Flugangst litt, konnte er gut maskieren. Auf der gesamten Strecke gab es aber keine Turbulenzen, so dass sich auch Berni entspannen konnte. „Fast wie mit dem Autobus, so ruhig", brummte Johnny irgendwo über dem Atlantik, bevor er einschlief und erst nach zwei Stunden wieder aufwachte, weil das Essen serviert wurde.

Der Anflug zum JFK-Airport war sensationell. Sie hatten doppeltes Glück. Die A-330 Maschine musste zweimal über New York kreisen, und sie saßen auf der Fensterseite mit dem besseren Ausblick. Für die USA-Fans sah die Stadt aus der Vogelperspektive einfach nur himmlisch aus. Johnny drückte seine Nase fast platt am kleinen Fenster. Hie und da rückte er zur Seite, damit Berni über ihn hinweg besser hinausgucken konnte. Er war es denn auch, der fast um Atem ringend rief: „Johnny, die Freiheitsstatue! Von hier oben so klein und doch riesig geil."

Die Einreiseprozedur verlief reibungslos, hingegen war Geduld und nochmals Geduld angesagt. Bis sie endlich mit ihren Reisetaschen am überdachten Busterminal standen, vergingen zwei Stunden. Das Finden dieses Fixpunktes machten sie sich einfach, indem sie einer Reisegruppe hinterhergingen, deren Ziel ebenfalls Manhattan war. Berni hörte nämlich während des Wartens am Gepäckkarussell, wie ein Reisender seinem Kameraden erklärte, sie würden den öffentlichen Bus nehmen. Johnny löste am Automaten ihre Tickets und sie stiegen ebenfalls in den großen, dunkelgrünen Stadtbus. Auf der gesamten Strecke vom Airport bis ins Zentrum von Manhattan hatten sie die ersten ins

Auge stechenden Unterschiede zur Schweiz entdeckt. Besonders Johnny wurde es hie und da heiß beim Anblick der Umweltsünden am Bord der Schnellstraße. Autowracks standen am Straßenrand, einfach hingestellt und liegen gelassen, jede Menge alter Pneus, ja sogar Autobatterien waren zu sehen.

Der Bus hielt an der 59. Street, schräg gegenüber des weltberühmten Plaza Hotels. Von dort mussten Johnny und Berni auf der 7. Avenue nur zwei Blocks südwärts gehen, bis sie vor ihrem Hotel Omni standen. Theatralisch kniete sich Berni vor dem Hoteleingang nieder und küsste symbolisch den Boden. „Endlich am Ziel meiner Träume angelangt." Nach diesem Statement, das von Herzen kam, stand er von staunenden Passanten beobachtet lachend wieder auf.

***

Berni steht ungeduldig an der Türe. Er will endlich raus aus dem Zimmer, hinunter ins pulsierende New Yorker Leben. Johnny macht nochmals die Runde, schiebt seine Reisetasche ein paar Zentimeter nach rechts, nimmt die Schuhe, die er während der Reise anhatte, in die Hand und stellt sie nochmals ausgerichtet unter die Kofferablage.

„Hey Mann, gib endlich Gas. Ich will noch den Nachmittag genießen können", mahnt Berni. Johnny schnuppert intensiv. „Riechst du das auch? Hier drinnen stinkt es jämmerlich."

Berni hält die Nase hoch und zieht die Luft einem Hund gleich ein. „Ich muss dir Recht geben. Tatsächlich. Ein Gestank wie alter Käse."

Johnny schaut sich um und entdeckt endlich auf der kleinen Ablagefläche über der Minibar ein Paket. Er nimmt es in die Hand und merkt sofort, dass es die Ursache des üblen Geruches ist. Auf der Packung klebt ein Zettel der Hotelrezeption mit dem Hinweis, dass es sich um ein Geschenk von Pete Pollard für Johnny und Berni handelt. Johnny öffnet die Schachtel: „Ich glaub, ich spinne", ruft er. „Hier ist ein großer, überreifer Käse eingepackt. Was hat sich Pete wohl überlegt?"

Berni grölt laut heraus. Verflogen ist die leichte Missstimmung, die während seines ungeduldigen Wartens aufkam. „Was für ein Gag. Pete wollte uns Schweizer mit einem Käse überraschen. Nur ist seine Idee ein wenig in die Hose gegangen, weil er nicht einen Hartkäse ausgesucht hat. Dieser hier“, er berührt den Weißschimmelkäse, „läuft ja fast von alleine davon.“

„Sei es, wie es wolle“, lacht auch Johnny, „ich habe bereits wieder Hunger.“ Er nimmt aus seinem kleinen Rucksack, den er für den Bummel bereitgestellt hatte, einen Plastiksack mit Knäckebrot heraus. „Warte kurz, ich hole das Sackmesser aus der Reisetasche.“ Ein Griff ins richtige Fach, und Johnny hält das Messer in der Hand. Er schneidet Stück für Stück vom Stinkkäse ab und streicht ihn zwischen Knäckebrot Scheiben. Die Sandwiches verstaut er nun in den Plastiksack. „Unterwegs werden wir bestimmt irgendwo eine Sitzgelegenheit finden, um dieses hier zu knappern.“

„Okay, let's go.“

„Stopp“, befiehlt Johnny, „ich habe etwas mega Wichtiges vergessen.“ Er kehrt um und geht zum Telefon.

„Was ist los? Willst du Mami anrufen?“

Johnny merkt, dass Berni kurz davor ist, die Geduld zu verlieren.

„Nein, natürlich nicht. Ich habe Pete versprochen, mich unmittelbar nach unserer Ankunft bei ihm zu melden.“ Johnny zieht sein Portemonnaie hervor und entnimmt ihm einen Zettel mit etlichen Telefonnummern drauf. „Das ist erst das zweite Mal, dass wir miteinander reden“, sagt er, während er die lange Zahlenfolge eintippt. Berni setzt sich gottergeben aufs Bett. Er hört auch auf Distanz die Summtöne und vernimmt dann eine männliche Stimme. Verstehen kann er nicht, was sie sagt, aber Johnnys Gesichtsausdruck entnimmt er, dass es sich um Pete handeln muss.

Die zwei Brieffreunde begrüßen sich überschwänglich und Johnny bedankt sich auch gleich für den Willkommensgruß in Form eines Käses. Selbstverständlich verschweigt er dessen desolaten Zustand. Pete bestätigt Johnny die Zugsverbindung zwischen New York und Rhinebeck, die er bereits per E-Mail mitgeteilt hat. Er erinnert ihn nochmals daran, in Poughkeepsie auszusteigen, da die schnellste Verbindung keinen Halt in Rhinebeck vorsieht.

Nach dem Telefongespräch kann's endlich losgehen. Hinein in den Lift, runter zur Lobby und raus auf die Straße. Berni und Johnny marschieren zum Times Square, wobei sie immer wieder stehen bleiben und zwischen den unendlich hohen Wolkenkratzern emporschauen, jedoch vom Himmel lediglich einen schmalen Streifen zu sehen bekommen. Beim großen Platz mit den gigantischen Leuchtreklamen, die die Nacht zum Tage machen, treffen sie auf den Broadway, die längste und wohl bekannteste aller Straßen New Yorks. Sie unterbricht die schachbrettartige Anordnung aller Avenues und Streets mit schrägem Verlauf, angefangen weit oben links am Central Park, bis über die Mitte von Manhattan hinaus zur China Town. Bis zu diesem Stadtteil gehen die beiden Freunde allerdings nicht. Langsam macht sich nämlich die Müdigkeit bemerkbar. Beim Madison Square Park finden sie tatsächlich freie Sitzbänke. Ihre schlappen Glieder freuen sich, doch nun beginnen die Mägen zu knurren und verlangen Nachschub. Johnny packt die Sandwiches aus und reicht Berni eines davon. Tapfer ignorieren sie den sehr streng riechenden Duft und essen die Käsebrote mit großem Appetit. Rund um sie pulsiert der Verkehr mit Autos, Bussen und nicht zu übersehen den unzähligen gelben Taxis. Der Straßenlärm wird immer wieder unangenehm durch Sirenen verstärkt, die bekannte Melodie der Polizeiautos, Ambulanzen und Feuerwehrtrucks.

Durst ist das nächste, das sie überfällt. Den letzten Drink hatten sie vor einigen Stunden im Flugzeug. Johnny sieht sich um und entdeckt eine Bar. „Ein Bier und die Welt ist wieder in Ordnung“, sagt er zu Berni, würgt den letzten Bissen runter und ist schon auf dem Weg zum Zebrastreifen. Das grüne Männchen sowie ein „Walk“ blinken auf. Das Glas mit kühl gezapftem amerikanischem Gerstensaft ist in Griffnähe.

***

Den zweiten Tag in der Weltmetropole nutzen Johnny und Berni vollkommen aus. Sie sind von früh morgens bis nach Mitternacht auf den Beinen. Gleich nach dem ausgiebigen amerikanischen Frühstück im Hotel Restaurant starten sie zu einer Stadtbesichtigung und fahren mit der Metro und den Bussen von einem Viertel zum anderen. Sie machen Station bei den Chinesen, den Italienern, im Greenwich Village, setzen ihre Tour fort bis zur Südspitze von Manhattan und wechseln beim Battery Park auf die Fähre nach Liberty Island mit der Freiheitsstatue. Ehrfürchtig bestaunen sie das Riesenmonument, welches seit 1886 alle in den Hafen New Yorks einfahrende Schiffe begrüßt. Nach zwei Stunden Aufenthalt bei der Statue nehmen sie die Fähre zurück zum Festland und beschließen, von dort zu Fuß zum Finanzdistrikt hochzugehen.

Beim Ground Zero angekommen, wird ihre fröhliche Stimmung gedämpft. Mit ernster Miene sagt Johnny: „Das Empfinden ist schon total irre, wenn du persönlich auf dem Gelände des ehemaligen World Trade Centers stehst und an die Wahnsinnstat vor neun Jahren denkst. Keine noch so gute Fernsehreportage kann dieses Gefühl vermitteln. Mir geht es jedenfalls so."

Auch Berni ist nachdenklich. „Einst standen hier als gigantische Wahrzeichen zwei Riesenwolkenkratzer und jetzt stehen wir vor einem Nichts." Er schaut über den überdimensionierten, menschenleeren Platz und fährt weiter: „Ich mag mich ganz gut an den Tag erinnern, als der Anschlag geschah. Du auch?"

„Wie, wenn es gestern gewesen wäre, ja", erwidert Johnny. „Allerdings ist der Anfang der Geschichte eher lustig. Das Lachen verging mir aber am Abend."

„Wie kann man denn über einen Terroranschlag lachen? Das ist ja völlig daneben." Berni ist entsetzt.

„Du hast natürlich Recht, aus heutiger Sicht sowieso. Ich war gerade mal einen Monat in der Lehre und musste an diesem berühmten elften September einem Lieferanten, der Material für Modellbauten brachte, helfen, die Ware auszuladen und ins

Haus zu tragen. Der kam also nachmittags kurz vor drei Uhr mit seinem Lieferwagen, stieg aus und sagte: ‚Du glaubst nicht, was ich jetzt im Radio gehört habe. In New York ist einer mit dem Flugzeug in einen Wolkenkratzer geflogen. Dieser Pilot hat bestimmt seine Flugschule im Schnelldurchgang absolviert. Idioten, die Amerikaner.' Da habe ich zum ersten Mal gelacht." Johnny blickt sekundenlang über die riesige Fläche und stellt sich die Zwillingsgebäude vor. „Während ich ein Bund Balsaholz in unser Depot trug, hat der Chauffeur die Warenpapiere aus der Führerkabine geholt. Noch immer lief das Radio und die Musik wurde mit der weiteren aktuellen Meldung unterbrochen, dass soeben ein zweiter Flugunfall in New York passiert sei. Ich kam zurück zum Lieferanten. Er saß noch auf dem Autositz und schlug sich laut grölend auf den Schenkel. ‚Einer kann ja mal derart blöd sein und in ein Hochhaus fliegen, aber zwei Deppen innerhalb weniger Minuten, nein, das glaube ich nicht.' Er konnte vor Lachen kaum sprechen. Zum zweiten Mal habe ich an diesem denkwürdigen Nachmittag gegrinst, aber nur so lange, bis ich gemerkt habe, dass der Radiosprecher ernst und aufgeregt sprach. Beim genauen Zuhören realisierte ich, um was für Flugunfälle es sich handelte. Als ich abends daheim das Geschehen im Fernsehen verfolgte, konnte ich kaum mehr hinsehen. Diese immer wiederkehrenden furchtbaren Bilder."

***

Johnny und Berni haben soeben ihr Frühstück genossen. Das Buffet bietet eine riesige Auswahl an, die den einen oder anderen Gast verleitet, sich so viel zu schöpfen, als müsste er drei Mägen füllen. Zu Beginn des üppigen Mahles waren die beiden Freunde nicht sehr gesprächig, da der Schlafmangel sich bemerkbar machte. Sie wollten am Vortag nach der eindrucksvollen Stadtbesichtigung unbedingt New Yorks Nachtleben erkunden. Der Besuch von zwei Clubs und abschließend einer Bar, die sie auf dem Rückweg zum Hotel aufsuchten, hat Wirkung gezeigt.

„Ich kann nicht mehr.“ Berni hält sich die Hände auf den Magen. „Bringe keinen Bissen mehr runter.“

Johnnys Lebensgeister erwachen ebenfalls: „Am liebsten würde ich jetzt rülpsen, denn ich glaube, mit dem übervollen Magen kann ich eine Zeitlang nicht aufstehen.“

„Untersteh dich, wir sitzen hier inmitten kultivierter Menschen und nicht in der Militärkantine.“ Berni sieht auf die Uhr. „Übrigens, Zeit haben wir auch nicht mehr. In einer Stunde fährt der Zug.“

Sie erheben sich und verlassen den Frühstücksraum. In ihrem Zimmer sind die beiden Rucksäcke zum Glück bereits gepackt. So viel konnten sie doch noch überlegen, als sie vor wenigen Stunden von ihrer nächtlichen Tour ins Hotel zurückkamen. Nur die Pyjamas und die Zahnbürsten müssen noch eingepackt werden.

Eine halbe Stunde später treffen sie bei der Grand Central Station an der 42. Straße, Ecke Madison Avenue ein. Johnny und Berni sind beeindruckt von der wunderschönen Bahnhofshalle. Von deren dunkelblauen Decke strahlt ein aufgemalter Sternenhimmel herunter. Durch die gigantische Eisenbahn-Kathedrale frequentieren täglich mehr als eine halbe Million Bahnreisende und Touristen. Die 67 Geleise sind auf zwei Ebenen angeordnet.

Sie erreichen den Bahnsteig zehn Minuten vor Abfahrt des Amtrak-Schnellzuges mit Endstation Montreal. Johnny geht voraus und entdeckt in einem Wagen freie Sitzplätze. Der komfortable Reisezug macht Lust auf die ungefähr zweistündige Fahrt. Nach und nach werden die Sitzplätze rar. Ein Mann mittleren Alters setzt sich zu Berni, der Platz neben Johnny bleibt leer. Pünktlich um acht Uhr zwölf fährt der Zug los, erst durch lange Tunnels, dann kommt er, immer noch in New York, oberirdisch ans Tageslicht. Der Mitreisende entfaltet eine Zeitung, beginnt zu lesen, hört aber bald damit auf, weil er sich auf das Gespräch seiner beiden Sitznachbarn konzentriert. Höflich erkundigt er sich, von wo sie kommen und welche Sprache sie sprechen.

„Wir sind Schweizer und reden Deutsch“, antwortet ihm Johnny. „Das heißt, wir reden Schweizerdeutsch“, verbessert er seine Erklärung.

Der Fremde lacht: „An Schweizerdeutsch habe ich nicht gedacht. Ich war als Soldat in Deutschland stationiert und verstehe ein ganz klein wenig Deutsch. Aber Ihren Dialekt konnte ich beim besten Willen nicht einordnen. Schweizer also. Und was ist Ihr Reiseziel in einem Zug, der um diese Zeit meist nur Pendler transportiert?“

Johnny erklärt ihm den Grund ihrer Fahrt und dass sie in Poughkeepsie erwartet werden. Der Mann lacht ein zweites Mal und korrigiert den falsch ausgesprochenen Namen. „Ich weiß, es ist schwierig. Viele Ortschaften im Norden tragen indianische Bezeichnungen. So auch“, und er sagt betont langsam, „Pe-kip-si. Rhinebeck ist einfacher auszusprechen. Die Stadt wurde übrigens von deutschen Einwanderern gegründet. Oh, Sie hätten vor zwei Monaten kommen sollen. Rhinebeck stand damals im Blick der Weltöffentlichkeit. Bill Clintons Tochter Chelsea hat nämlich dort geheiratet. Das war ein Rummel, kann ich Ihnen sagen.“ Dabei lächelt der Reisende selig, als sei Chelsea seine Tochter.

„Stimmt, über diese Hochzeit habe ich auch in unserer Zeitung gelesen. Aber ich habe gar nicht realisiert, dass es sich um den Ort handelt, den wir jetzt aufsuchen“, meint Berni.

Der Mitreisende entpuppt sich für die Schweizer als Glücksfall. Er erklärt ihnen viel Interessantes auf der Fahrt entlang des Hudson Rivers. Sie erfahren, dass der See, an dessen Ufern sich die Bahnlinie entlangschlängelt, das eigentliche Reservoir für die Stadt New York ist. Dann macht er sie auf einen großen Gebäudekomplex auf einer leichten Anhöhe aufmerksam. Es handelt sich um die bekannte Militärakademie West Point.

Nach einer unendlich scheinenden Strecke, auf der keine Häuser zu sehen sind, nur links der breite Strom und rechts Wald, so weit das Auge reicht, fahren sie im Ort mit dem komplizierten Indianernamen ein. Johnny und Berni bedanken sich beim unerwarteten Reiseführer aufs Herzlichste, nehmen ihre Rucksäcke und verlassen den Amtrak-Zug. Auf dem Perron kommt ihnen mit ausgebreiteten Armen Pete entgegen.

***

Der Aufenthalt in der Provinz lohnt sich vor allem in sprachlicher Hinsicht. Die ununterbrochene Konversation in Englisch motzen Johnnys und Bernis Schulkenntnisse gehörig auf. Es gibt Momente, da reden die zwei Schweizer sogar untereinander Englisch. Sobald sie sich dessen bewusst werden, grinsen sie stolz. Pete nimmt sich wirklich Zeit, seinen Freunden seine Heimatstadt aus allen Blickwinkeln zu präsentieren. Petes Mutter wiederum ist offenbar der Meinung, die jungen Männer seien ausgehungert, denn sie zaubert in den anderthalb Tagen drei ausgiebige Hauptmahlzeiten auf den Tisch.

Beim ersten großen Essen bevölkert nebst Pete und seine Eltern eine ansehnliche Gästeschar den Mittagstisch. Johnny sitzt am Kopfende, links von ihm haben Berni und rechts zwei Schwestern von Pete sowie ihre Cousine Linda Platz genommen. Die Mutter bittet alle, sich in der Küche zu bedienen. Johnny hat sich nie Gedanken über amerikanische Essgewohnheiten gemacht. Er lässt den Gastgebern den Vortritt und gibt Berni ein Zeichen, sich nicht vorzudrängen. Als Johnny die Anordnung auf den Tellern sieht, verkneift er sich mit Mühe ein Lachen, Berni aber kann sich nicht beherrschen und prustet los. Petes Gefäß schießt den Vogel ab. Jeder Quadratzentimeter ist bedeckt mit ein wenig Crevetten Salat vom Vorspeisenbuffet, einer Portion Lasagne als Hauptgericht, grünem Blattsalat und als Höhepunkt des Sammelsuriums einem Stück chocolate cheese Kuchen. Drei Gänge inklusive Salat auf einem Teller! Als Getränke werden Rotwein, Coca Cola und Kaffee offeriert, nicht etwa der Reihe nach, sondern gleichzeitig.

Das Quartier, in dem Pete mit seinen Eltern wohnt, ist mit hohen Bäumen umgeben. So sehr, dass Johnny und Berni meinen, die Häuser stünden mitten im Wald, etwas, was in der Schweiz unvorstellbar ist. Johnnys Frage, ob das denn nicht gefährlich sei, beantwortet Pete lakonisch: „Daran gewöhnt man sich. Bei heftigem Sturm wird es eben etwas lauter als in Gegenden ohne Waldbäume. Aber nein, ich habe jedenfalls keine Angst."

„Gibt es denn keine Vorschriften?", will Berni wissen.

„Hier wurde immer so gebaut. Ich glaube, bei uns gilt das Gewohnheitsrecht", erklärt Pete. „Wichtig sind einfach die zahlreichen intakten Wasserleitungen und Hydranten, falls ein Brand ausbrechen sollte."

Johnny und Berni haben unvergessliche Stunden mit Pete und seiner Familie genießen dürfen. Auf der Fahrt mit dem Auto von Rhinebeck zurück nach Poughkeepsie erklärt Pete noch ein paar interessante Details.

„Schaut nach links zu den Gebäuden im Park. Das ist eine Elite Hochschule, das weltberühmte Vassar College. Es wird in einem Atemzug mit Harvard, Princeton und Yale genannt. Ins Vassar College hat sich aber kein Familienmitglied oder Vorfahre von mir verirrt. Stellt euch vor, mein Großonkel, also Lindas Großvater, hätte dort als direkter Nachkomme eines Indianerstammes aus Buffalo am Eriesee studieren wollen. Der wäre ja von Weißen skalpiert worden."

Johnny verschlägt es bei dieser Aussage regelrecht den Atem: „Warum hast du nicht erwähnt, dass er Indianer ist, als wir ihn in seinem Häuschen in Rhinebeck besucht haben? Ich hätte mich intensiver mit ihm unterhalten."

„Ich habe es vergessen, sorry", entschuldigt sich Pete.

„Und darüber geschrieben hast du mir in all den Jahren auch nicht. Pete, das ist wirklich sehr schade."

Berni spricht Pete an. „Jetzt ist mir alles klar, warum deine Cousine und vor allem dein Großonkel einen dermaßen schönen Teint haben. Indianerfarbe eben."

Pete begleitet seine zwei Freunde wieder bis auf den Perron, wo Minuten später der Schnellzug eintrifft. Eine letzte, herzliche Umarmung beendet den Abstecher. Johnny schwört sich insgeheim, wiederzukommen.

***

„New York, New York", singt Berni unter der Dusche im Hotel Omni, nicht so schön wie Frank Sinatra, dafür aber voller Inbrunst. Johnny liegt fertig angezogen auf dem Bett und lässt sich vom eintönigen Singsang eines TV-Nachrichtensenders berieseln. Sie wollen zum letzten Mal New Yorks Nachtleben genießen. Um den Stress des Abreisetages ein wenig zu mildern, hat Johnny bereits gepackt. Seine Reisetasche, der Rucksack und die bequemen Turnschuhe stehen in Reih und Glied unter der Gepäckablage. Missbilligend schaut Johnny auf Bernis Durcheinander. Zuerst widersteht er der Versuchung, Ordnung zu schaffen. Er zwingt sich, nicht mehr hinzuschauen, mit dem Resultat, dass er den Drang, auch Bernis Reisegepäck nach seinem Gusto hinzustellen, umso intensiver spürt. Johnny steht auf und platziert Bernis Tasche und Rucksack der Größe entsprechend in die Reihe. Er nimmt auch Bernis lässig hingeschmissene Turnschuhe und legt sie an letzter Stelle hin, weil diese um knapp einen Zentimeter niedriger sind als seine eigenen.

Berni kommt nur in Shorts gekleidet zum Bad raus und zieht sich das neu erstandene T-Shirt an. Dann nimmt er die auf seinem Bett liegenden neuen Levis Jeans zur Hand. Er will nach seiner Reisetasche greifen, um nach dem letzten Paar saubere Socken zu suchen.

„Was soll das?", fragt Berni mit Blick auf das der Größe nach angeordnete Reisegepäck und die Schuhe.

Johnny kehrt sich zu Berni um. „Ich habe alles für die Abreise bereitgestellt." Dann realisiert er, dass sein Freund verärgert ist. „Hast du ein Problem damit?"

„Und ob ich ein Problem habe." Berni steigt in seine Bluejeans, die er mit größter Anstrengung zuknöpfen muss. „Was zwingt dich, dauernd mein Gepäck rumzuschieben?"

„Es ist halt so meine Gewohnheit. Ich denke mir nicht viel dabei. Mach doch deswegen kein Theater", meint Johnny.

Berni muss noch die Hosentaschenfutter runterstoßen, was ebenso schwierig ist wie das Zuknöpfen der engen Jeans. „Das ist kein Theater, eher ein Trauerspiel. Erst jetzt nach längerer Zeit mit dir im selben Raum merke ich, wie nervenaufreibend dein Ordnungsfimmel ist."

Das Wort *Ordnungsfimmel* löst in Johnnys Hirn schlagartig ein wahres Gewitter aus. Er steht auf, starrt sekundenlang Berni an und geht dann zum hingestellten Reisegepäck. Dann packt er Bernis Tasche an der Tragschlaufe und schleudert sie mit Wucht an die gegenüberliegende Zimmerwand.

„Wenn es dir lieber ist, kann ich mühelos Unordnung schaffen", schreit er, bückt sich, schnappt die Turnschuhe und schmettert sie aufs Bett.

Berni ist offensichtlich entsetzt, kann sich aber beherrschen. „Es reicht, Johnny, slow down, sonst läufst du Gefahr, dass ich dir handgreiflich die Leviten lese."

Bernis ruhiger Ton und sein Verhalten bewirken, dass Johnnys Jähzorn in sich zusammenbricht. Er steht mit gesenktem Kopf Mitten im Zimmer, lässt die Arme hängen und beißt sich auf die Unterlippe. Dann seufzt er tief und entschuldigt sich. „Sorry, Kumpel, war nicht so gemeint."

Berni zieht sich seelenruhig fertig an. „Versprich mir eines, dass du für einmal meinen Rasierapparat nicht umsortierst. Ich habe zehn Tage geschwiegen, aber diese letzte Nacht lass ihn bitte dort liegen, wo ich ihn platziere."

★★★

Der Barkeeper vom Hotel Omni hat ihnen den Tipp gegeben. Nun stehen sie inmitten einer lauten und fröhlichen Schar im Top oft the Standard, einem Clublokal im Greenwich Village. Auf dem Weg hierher, in der Subway von der 56. Street bis zum Washington Square, waren die Freunde nicht sehr gesprächig. Beide ließen sich den Disput im Hotelzimmer nochmals durch den Kopf gehen, jeder beurteilte ihn aus seinem Blickwinkel. Jetzt aber, nach dem ersten Drink an der Bar, scheint das Eis gebrochen zu sein. Berni zeigt nach oben:

„Super, diese gigantische, an der Decke hängende Holzkonstruktion, nicht?“

Johnny schaut Bernis ausgestreckter Hand nach. Er nickt und muss etwas näher an Berni rücken, damit dieser ihn wegen des hohen Geräuschpegels versteht. „Mich erinnert es an den Teil eines Kreisels. Mein Vater hat mir mal so ein Kinderspielzeug gebastelt.“

„Toll, dass die Amis nicht nur Kunststoffverkleidungen verwenden.“ Berni ist für einmal begeistert über amerikanisches Handwerk.

Johnny greift nach seinem Glas und trinkt einen Schluck, bevor er antwortet: „Ich glaube, dass ein exklusiver Club wie dieser hier auch übermäßig viel in das Design investiert. Mein architektonisch geschultes Auge blickt jedenfalls auf eine enorme Ästhetik. Chapeau, kann ich da als Schweizer nur sagen.“

Sie bleiben noch eine gute Stunde und unterhalten sich mit anderen Gästen. Berni will aufbrechen, doch Johnny zeigt auf vier junge Leute in ihrem Alter. Es sind zwei Pärchen, alle auffallend hellhäutig und blond. „Warte Berni, ich habe ihnen eine Runde versprochen. Es sind Schweden, mit denen wir uns bestens in Englisch unterhalten können.“

Berni hat sie vorher nicht bemerkt, weil er ein paar Minuten die Aussicht auf den Hudson River genossen und dabei mit einem neben ihm stehenden Ehepaar aus Memphis geplaudert hat.

„Also gut, noch ein Bier.“ Berni stellt sich den Schweden vor. Björn und Sven kann er sich merken, nicht aber die komplizierten Namen der Frauen. Insgeheim nennt er sie „Mähne“ und „Bubikopf“. Die Schweden sind erst seit zwei Tagen in New York und kennen sich noch nicht gut aus. Johnny und Berni erzählen von ihren Reiseerfahrungen und geben ihnen allerlei gute Tipps.

„Habt ihr den Wolkenkratzer mit der wohl schönsten Kuppel der Metropole schon gesehen?“

„Welcher ist das?“

„Wo wollt ihr heute Nacht hingehen?“, erkundigt sich Johnny, statt konkret zu antworten.

Sven und Björn haben keine Idee, Mähne und Bubikopf ebenfalls nicht.

„Wir gehen zu Fuß in unser Hotel, das ist die gleiche Richtung, wo ihr wohnt. Wenn ihr wollt, könnt ihr mit uns marschieren. Wir machen einen Zwischenhalt beim höchsten Gebäude der Stadt, dem Empire State Building. Wieder höchstes Gebäude, muss ich mich verbessern, denn der Nordturm des World Trade Centers hat es bis zu seiner Zerstörung im Jahre 2001 abgelöst. Wir fahren mit dem Lift zur Aussichtsplattform hoch. Von dort präsentiert sich euch zum Greifen nah die silbern schillernde Spitze des Chrysler Buildings, eines der interessantesten Bauten weltweit. Und ja, New Yorks schönster Wolkenkratzer."

In etwas mehr als einer halben Stunde haben sie die Strecke zwischen der 14. Straße und dem Empire State Building in der 34. Straße zurückgelegt. Obwohl schon fast Mitternacht ist, sind immer noch zahlreiche Touristen, die New York by night aus der Vogelperspektive betrachten wollen, auf dem Weg nach oben. Das erste Staunen beginnt in der überdimensionierten Eingangshalle im Art déco-Stil. Hochpolierter Marmor, so weit das Auge reicht. Im ersten der drei Lifts, eine Hochgeschwindigkeitskabine, wird es den meisten Besuchern mulmig, denn es scheint, dass man innert Sekunden das 86. Stockwerk erreicht. Die oberste zugängliche Plattform befindet sich in der 102. Etage. Berni geht der Gruppe voraus ins Freie. Er und Johnny sind erstmals bei Dunkelheit hier oben. Die Aussicht am Tage ist selbstverständlich gewaltiger. Bei idealem Wetter ist die Sicht an die 80 Kilometer weit. Nachts ist sie anders, aber nicht minder imposant. „Wow", entschlüpft es Berni, „schaut mal diese Szenerie an." Er merkt nicht einmal, dass er in der Aufregung Schweizerdeutsch gesprochen hat. Erst als ihn Bubikopf anblickt, wird er sich dessen bewusst. Sie hat aber dennoch am Tonfall seines Ausrufs begriffen, was er sagen wollte.

Johnny zeigt hinüber zum silbrigen Dach des Chrysler Buildings. „Dort steht mein Favorit dieser Stadt." Er erklärt den staunenden

Schweden, dass alle alten Wolkenkratzer einen Grundriss haben, der nach oben hin verjüngt wird. Eine Bauvorschrift gebot, dass nur eine gewisse Anzahl Stockwerke eine gerade Fassade aufweisen durfte, dann musste wieder ein Absatz vorgenommen werden, um den Schattenwurf zu minimieren.

„Hier oben hing King Kong", ruft Mähne aus und zeigt auf die hoch über ihnen ragende Spitze, gleichzeitig zieht sie aufgeregt an Björns Jackenärmel.

„Diesen Hinweis habe ich erwartet." Johnny blickt die Schwedin an. „Ich glaube, es gibt kein einziger Besucher auf dieser Aussichtsplattform, der den Gorilla Mann und seinen himmeltraurigen Tod nicht erwähnt."

„Höchstens Kinder, die noch nie etwas von dem berühmten Film gehört haben", wendet Bubikopf ein. „Ich habe schon zwei der zahlreichen Versionen gesehen und jedes Mal geheult wie ein Schlosshund."

Die Sechsergruppe umkreist nochmals die Plattform und staunt meist wortlos über das Lichtermeer unter ihnen und den herrlichen Sternenhimmel am Firmament. Auch zu dieser späten Stunde ist ein unaufhörlicher Verkehrsstrom auszumachen, wobei nachts die Straßenkreuzungen dem Zuschauer aus der Höhe ein noch interessanteres Spektakel bieten als tagsüber. Autos, die den Betrachtern entgegenkommen, sehen aus, als hätten sie hell erleuchtete Augen. Stehende Kolonnen vor den Verkehrssignalen sind von hinten gesehen ein Band feurig roter Punkte. Das bewegte Bild von Scheinwerfern und blinkenden Leuchtreklamen wird untermalt von Polizei- und Ambulanzsirenen, je nach Distanz schrill laut oder gedämpft, jedoch immer beklemmend.

Johnny und Berni begleiten ihre Zufallsbekannten die Fifth Avenue hinauf bis zur 49. Straße. Dort verabschieden sie sich, denn die Schweden müssen Richtung East River in die Lexigton Avenue zum Hotel Doral. Die Schweizer haben nur noch wenige Blocks bis ins Hotel Omni. Dort angekommen, genießen sie nochmals ein letztes Bier in der Hotel Bar.

***

Es ist kurz vor zwölf Uhr am Tag ihrer Rückreise. Berni und Johnny sitzen auf einer Bank im Central Park beim künstlich angelegten See The Pond und essen stumm ein Sandwich, das sie an einem Verkaufsstand auf dem Weg durch den Park gekauft haben. Jeder ist in seiner eigenen Gedankenwelt unterwegs. Die allen Reisenden bekannte Wehmut ist ihr momentaner Begleiter, eine Melancholie, die dann auftritt, wenn es nach einem ereignisvollen Aufenthalt irgendwo auf dem Globus Zeit für die Heimfahrt wird.

Nach dem Auschecken an der Hotel Rezeption vor einer Stunde haben Johnny und Berni ihr Gepäck in der Lobby deponiert, weil sie erst gegen vier Uhr die Fahrt zum Flughafen antreten müssen. Sie planten, einen Augenschein vom Central Park zu nehmen, den sie noch nicht besucht haben. Nach einem Blick auf den Stadtplan marschierten sie die 56. Straße ostwärts bis zur Fifth Avenue, von dort hinauf zum Trump Tower und weiter zum Parkeingang auf Höhe des Plaza Hotels. Auf dem Rückweg wollen sie via Westausgang zum Naturhistorischen Museum hinauf pilgern, falls sie überhaupt noch Lust dazu haben werden. Das Museum ist für die jungen Männer nur deshalb interessant, weil sie den Film „Nachts im Museum" mit Ben Stiller höchst vergnüglich fanden. Mehr als den imposanten Eingangsbereich mit dem Dinosaurierskelett wollen sie auch nicht besichtigen.

Johnny wischt mit zwei Fingern ein paar Krümel Sandwichbrot von den Lippen. Noch haben sie kein Wort gesprochen. Er räuspert sich. „Ich habe mich zwar gestern Abend schon bei dir entschuldigt wegen meines Ausrasters. Es war idiotisch. Tut mir wirklich leid. Eines musst du wissen, meine Wut hat nichts mit dir zu tun, im Gegenteil, in meiner Rangliste warst du immer an erster Stelle und wirst es bleiben."

Berni, der gerade die Papiertüte zerknüllt, fragt: „Von welcher Rangliste sprichst du?" Er schaut Johnny skeptisch an und beginnt dann unsicher zu grinsen. „Das war hoffentlich keine Liebeserklärung."

Johnny lacht laut heraus. „Um Himmels willen, nein", wird aber umgehend wieder ernst. „Seit meiner Jugend habe ich eine Rangliste, und zwar nur hier", er tippt sich mit dem Zeigefinger an die Stirn.

Berni sieht seinen Freund aufmerksam an. Johnny fällt es offensichtlich schwer, weiter zu reden. Er malträtiert mit den Zähnen seine Unterlippe, dann fährt er fort: „Die Namen auf dieser Liste variieren laufend. Es sind Menschen aus meinem intimsten Umfeld, Freunde, Eltern, Bruder. Jedes Mal, wenn ich mit einer dieser Personen Stress habe, sei es, dass sie mich ärgert, verletzt oder noch schlimmer, dass ich sie in Stücke reißen könnte vor Wut, stelle ich alle in eine Reihe. Gedanklich natürlich, verstehst du."

„Ja, bis jetzt kann ich dir folgen. Und dann?"

„Dann kommt das Opferspiel zum Zug. Und das geht so: Eine Person von der Liste muss geopfert werden."

„Wie geopfert? Willst du sie killen?" Berni schwankt zwischen Entsetzen, Ungläubigkeit und Amüsiertheit.

„Nein, nicht mit meinen Händen oder so. Ich kann es auch nicht recht beschreiben. Die Person muss einfach weg von der Liste, auf welche Art auch immer."

Berni nickt, beißt ein Stück vom Sandwich ab und kaut langsam. Sekunden vergehen, bis er Johnny fragt: „Also willst du den Menschen sterben lassen, der dich verärgert hat?"

„Nein, killen, wie du es vorhin ausgedrückt hast, würde ich ihn natürlich nicht. Da ich aber ganz sicher sein will, ob er wirklich das Opfer sein soll, schaue ich mir die Reihe an und sortiere sie, beginnend mit dem mir am nächsten Stehenden, gefolgt vom Zweitliebsten und so weiter. Am Ende steht dann eben die Person, die ich über die Klinge springen lassen würde." Johny ergänzt seine Erklärung: „Wenn ich könnte."

Berni äußert sich lange Zeit nicht. Was soll er auch sagen? Johnny war seit ihrer Kindheit sein bester Freund und dennoch oft ein Buch mit sieben Siegeln. Einen derartigen Einblick in sein Seelenleben hat er ihm noch nie gewährt. Was Berni aber beinahe aus dem Konzept bringt, ist die Erkenntnis, dass er stets Johnnys Rangliste anführte. Es berührt ihn auf ungeahnte Weise.

„Danke, Johnny, dass ich bei dir so hoch im Kurs bin. Mehr kann ich eigentlich nicht sagen." Berni hat schon einige mehr oder weniger tiefgründige Liebschaften hinter sich. Aber keine noch so innige Liebeserklärung hat ihn derart im Innersten berührt wie Johnnys soeben offengelegte Wertschätzung. Doch dann fährt er fort: „Lass das mit der Rangliste. Sonst wird im Laufe deines Lebens dein Herz noch zur Mördergrube. Versuche auf eine andere Art herauszufinden, wer dir am nächsten steht und wem du nicht mehr vertrauen kannst."

Johnny nickt: „Vielleicht hast du recht. Probieren kann ich es ja."

Sie stehen auf und schlendern langsam dem Westausgang des Central Parks zu. Berni grübelt immer noch dem eben Gehörten nach. Nach einem Weilchen spricht er Johnny an. „Deine makabre Rangliste gehört ungefähr in dieselbe Kategorie wie folgende Entscheidungsfindung. Fünf Gleisbauer arbeiten mit Gehörschutz. Du stehst etwas weiter entfernt bei einer Weiche. Ein Zug braust daher, den die Bahnarbeiter nicht hören können. Den Zug stoppen kannst du nicht, nur die Weiche umstellen. Dann entdeckst du einen weiteren Gleisbauer auf der Strecke, auf die du den Zug umleiten willst. Was machst du jetzt? Lässt du fünf Männer sterben oder nur einen?"

Johnny bleibt stehen. „Was soll das? Diese furchtbare Szene kannst du doch nicht mit meinen Gedanken vergleichen."

„Irgendwie schon." Berni beschleunigt seine Schritte. „Du hast sicher keine Lösung, wie du dich an der Weiche entscheiden sollst, oder?"

„Natürlich nicht, ich hatte ja noch keine Zeit, um darüber nachdenken zu können. Hast du etwa eine?", fragt Johnny.

„Nein, nicht die Bohne."

Sie verlassen den von einer riesigen Wolkenkratzerkulisse eingerahmten Central Park, gehen kurz in den Eingangsbereich des Naturhistorischen Museums und marschieren dann zügig via Lincoln Center zurück zum Hotel Omni, wo sie ihr Gepäck auslösen. Auf der Fahrt mit dem Bus zum Flughafen probieren sie trotz ihrer Müdigkeit nochmals so viele Eindrücke vom heißgeliebten New York zu sammeln, wie es nur geht. Über dem Atlantik schläft diesmal nicht nur Johnny, auch Berni macht mit beim Schnarchduett.

Kapitel 11 – Johnny rätselt

Blickpunkt Welt 2012:
Rekordfallschirmsprung aus der Stratosphäre
und Havarie Costa Concordia

„Kaltenbach."

„Ebenfalls. Guten Abend Johnny."

„Grüß dich, Mama. So spät bist du noch auf? Es ist ja", Johnny schaut auf seine Hublot, „beinahe zehn Uhr. Ist etwas mit Papa passiert?"

„Nein, keine Angst. Er hat kaum mehr Nachwehen von seiner endlich durchgeführten Operation. Das neue Hüftgelenk scheint voll funktionstüchtig zu sein. Das heißt, im weitesten Sinne hat es schon was mit Papa zu tun, dass ich dich anrufe. Er muss noch eine Weile zum Gehen zwei Stöcke benutzen und kann mir bei einer dringenden Arbeit nicht helfen. Und nun wollte ich dich um einen Gefallen bitten. Leider zu später Stunde."

„Macht nichts, ich bin ja noch auf. Um was geht es?"

„Um eine Räumungsaktion. Stell dir vor, Max kommt heim. Er hat heute Abend angerufen."

***

Noemi ist Israelin, eine sogenannte Sabra, aufgewachsen im Kibbuz Daliah. Ihrem Daheim hat sie nach dem obligatorischen Militärdienst den Rücken gekehrt und ist nach Haifa gezogen. Nun hat sie ihr Studium beendet und nimmt als ausgebildete Spitallaborantin für drei Monate an einem Austauschprogramm zwischen dem Haifa Medical Center und dem Universitätsspital Basel teil. Ihr temporäres Zuhause ist eine Studenten WG im St. Johannquartier. Die Dreiundzwanzigjährige erkundet in jeder freien Minute die Stadt und lässt dabei kaum eine Sehenswürdigkeit aus. Ein nicht mehr taufrischer Stadtplan, der an mindestens zwei Faltstellen auseinanderklafft, ist dabei ihr täglicher Begleiter. Bereits hat sie das Kunstmuseum und die Fondation Beyeler in Riehen besucht, dies zwar nur, weil man die zwei Institutionen laut Reiseführer gesehen haben muss. Auch die Synagoge an der Eulerstraße betrat sie nur einmal. Sie ist wohl Jüdin, aber ihr Herz glüht mehr für Israel als für den Glauben.

Max arbeitet als Polymechaniker bei der Pharmafirma La Roche und wohnt immer noch bei seinen Eltern. Meistens radelt er mit dem Velo zur Arbeit ins Kleinbasel. Besonders an sonnigen Tagen verlängert er am Feierabend seine Heimfahrt mit einem Umweg und fährt zum Waisenhaus, von dort entlang des Rheins zur Mittleren Brücke hinunter.

Die schicksalhafte Begegnung zwischen Max und Noemi fand an einem warmen Juliabend statt. Von der Rheingasse herkommend wollte Noemi den schmalen Oberen Rheinweg überqueren. Sie hatte ihren Blick immer noch auf den Stadtplan gerichtet, als der in flottem Tempo heranbrausende Max reflexartig die Fahrradbremsen quietschen lassen musste. Als Folge davon rutschte das blockierte Hinterrad zischend seitwärts.

„Pass doch auf!“ Gleichzeitig mit diesem lauten Befehl musste Max mit einem Fuß vom Pedal. Noemi konnte sich nur noch am rechten Arm von Max festhalten und „sorry“ stottern. Es hat nicht viel gefehlt und sie wäre gestürzt.

„Sorry nützt dir wenig, wenn du wie ein blindes Huhn die Straße überquerst und beinahe überfahren wirst.“ Max war echt sauer.

Noemi ließ los und schaute Max erschrocken an, der sie seinerseits ebenfalls fixierte. Seine Wut verrauchte blitzartig. Er blickte in ein nicht alltägliches Gesicht mit wohlgeformtem Mund, dunkelbraunen Augen und markanten Augenbrauen. Die gesamte Erscheinung der hübschen Noemi kitzelte sein Interesse. Max erkannte sofort, dass die junge Frau mit den schulterlangen schwarzen Haaren und dem dunklen Teint keine Einheimische war. Wegen des Stadtplans tippte er auf Touristin, und doch hatte er das Gefühl, eher einer Sportlerin gegenüberzustehen. Groß, schlank, in Jeans, schwarzem Shirt und in modischen Sneakers stand sie da, mit einem lässig über die Schulter gehängten großen, grasgrünen Lederbeutel. Max stieg nun endgültig vom Rad und fragte, indem er auf den Stadtplan deutete: „Suchst du etwas Bestimmtes?"

„Bitte?", entgegnete Noemi auf Deutsch und fuhr in Englisch fort: „Entschuldigung, ich verstehe Sie nicht." Da sie aber ahnte, was Max gefragt hatte, ergänzte sie: „Ich wollte nur auf dem Plan nachsehen, wo ich mich befinde."

„Aha." Weil Max merkte, dass er sich offenbar nicht in seiner Muttersprache mit der Fremden verständigen konnte, wollte er sich verabschieden. Sich mit Ausländern in ihrer Sprache zu unterhalten, war nicht sein Ding. Höchstens mit Deutschen und Österreichern, denn Deutsch war neben Mathe von jeher in allen Schulen sein Lieblingsfach gewesen. Angesichts der ausdrucksvollen Schönheit riss sich Max zusammen und kramte das gesamte Wissen seines holprigen Schulenglisch hervor.

„Ich kann dir helfen." Er beugte sich über den Stadtplan und zeigte ihr, wo sie beide standen. Noemi dankte mit einem Lächeln und probierte nochmals radebrechend: „Ich hier und will dort", wobei sie erst mit dem Finger auf einen Punkt im Stadtplan tippte und dann mit der Hand zur Mittleren Brücke zeigte.

„Gut, da will ich auch hin." Mit diesen Worten hatte Max eine Freundschaft mit Noemi zum Leben erweckt.

Von da an trafen sich die beiden täglich, und nach wenigen Tagen hatte Max Noemi nach Hause eingeladen. Die Kaltenbachs fanden die Israelin ebenfalls sympathisch, verstanden aber kein Englisch. Noemi bemühte sich, ihre Deutschkenntnisse ständig zu ergänzen. Mit Max redete sie aber meistens Englisch, damit er seinerseits beim Lernen dieser Sprache profitieren konnte. Eine Unterhaltung in Ivrit, das moderne Hebräisch, war kein Thema. Noch nicht.

Als Noemi ihren drei Monate dauernden Aufenthalt in Basel beendet hatte und wieder zurück nach Haifa fliegen musste, war

Max fest entschlossen, ihr sobald als möglich nachzureisen. Er wusste, dass Polymechaniker weltweit keine Schwierigkeiten hatten, einen Job zu finden. Noemi war begeistert von seinem Plan. Zuerst musste sie zwar ihren Eltern, die immer noch im Kibbuz lebten, schonend beibringen, dass ihr Schweizer Freund kein Jude war. Doch Eva und Namer Margalioth hatten zum Glück kein Problem damit. Dies war allerdings nicht selbstverständlich, da sie beide Nachkommen von Berliner Juden waren, die in den zwanziger Jahren zu den ersten Einwanderern in Palästina gehörten. Namer und vor allem Eva waren freudig gespannt auf den Schweizer. Noemi konnte Max dank guter Beziehungen mühelos einen Job in Haifa vermitteln.

Max kündigte bei Roche und erhielt die Zusicherung seines Chefs, dass er jederzeit wieder anklopfen dürfe, sollten ihn seine Wege zurück nach Basel führen. Mit diesem Versprechen machte sich Max zuversichtlich auf den Weg nach Haifa, wo er mit Noemi in eine winzige Mietwohnung in einem nicht allzu großen Block unterhalb des Carmel Berges einzog. Der Blick über die Altstadt von Haifa und den Hafen war einzigartig. Ihre Arbeitswege führten zu einem Großteil in gleicher Richtung, Noemi hinunter zum Spital und Max ins Industriegebiet westlich von Haifa. Max hatte sich sprachlich gut entwickelt. Mit Englisch konnte er sich bestens verständigen, und er begann auch, Ivirit zu lernen. Mit alten Israelis, die Jiddisch sprachen, redete er sogar in Baseldeutsch. Beide Parteien verstanden einander.

Nach etwas mehr als einem Jahr verlor Max unerwartet seine Stelle. Restruktionen und Firmenschließungen waren auch in Israel gang und gäbe. Eine Rückkehr nach Basel war deshalb die logische Folge. Er streckte seine Fühler zum alten Arbeitsort aus und Noemi wusste, dass sie als Spitallaborantin jederzeit wieder beim Unispital anklopfen konnte. Max brach die Zelte ab und machte sich mit Noemi auf den Weg in eine gemeinsame Zukunft in der Schweiz.

***

„Wann kommt er zurück?“, fragt Johnny seine Mutter.

„Sie, Johnny, nicht nur er. Max bringt nämlich Noemi mit.“

„Wow, dann gilt es wohl ernst mit den beiden?“

„Es scheint so. Obwohl ich noch nichts Genaues weiß. Sie treffen jedenfalls kommenden Samstag ein. Bis dahin sollte ich es geschafft haben, sein Zimmer auf Vordermann zu bringen.“

„Gut. Ich komme morgen früh. Ist das okay?“

„Vielen Dank. Ich werde dich bestimmt nicht zu lange beschäftigen.“

Johnny fährt in die Wohnung seiner Eltern, wo ihn Mutter Kaltenbach bereits erwartet. Es sind schon einige Wochen her, seit er letztmals daheim aufkreuzte. Das Zimmer seines Bruders hat er schon lange nicht mehr betreten.

„Geh schon mal in Max’ Bude. Ich hole noch zwei zusätzliche Bananenschachteln“, sagt Frau Kaltenbach.

„Wo ist denn Papa?“

„Der kommt jeden Moment nach Hause und wird dann wahrscheinlich das Kommando über die Räumungsaktion übernehmen.“ Lachend ergänzt sie: „Dann kannst du erleben, wie er vom Stuhl aus seine Befehle erteilt.“

Johnny tritt ins Zimmer von Max und nimmt missbilligend das aus seinem Empfinden herrschende Chaos wahr. Die diversen Möbel passen nicht zueinander, und die Bücher stehen oder liegen unordentlich auf den Regalen. Johnny beginnt sogleich mit Sortieren, und zwar nach seinen Regeln. Er verschiebt einen Stapel Fachzeitschriften über Autos und Motorräder auf einem Tablar des Ikea Büchergestells mit Namen Billy. Dann nimmt er vom oberen Brett zwei große Fotobände – „Der wilde Ritt über die Route 66“ und „Australien“ – und stellt diese auf ein unteres Tablar an den linken Rand. Johnny hält Ausschau nach weiteren großen Exemplaren, wird aber dabei von seiner Mutter unterbrochen, die mit zwei Kartonschachteln eintritt.

„Mach dir nicht zu viel unnötige Arbeit, Johnny. Gerade dieses Gestell will ich total abräumen.“

„Ach so, auch gut. Wo soll ich beginnen?“

„Mir ist es egal, mit welchem Tablar du anfängst." Frau Kaltenbach schiebt ihm mit dem Fuß die Schachteln hin. „Füll mal diese beiden hier. Am Schluss muss eh alles auf den Estrich oder in die Bücherbrockenstube."

Als Erstes legt Johnny die Bücher stapelweise auf den Boden. Dann sortiert er sie so, dass jeder Stapel aus ungefähr gleich großen Exemplaren besteht. Erst dann füllt er die bereitgestellten Kartonschachteln und vermeidet dabei eine Durchmischung von Büchern mit unterschiedlichen Höhenmaßen. Frau Kaltenbach entgeht dieses minutiöse Vorgehen nicht, verkneift sich aber jeglichen Kommentar. Sie ist froh, eine Hilfe zu haben, und will sich den Einsatzwillen ihres jüngeren Sohnes nicht verscherzen.

Johnny nimmt vom obersten Tablar acht Bücher aufs Mal, alles altes, abgegriffenes Lesematerial aus der Jugendzeit. Er drückt den quer in den Händen haltenden Stapel zu wenig zusammen, denn dieser entgleitet ihm und fällt polternd zu Boden. „Oh, verdammt, das wollte ich nicht", flucht Johnny und bückt sich, um die kreuz und quer liegenden Kinderbücher aufzuheben. Kästners „Emil und die Detektive" liegt aufgeschlagen, mit dem Rücken nach oben, auf dem Parkett. Johnny ergreift es und beim Zuklappen fällt ein zusammengefalteter Zettel aus den Buchseiten. Erst will Johnny das vergilbte karierte Blatt Papier ignorieren, doch dann hebt er es auf. Verwundert liest er den mit kindlicher Krakelschrift geschriebenen Text. Er überfliegt ihn nochmals, dabei wird die Erinnerung an ein Vorkommnis in frühester Jugend zunehmend plastischer. Johnny hört seine Mutter erst, als sie ihn zum zweiten Mal anspricht: „Was ist los mit dir?"

„Da, lies."

Frau Kaltenbach nimmt ihm den Zettel aus der Hand. Laut rezitiert sie:

Lieber Bruder. Es tut mir leid was letzte Woche pbassiert ist. Ich wollte nicht dass man dir dein Spielzeug kaputt

macht. Ich verspreche dir dass du dich bald wieder freuen kannst. Aber vorher:
Ich spiel dir einen kleinen STREICH. Lös mein Rätsel jetzt sogleich.
Verschieb 4 STRICHE nur im Wort, dann findest du dein Pferdchen dort.

„Ich kann mir keinen Reim auf den merkwürdigen Text machen, ehrlich." Frau Kaltenbach blickt immer noch auf den Zettel. „Dichten konnte Max ja immer gut. Es fehlte höchstens bei der Rechtschreibung inklusive Kommaregeln. Was das aber soll, verstehe ich nicht."

„Ich schon." Johnny nimmt seiner Mutter den Zettel aus der Hand, faltet ihn und steckt ihn in seine Hosentasche.

„Du weißt, von was Max geschrieben hat?"

„Ja, aber lass gut sein, Mama. Alte Geschichten, nicht der Rede wert. Machen wir weiter, damit endlich Ordnung ins Puff kommt."

So gelassen, wie Johnny seiner Mutter geantwortet hat, ist er keinesfalls. Ihm kam bereits bei der ersten Zeile das für ihn furchtbarste Erlebnis seiner Kindheit in den Sinn. Er sieht detailgetreu sein zerbrochenes Steckenpferd neben der Sitzbank im Park liegen. Knapp zwanzig Jahre sind es her, doch Johnny kann sich an den rabenschwarzen Tag erinnern, als sei er erst gestern gewesen.

Er ist froh, dass ihn seine Mutter ohne ständigen Unterhaltungszwang arbeiten lässt. Seine Gedanken kreisen dabei ununterbrochen um das Briefchen und den Vers. Johnny wundert sich, dass Max ihm den Zettel nicht schon vor Jahren, unmittelbar nachdem er ihn geschrieben hatte, aushändigte.

Es ist kurz vor elf Uhr. Johnny trägt den letzten mit Büchern gefüllten Karton auf den Estrich. Alles, was er raufgetragen hat, stellt er hin in Reih und Glied wie eine Kompanie Soldaten, nur noch geordneter, und zwar der Größe nach von links nach rechts in abnehmender Höhe. Zuerst musste er an der hinteren Wand ein paar Gegenstände wegnehmen, um Platz für die ausrangierte Kommode, einen Plattenspieler und die mit Lesematerial gefüllten Bananenschachteln zu schaffen.

Im gesamten Estrich ist nicht groß Gerümpel zu sehen, nur Sachen, die sich ansammeln, wenn Kinder im Haus leben. Alte Ski von allen Familienmitgliedern und lädierte Eishockeystöcke von Max hängen ordentlich an speziellen Haken. An der linken Wand steht ein uralter massiver Holztisch, der gerade noch unter der Dachschräge Platz hat. Zwischen den Tischbeinen ist ein geflochtener Wäschekorb versorgt. Darin liegen in Plastikfolie eingepackte bordeauxrote Samtvorhänge. Daneben wurde ein Harass gequetscht, in dem zwei gusseiserne Pfannen sowie ein ausrangiertes Bügeleisen liegen.

Johnny geht in die Wohnung runter und verabschiedet sich von seiner Mutter.

„Hab herzlichen Dank für deine Hilfe. Ohne dich hätte ich das nie geschafft." Frau Kaltenbach herzt ihren Sohn zum Abschied. „Und Papa hat auch gestreikt. Weiß der Kuckuck, wo er stecken geblieben ist."

„Ist bestimmt besser für ihn. Er wäre womöglich beim Herumkommandieren noch ins Rudern gekommen mit seinen beiden Krücken", grinst Johnny.

„Ich gebe dir Bescheid, sobald Max und Noemi eingetroffen sind. Tschau, Johnny."

Johnny fährt nach Muttenz und nimmt daheim den Zettel aus der Tasche. Immer wieder grübelt er über das Rätsel nach und mehr noch darüber, dass ihm Max das Schriftstück nie ausgehändigt hat. Enttäuscht und sogar leicht gereizt, dass er offenbar zu blöd ist, das Denkspiel schlüssig zu beantworten, versorgt er das zusammengefaltete Blatt in das unterste Fach seines Pultes.

***

Einen Monat später steht Johnny an einem Samstagabend wenige Minuten vor acht Uhr bei der Tramstation St. Jakob. Er wartet auf seinen Freund Berni und dessen Frau Andrea, die jeden Moment mit dem Tram von Basel her kommend eintreffen sollen. Sie haben abgemacht, wieder einmal gemeinsam einen Fußballmatch im Joggeli zu besuchen. Berni ist FC Basel Fan und Andrea begleitet ihn oft an die Heimspiele. Heute steht die Begegnung mit den Berner Young Boys auf dem Spielplan. Ein vollgestopfter Vierzehner fährt ein und als sich die Türen öffnen, scheint es, als ob die Fahrgäste wie aus einer prallen Tube ausgedrückt würden. Fast ausnahmslos sind lachende Fans zu sehen, die sich offenbar auf einen spannendenden und für den FCB erfolgreichen Match freuen. Johnny entdeckt seine beiden Freunde, und schon sind sie Teil des Besucherstroms, der sich vor dem Stadion in die diversen Sektoreneingänge aufteilt. Sie erreichen ihre Plätze im Sektor A und unterhalten sich gemütlich über dies und das. Sowohl aus der Muttenzerkurve, prallvoll mit FCB-Anhängern der harten Sorte, wie auch vom Gästesektor her sind lautstark Fangesänge zu hören und die ersten großen Transparente werden entrollt. Noch haben die drei Zeit zu plaudern, bevor der Anpfiff ertönt. Johnny erzählt, dass seit drei Wochen Max und Noemi zurück in Basel sind.

„Sie haben eine Wohnung im Breitequartier in Aussicht und werden dort bald einziehen. Zum Glück für Mama. Meiner Meinung nach macht sie sich zu viel Mühe, damit es Max und seiner Heißgeliebten richtig gut geht."

Andrea fragt interessiert: „Steht eine Hochzeit vor der Tür?"

„Sie sind am Planen. Genaueres weiß ich nicht." Mehr will Johnny nicht verraten und malträtiert stattdessen seine Unterlippe.

„Ist etwas nicht okay?" Berni sieht Johnny fragend an.

„Das kann man wohl sagen. Nicht okay ist noch milde ausgedrückt. Eine gewaltige Scheiße ist es."

„Ich habe doch gleich gespürt, dass du an etwas herumnagst. Schieß los, wir sind ganz Ohr." Aufmunternd klopft Berni auf Johnnys Schulter. „Es geht wieder einmal um Max, stimmt's?"

***

Max und Noemi sind vorübergehend in der Güterstraße einquartiert. Für Kaltenbachs war es selbstverständlich, dass ihr älterer Sohn mit seiner Freundin bei ihnen wohnen kann, bis das Paar eine eigene Unterkunft gefunden haben wird. Frau Kaltenbach hat das Zimmer von Max so gemütlich wie möglich eingerichtet, vor allem auch darum, dass Noemi nicht zu sehr von Heimweh gepeinigt würde. Sie mag die zukünftige Schwiegertochter, obwohl die Verständigung mit ihr nicht immer leicht ist. Schon in den ersten Tagen versuchte sie, Noemi die Schweizer Küche schmackhaft zu machen. Ein obligates Raclette stand deshalb bald auf ihrem Menüplan. Zum erhofften gemütlichen Abendessen wurde auch Johnny eingeladen, der sich für einmal als Gentleman erwies. Seiner Mama brachte er einen bunten Blumenstrauß mit und Noemi überraschte er mit einer Schachtel Pralinen. Max und Papa gingen leer aus.

Die Unterhaltung am Tisch war anfänglich konfus, weil alle Noemi etwas erklären wollten. Das Meiste musste Max übersetzen. Frau Kaltenbach war es wichtig, dass die Israelin über die Schweizer Nationalgerichte mit Käse oder Geschnetzeltes mit Rösti aufgeklärt wurde. Herr Kaltenbach hingegen zog ein politisches Thema vor und wollte von ihr wissen, wie sie sich zur Siedlungsstrategie der orthodoxen oder militanten Juden auf Palästinenser Gebiet stelle. Johnny wiederum fragte einfach nur, ob sie glücklich sei mit Max. Wenigstens er konnte sich mit ihr in Englisch unterhalten. Noemi, die neben Johnny saß, sah ihn an und lächelte: „Natürlich."

Max hörte auf zu essen und starrte über den Tisch zu Johnny. „Du hast schon oft saublöd dahergeredet, aber diesmal übertriffst du dich."

Johnny legte ebenfalls sein Besteck ab und betupfte mit der Serviette seinen Mund, bevor er den letzten Schluck Weißwein austrank.

„Hey, easy Mann. Es interessiert mich eben. Vor allem, da Noemi höchstwahrscheinlich meine Schwägerin wird. Zudem ist sie jemand, den ich nicht gerne leiden sehen würde."

Die Spannung zwischen den beiden Brüdern war plötzlich greifbar. Noemi hatte das Baseldeutsch nicht verstanden, konnte aber sehr wohl dem Tonfall nach einschätzen, dass Zoff in der Luft lag. Sie blickte Frau Kaltenbach verunsichert an und sagte dann spontan, indem sie gleichzeitig eine kreisende Handbewegung über ihren Magen machte: „Wunderbar, diese swiss cheese raglet." Augenblicklich war die Stimmung wieder entspannter. Doch der Friede war nur ein vorübergehender Gast.

Zum Nachtisch gab es Gebrannte Crème, eine Spezialität von Frau Kaltenbach. Zwar wusste sie, dass damit die Kalorienzufuhr nach dem üppigen Raclette zu viel des Guten war und ihre Richtlinie für gesundes Essen gehörig strapaziert wurde, doch für einmal hatte sie die Vernunft etwas in den Hintergrund gerückt. Es schien, als ob das Dessert eine besänftigende Wirkung auf die Tischrunde hatte. Entweder wurde geplaudert oder man hing seinen Gedanken nach, alles mit dem Hintergrundgeräusch von Löffelchen, die den Glasschälchen klingende Töne entlockten.

Johnny hatte kaum geredet und war als Erster fertig mit der Crème. Die Mutter bot ihm nochmals eine Portion an, doch Johnny bedankte sich. Er stand auf, trug seinen Teller in die Küche und füllte sich bei dieser Gelegenheit ein Glas mit Wasser aus der Leitung. Als er zum Küchentisch schaute, kamen ihm urplötzlich Kindheitserinnerungen in den Sinn. Er sah sich als kleinen Bub neben Max sitzen, den großen Bruder anhimmeln, weil der so viel mehr wusste als er und wie Max ihm die ersten Kenntnisse des Einmaleins und das gesamte ABC beibringt. Johnny erinnert sich, wie Max ihm auf dem Globus die ganze Strecke zwischen Europa und Amerika gezeigt hatte, weil er, Johnny, unbedingt wissen wollte, wo die Indianer leben.

Er trank einen Schluck Wasser und die nächste Szene aus seinem Leben kraxelte aus der Verbannung hervor. Der kleine Junge, der nicht die geringste Veränderung der straffen Ordnung in seinem Zimmer duldete, musste sich gegen seinen älteren Bruder behaupten. Er wurde immer wieder geärgert, ja richtiggehend gequält, indem seine Bücher oder Spielsachen durcheinandergebracht worden waren. Dieser Blick zurück in die Jugendzeit schmerzte Johnny besonders, weil Max jeweils die einzig richtige Reihenfolge der aufgestellten Figuren und Bücher mutwillig zerstörte, indem er sie an einem anderen, unlogischen Platz einreihte. Diese Erinnerung reichte schon, um seine Schweißdrüsen an Handflächen und Stirn anzuregen.

Wieder füllte Johnny sein Glas und trank nochmals gierig ein paar Schluck Wasser. Trotz des Stimmengewirrs im Wohnzimmer lief bei Johnny der Film aus seiner Jugend weiter, in dem die Eltern und die Buben am Küchentisch saßen. Max musste Vater erklären, wie es zur Zerstörung der Holzstange kam, jener Holzstange, die Johnnys Pferdchen darstellte.

Johnny kehrte in die Gegenwart zurück und dachte an das Rätsel, das Max als Primarschüler schrieb. Er bedauerte aufs Heftigste, dass er diesen Zettel nicht bei sich hatte. Als hätte Max ein Signal empfangen, stand er unter der Küchentüre und lehnte sich lässig an den Türpfosten. „Deine Frage an Noemi war wirklich idiotisch. Was wolltest du eigentlich hören?“

„Im Grunde das, was sie gesagt hat, nämlich dass sie glücklich sei mit dir. Ist doch die Hauptsache, oder nicht?“ Mit dieser Antwort zwängte sich Johnny an Max vorbei, ging durch den Korridor und öffnete die Türe seines ehemaligen Zimmers.

Auch hier hatte Frau Kaltenbach geräumt und es zu ihrem Arbeitsbereich umfunktioniert. Der Parkettboden glänzte dermaßen, dass Johnny beim Betreten des Zimmers unwillkürlich seine Schuhe auszog. An der Wand gegenüber dem Fenster stand neben einem mit Blumenmotiven bemalten Bauernschrank der uralte Schaukelstuhl aus den sechziger Jahren, von dem sich Frau Kaltenbach einfach nicht trennen konnte. Johnny ging zum Stuhl und setzte sich hinein. Max, der ihm gefolgt war, blieb neben dem Arbeitstisch stehen und sah zu Johnny rüber. Dann lehnte er sich an die Tischkante. „Was bedrückt dich, Kleiner? Spuck's raus, sonst wächst dir ein Kropf.“

„Ich habe Mama geholfen, deine Bude zu räumen, und da ist aus einem Buch ein Zettel rausgefallen, auf dem du ein Rätsel aufgeschrieben hast. An dem studiere ich seit Tagen herum", sagte Johnny und wollte weiterfahren, doch Max fiel ihm ins Wort: „Ein Rätsel von mir? Ich mag mich nicht erinnern. Um was geht's denn?"

„Tu doch nicht so scheinheilig. Du weißt ganz genau, von was ich spreche."

„Nein, bestimmt nicht." Doch plötzlich begann Max zu grinsen. „Habe ich den Text als Schüler geschrieben? Natürlich. Jetzt kommt es mir in den Sinn. Es handelt von deinem sogenannten Steckenpferd. Stimmt's?"

„Aha, hat es endlich geklingelt?" Johnny ließ sich von Max' heiterer Miene nicht besänftigen. Im Gegenteil, seine Laune kippte vollends und so kam auch die nächste Frage schärfer als geplant daher: „Warum hast du mir das Blatt nicht unmittelbar ausgehändigt, nachdem du das Rätsel aufgeschrieben hattest?"

„Vermutlich ist etwas dazwischengekommen, das mich davon abhielt. Was, weiß ich jetzt beim besten Willen nicht mehr. Es muss aber etwas Entscheidendes gewesen sein. Naheliegend wäre wohl eine deiner berühmten jähzornigen Attacken." Max griff sich dabei mit vielsagendem Blick an seinen linken Oberarm.

Johnny stand auf und steckte seine Hände in die Hosentaschen. „Wenn ich dir das Rätsel, das übrigens in Gedichtform geschrieben ist, zu lesen gebe, wirst du mir dann auf die Sprünge helfen?"

„Du musst es mir nicht zeigen, ich kenne den Inhalt. Nicht mehr Wort für Wort natürlich, aber ich weiß, um was es geht. Ja, ich löse das Rätsel auf, aber erst musst du eine Prüfung bestehen. Warte eine Sekunde." Max ging zur Türe, bückte sich und kam mit Johnnys rechtem Schuh zurück. Johnny wurde aschfahl, denn er wusste augenblicklich, was nun passieren würde. Er blieb wie angewurzelt in der Zimmermitte stehen, nahm die Hände aus den Taschen und ballte seine Fäuste.

Max kam ihm entgegen: „Weißt du noch, wie du mir meine neuen Sportschuhe geklaut hast und ich dich später zwang, deine eigenen Schuhe nach meinen Regeln anzuziehen, nämlich zuerst den rechten?"

Johnny starrte seinen Bruder wortlos an.

„Jetzt will ich mal sehen, ob du dein Ritual aus der Kindheit immer noch pflegst. Hier, zieh ihn an." Max hielt Johnny seinen rechten Schuh entgegen.

„Mach das bitte nicht." Johnnys Stirn begann zu glänzen und über der Oberlippe bildeten sich Schweißperlen.

„Wenn du ihn jetzt anziehst, gebe ich dir den andern auch. Wenn nicht, schmeiße ich ihn zum Fenster raus, ich meine natürlich den linken", sagte Max hinterhältig.

Johnny sprang mit einem Schrei seinen Bruder an und schlug ihm den Schuh aus der Hand. „Du elender …" Doch dann stoppte Johnny und stand nur noch zitternd vor Max.

„Ich hätte dir das Rätsel aufgelöst. So aber nicht. Studiere, bis du schwarz wirst." Max drehte sich um und verließ das Zimmer.

***

Johnny stößt einen tiefen Seufzer aus. „Jetzt wisst ihr, was mit mir los ist. Verdammte Scheiße noch mal."

Andrea legt ihre Hand auf Johnnys Oberschenkel. „Das wird schon wieder, hoffe ich wenigstens."

Berni hingegen ist anderer Meinung. Er kennt das Brüderpaar seit frühester Kindheit. Seinem Freund Johnny vertraut er jederzeit, bei Max hingegen weiß er nie so recht, woran er ist. „Warten wir mal ab, bis der Hochzeitstermin da ist. Bis dann solltet ihr Frieden geschlossen haben. Und wenn nicht, wirst du damit leben müssen."

„Dass Max mich zu seiner Hochzeit einlädt, kann ich heute noch nicht glauben. Vermutlich werden aber Mama und eventuell auch Noemi dazu beitragen, dass ich unter den Gästen weilen werde."

„Was ist nun mit dem Rätsel, das du noch nicht gelöst hast?", will Andrea wissen.

„Ach, das kann mir gestohlen bleiben."

Die Spieler betreten das Feld. Minuten später ertönt der Anpfiff und die Partie beginnt. Nach dem Schlusspfiff sind die Young Boys nicht mehr zu halten. Sie drehen eine Ehrenrunde und verbeugen sich vor ihren Fans im Gästesektor. Wer hätte das gedacht. Weder Huggel, Stocker noch Frei konnten einen Sieg der Basler Mannschaft herbeizaubern. Nach dem Ausgleichstreffer von Shaqiri stand für den FCB wieder alles offen, doch in der 80. Minute schossen die Young Boys ihr zweites Goal. Streller, für einmal auf der Ersatzbank, ist konsterniert.

„Kommt", sagt Johnny zu Andrea und Berni, „ich gebe trotzdem einen aus."

Kapitel 12 – Johnny findet Lisa

Blickpunkt Welt 2013:
Amtsverzicht Papst Benedikt
und Hochwasser in Zentraleuropa

Es ist ungewöhnlich mild am Fasnachtsdienstag. Im typisch wiegenden Gang schreiten Lisa, Esthi und Rahel durch die Basler Altstadt, den Nadelberg entlang zum Spalenberg. Der melodiöse „Saggodo" erklingt zweistimmig, und die Piccolotöne entschwinden in der engen Gasse den hohen Mauern der Altstadthäuser empor dem Nachthimmel entgegen. Die langen weißen Kunststoffhaare unter den Harlekinmützen wippen ebenfalls im Takt und die silbrigen Rhomben auf den weinroten Samtjacken glänzen bei jeder Straßenlaterne hell auf. Die wenigen Zivilisten, die versunken und stumm der Pfeifergruppe hinterherschlendern, nehmen unwillkürlich den gleichen Schritttakt auf. Erst als sie den Spalenberg erreichen, von einem Stimmengewirr und anderen Trommel- und Piccoloklängen aus allen Richtungen empfangen werden, beginnen auch sie zu reden. Die noch vor wenigen Augenblicken alles umhüllende Melancholie ist verflogen, die Fasnachtsfans überholen die drei Pfeiferinnen und verschwinden im Gewimmel der zirkulierenden Menschenmenge.

Rahel dreht sich um, und Lisa bedeutet ihr mit einer Kopfbewegung, rechts in den Gemsberg einzuschwenken. Vor dem Restaurant Löwenzorn bleiben die drei stehen und spielen den Marsch zu Ende, dann ziehen sie ihre Larven aus. Obwohl sie als Harlekins unterwegs sind, nennen sie sich „Zyttigsänte". Nicht offiziell, denn sie sind seit Jahren lediglich als Dreiergruppe unterwegs. Lisa lernte bei der Liestaler Rotstabclique pfeifen, Rahel und Esthi bei der Kleinbasler Clique Querschleeger. Der Name „Zyttigsänte" ist naheliegend, denn die drei lernten sich bei der Basler Zeitung kennen, als Lisa BaZ Redaktionsmitglied war. Rahel und Esthi haben dort immer noch ihre Jobs in der Administration.

Das Gedränge vor dem Restauranteingang ist enorm. Lisa ruft Esthi zu, dass sie noch ein wenig draußen bleibt, bis sich die Ansammlung vor der Türe aufgelöst hat. „Ich gehe schon mal rein. Du kannst dir ja vorstellen, warum." Und schon zwängt sich Esthi zwischen Zivilisten und Fasnächtlern hindurch ins Innere der Basler Traditionsbeiz. Rahel murmelt vor sich hin, während sie ihr Piccolo mit der Flötenbürste trocknet: „Esthi und ihre Blase. Auch das ist eine unendliche Geschichte an der Fasnacht."

„Zum Glück kann ich trinken, so viel ich will, ohne ständige Suche nach der nächsten Toilette. Trinken ist mein Stichwort, ich muss meine Blastechnik wieder aufmöbeln und brauche dringend etwas Flüssiges." Mit diesen Worten wendet Lisa sich ebenfalls der Eingangstüre zu, doch sie bleibt stehen, weil vom Rümmelinsplatz her eine rassige disharmonische Melodie zu hören ist. Dem Klangvolumen nach marschiert eine große Guggenmusik die Schneidergasse hinunter und spielt einen gut definierbaren gängigen Skihüttensong. Die immer leiser werdende Blechmusik vermischt sich mit diversen Marschmelodien von Trommlern und Pfeifern aus der Umgebung des Spalenbergs.

Lisa will endlich ins Restaurant, stoppt aber ein weiteres Mal. Die Melodie der „Pfeifer-Retraite", in hoher Marschkadenz vorgetragen, zwingt die leidenschaftliche Piccolospielerin genauer hinzuhören. Sie entdeckt einen Tambour und seinen Pfeifer, die mit strammen Schritten den Gemsberg herunterkommen. Der Trommler hat etwas Ähnliches wie einen silbernen Harry Potter Mantel an und trägt einen Spitzhut auf der Perücke. Lisa grinst, weil der stattliche Mann mit enormem Bauchansatz das pure Gegenteil des schmächtigen Film Harry Potters ist. Bei seinem Begleiter in einem orangen Overall kann Lisa auf den Aufklebern die Worte „e suuberi Sach" und „uns stinggt's" entziffern. Die zwei virtuosen Aktiven haben offensichtlich Kostüme mit Fasnachtssujets aus früheren Jahren an. Sie kombiniert, dass der Tambour und sein Kumpel Mitglieder verschiedener Cliquen sind und den Dienstagabend gemeinsam mit freiem Zirkulieren durch die Gassen verbringen. Sie will die beiden passieren lassen, doch genau vor ihr gibt Potter das Zeichen zum Halt. Lisa hat eigentlich keinen Grund, weiterhin stehen zu bleiben, doch sie beobachtet die beiden aufmerksam, sieht zu, wie sie die Larven ausziehen und Harry Potter sich mit dem Handrücken über die schweißnasse Stirn wischt. Sie registriert auch, dass der Straßenwischer kaum schwitzt und seine dunkelbraunen gewellten Haare nur etwas in Form schütteln muss. Lisa hat der musikalischen Darbietung fasziniert zugehört und ihr Eindruck wird wieder einmal bestärkt, dass auch nur ein einziger Tambour aus einer Gruppe eine vollkommene Einheit macht. Sie nickt den beiden jungen Männern anerkennend zu und geht ebenfalls hinein, wo sie in der vorderen Gaststube Rahel und Esthi an einem Tisch entdeckt.

Nach der Erfrischung stellt sich das Dreiergrüppchen „Zyttigsänte" am Rande der ohne Unterlass zirkulierenden Menschenmasse für einen geordneten Abmarsch am Gemsberg auf. Lisa bildet wie gewohnt den Schluss. Sie ist es, die die Abfolge der zu spielenden Märsche bestimmt. Mit lauter Stimme meldet sie jeweils vor dem letzten Vers den Titel des nächsten Stücks an. Jeden Marsch spielen sie zweimal durch. Sie beginnen den „Ryslaifer" zu spielen, marschieren los und schwenken ein auf den Rümelinsplatz. Kurz vor dem Start hat Lisa für einen kurzen Moment vor dem Löwenzorn Harry Potter und den Straßenwischer entdeckt. Potter ist fertig mit dem Schränken seiner Trommel und hat sich die Larve mit Spitzhut aufgesetzt. Sie hört den Straßenwischer einem anderen Fasnächtler etwas zurufen, bevor er sich ebenfalls das zweite Gesicht überstülpt.

Eingangs Gerbergässchen geraten die Zyttigsänten in eine Stockung. Vom Pfeffergässchen her wie auch von der Gegenrichtung aus dem Gerbergässchen kommen Cliquen und größere Gruppen mit ihrer Vorhut daher. Hinter Lisa steht ebenfalls eine Kleinstformation an. Lisa muss sich in Acht nehmen, um nicht deren Melodie aufzunehmen. Sie konzentriert sich auf den „Ryslaifer" und merkt, dass sie unmittelbar vor dem Stückende sind. Zwischen zwei Takten ruft sie nach vorne: „Dudelsagg!"

Wie auf Befehl kommt wieder Bewegung in die stehenden Gruppen und es geht vorwärts, hinein ins Gerbergässchen und danach zur Streitgasse. Sie spielen den „Dudelsagg" bereits zum zweiten Mal, als Lisa auffällt, dass die Kleinstformation hinter ihr, bestehend aus einem Trommler und einem Pfeifer, denselben schottischen Marsch spielt, und zwar taktgenau mit ihnen. Am Münsterberg ist es Zeit für den nächsten Marsch, und Lisa meldet das „Läggerli" an. Auch dieses Stück übernehmen die zwei Fremden. Da dreht sich Lisa endlich um und vergreift sich prompt auf dem Instrument. Hinter ihr marschieren Potter und der Straßenwischer. Sie lächelt sich unter der Larve selber zu – es ist ja für niemanden sichtbar – und konzentriert sich wieder für ein fehlerfreies Spielen. Den Münsterberg hinauf genießen die drei Zyttigsänten die Verstärkung, vor allem das rhythmische Trommeln zu der Pfeifermelodie. Beim Restaurant Zum Isaak auf dem Münsterplatz stoppt die vorangehende Esthi, weil das ihr nächster Zwischenhalt ist. Wie gewohnt spielen sie den Marsch zu Ende. Harry Potter und der Straßenwischer bleiben aber nicht stehen, sondern gehen an den Zyttigsänten vorbei, allerdings nicht ohne Gruß. Potter winkt mit einem Trommelschlägel und Straßenwischer nickt ihnen zu. Lisa sieht den beiden hinterher, bis sie anfangs Rheinsprung verschwinden.

„Habt ihr das mitbekommen?", fragt Rahel. „So lange ich aktiv Fasnacht mache, habe ich noch nie so etwas erlebt. Die spielten unsere Märsche!"

Esthi kann es ebenfalls kaum glauben. „Beim ‚Dudelsagg' dachte ich, dass es Zufall sei, als sie aber nahtlos das ‚Läggerli' anstimmten, merkte ich, dass dies gewollt war. Genial, einfach genial."

„Schade nur, dass sie weitergingen. Mit denen hätte ich gerne angestoßen", klagt Rahel.

„Ja, schade", bestätigt Lisa, „aber die Fasnacht ist noch lang. Heute ist erst Dienstag und vielleicht treffen wir sie morgen wieder an."

***

Auf dem Jahreskalender ist die Fasnacht bereits wieder Vergangenheit. Soeben hat am zweiten Bummelsonntag die Martinskirche ihren Sechsuhrschlag über das Rathaus hinweg erklingen lassen. Lisa und Esthi stehen vor dem Restaurant Gifthüttli und warten auf Rahel. Sie haben ihre Piccolos dabei und möchten, bevor sie sich zum „Gässlen" aufmachen, noch ein paar großen Gruppen oder Cliquen zuhören, die traditionsgemäß von allen Ausflugsorten herkommend die Freie Straße hinunter ins Zentrum der Stadt marschieren. Esthi schaut auf ihre Uhr.

„In welchem Menschenstau ist Rahel wohl steckengeblieben? Sie ist doch meist überpünktlich."

Lisa guckt die Schneidergasse rauf und runter und sucht in der belebten Straße nach ihrer Kollegin.

Da ertönt von weitem Rahels Stimme: „Hier bin ich." Die junge Frau kommt lachend und mit beiden Händen winkend auf die zwei Wartenden zu. „Entschuldigung, dass ich zu spät bin. Ich habe aber eine gute Ausrede. Ihr glaubt es nicht, wen ich getroffen habe."

„Ist ja gut, Rahel, du befindest dich noch im Rahmen der akademischen Viertelstunde", sagt Esthi, „sei aber dennoch herzlich gegrüßt."

Aufgeregt und mit strahlendem Blick gibt Rahel nochmals ihr Rätsel auf: „Also ratet, wen ich getroffen habe."

Lisa ahnt etwas, will aber die Spannung aufrechterhalten, indem sie eine abstruse Antwort gibt: „Den Stadtpräsidenten?"

„Wieso den Stadtpräsidenten? Den kenne ich doch gar nicht persönlich."

„Ach so", meint Lisa und macht dabei ein nachdenkliches Gesicht. „Dann wohl eher Frau Bundesrätin Sommaruga."

Esthi schaut Lisa perplex an. „Wie kommst du auf die Bundesrätin? Nein, ich tippe auf unseren Chef."

„Lisa, du kannst einem auch wirklich die Freude nehmen." Sie wendet sich Esthi zu. „Nein, auch unser Chef ist es nicht."

Lisa tröstet Rahel: „Ich wollte dich nicht ärgern, aber du hast auch zu schön reagiert. Nun also mein letzter Versuch: Hat es mit Zaubern und sauberen Straßen zu tun?"

Jetzt lacht Rahel wieder. „Bingo. Ich sah den leibhaftigen Harry Potter, und zwar vor dem Eingang zum Hotel Basel. Er stand inmitten einer Tambourengruppe, die ihre Trommeln deponierte."

„Wie hast du ihn erkannt in seinen Zivilkleidern und ohne seinen Silbermantel?" Lisa guckt etwas ungläubig.

„Ich wollte mich an ihm vorbeidrängen, er blickte mich an und sagte hallo. Da wusste ich augenblicklich, wer er war. Ich blieb natürlich stehen, grüßte ihn ebenfalls und fragte ihn umgehend, welcher Clique er angehöre. Erst stellte er gemächlich seine Trommel hin und verriet mir dann, dass ich die Ehre hätte, mit einem von der Gundeliclique zu reden." Rahel fuhr fort: „Potter ist sympathisch, sehr sogar, doch leider vergeben. Er trägt einen Ehering."

„Das war natürlich das Erste, das dich interessiert hat." Esthi lacht laut heraus. „Hattest du wenigstens mit seinem Kumpel Glück?"

„Nicht die Laus. Nach ihm erkundigte ich mich nämlich sofort. Ich fragte Potter, wo der Kehrichtmann stecke. Doch er verstand nur Bahnhof. Dann probierte ich es mit Straßenwischer. Da hat er geschnallt, wen ich meine. Weil ihr zwei Hübschen mir so ans Herz gewachsen seid, verrate ich euch jetzt, wo wir diesen Mann finden werden." Rahel schaut Lisa und Esthi erwartungsvoll an. „Was ist, seid ihr nicht gespannt wie ein Regenschirm?"

„Doch, natürlich", antwortet Esthi. „So gespannt wie ein Regenschirm sein kann, wenn es wie aus Kübeln gießt."

„Also, der Straßenwischer pfeift bei der Märtplatzclique. Das Nachtessen haben sie im Restaurant Baselstab." Rahel sagt dies mit einer Inbrunst, als würde ihr Leben von diesem Wissen abhängen.

„Und wir gehen jetzt ins Gifthüttli, bestimmt Lisa. Als sie aber Rahels Enttäuschung feststellt, gibt sie ein wenig nach. „Wir schauen mal rein. Haben wir Platz, bleiben wir, wenn nicht, essen auch wir im Baselstab."

Zu Rahels großer Freude ist das Gifthüttli proppenvoll, und sie macht als Erste kehrt zum Ausgang.

Draußen auf dem Trottoir will Esthi wissen: „Bist du momentan auf dem Männerfang-Trip?“ Doch ihr tut sofort leid, eine derart unsensible Frage gestellt zu haben. Rahel ist seit kurzem Single und krampfhaft auf der Suche nach einem neuen Partner.

„Nein, auf dem Männerfang-Trip, wie du es nennst, bin ich nicht. Ich will mir aber keine Gelegenheit entgehen lassen.“

Lisa schaltet sich ein: „Der Richtige wird schon kommen, Rahel, aber er kommt erst, wenn du mit Suchen aufhörst.“

„Heißt es nicht, man ist der Schmied seines eigenen Glücks, oder so ähnlich? Auch vom Schmied, der das Eisen schmiedet, solange es heiß ist, spricht man. Deshalb packe ich halt die Gelegenheit beim Schopf. Und jetzt habe ich Hunger. Ab in den Baselstab.“

Sie finden tatsächlich an einem Tisch noch drei freie Plätze, bestellen Weißwein und drei Elsässer Flammkuchen. Diskret taxiert Rahel die zahlreichen Gäste. Sie erkundigt sich beim Kellner, ob er wisse, wo die Märtplatzclique esse. Er zuckt nur mit den Schultern und eilt davon. Leicht enttäuscht würgt Rahel den Flammkuchen runter, die beiden anderen hingegen genießen die Spezialität. Lisa ist dafür, dass man sich ein wenig sputet, um wenigsten eine kleine Runde pfeifend durch die Innenstadt schlendern zu können. Sie gehen durch den Hinterausgang hinaus und geraten unverhofft in einen dichten Menschenknäuel. Eine große Männerclique stellt sich eben zum Abmarsch auf. Esthi erkennt einen Tambour, von dem sie weiß, dass er Mitglied der Märtplatzclique ist. Sie geht zu ihm und kommt mit einer Information zurück, die sie umgehend ihrer Freundin weiterleitet. „Rahel, du Glückspilz, beeil dich mit der Suche nach deinem Straßenwischer. Er muss irgendwo in diesem Menschenauflauf stecken.“

Lisa wartet darauf, dass der Tross losmarschiert, um dann für ihre Dreiergruppe freie Bahn zu haben. Sie nimmt ihr Piccolo aus der Tasche, hebt den Kopf und blickt unverhofft in seine Augen. Der Straßenwischer steht nämlich unmittelbar vor ihr, in der hintersten Reihe der Pfeifer. Er trägt Jeans, einen dunklen, kurzen Wintermantel und wie alle Spieler einen schwarzen Basler Hut. Seinem überraschten Blick ist deutlich zu entnehmen, dass auch er sie erkannt hat. Es reicht noch für sein kurzes Zunicken, denn schon ertönt das Kommando „Wettsteinmarsch". Trommelschlegel prasseln rhythmisch auf die Felle, und die Piccolospieler entlocken ihren Kurzflöten die bekannte Basler Melodie. Erst bei der Wiederholung des ersten Verses machen sich die Männer im Gleichschritt auf den Weg. Rahel hat bei ihrer Suche den Straßenwischer ebenfalls entdeckt. Dieser aber schaut unverwandt in Richtung Lisa, bis sie aus seinem Blickfeld verschwindet. Nun gibt Rahel den Takt an. „Wir folgen ihnen, bis zum nächsten Halt. Dann sehen wir weiter."

***

Der März geht bald seinem Ende entgegen. Lisa entdeckt schon zum zweiten Mal auf ihrem Handy eine ihr unbekannte Nummer als „entgangener Anruf". Als freischaffende Journalistin ruft sie je nach Bauchgefühl zurück, immer in der Hoffnung, dass ein lukrativer oder wenigstens interessanter Auftrag in Aussicht ist. Sie sitzt am Computer und überarbeitet einen Artikel, der schon längst abgeschickt sein müsste. Der Rückruf muss deshalb warten, bis sie Zeit dafür hat. Lisas Konzentration auf den Text wird vom schrillen Klingeln ihres Handys unterbrochen. Sie nimmt es zur Hand und sieht, dass es sich um dieselbe Nummer handelt, die bereits als entgangener Anruf registriert ist. Da sie sowieso vorhatte, irgendwann mal zurückzurufen, meldet sie sich.

„Lisa Berger."

„Hier spricht derjenige, der die Straßen wischt."

Lisa weiß augenblicklich, wer redet, und ist angenehm berührt von der sympathischen Stimme. Gleichzeitig startet vor ihrem geistigen Auge ein Film im Zeitraffer über den Abschnitt jenes Fasnachtsdienstags, der am Gemsberg begann und vor dem Münster endete. Und als letztes intensives Bild drängt sich die Begegnung mit dem Straßenwischer am Bummelsonntag auf. Es ist der Augenblick, als die Märtplatzclique in der Schneidergasse losmarschierte und bei ihr ein zaghaft freudiges Kribbeln rund um den Bauchnabel auslöste, gleichzeitig aber eine enttäuschte Rahel am Straßenrand stehen ließ. Lisa ging nicht auf die Bitte der Entzauberten ein, unbedingt die gleiche Route einzuschlagen, vor allem da sie wusste, dass auch Esthi es vorzog, die ihnen noch verbleibende Zeit pfeifend im Quartier rund um den Spalenberg zu nutzen. Gottergeben fügte sich Rahel.

Zwei Stunden später machten sie vor der Safranzunft Halt, um wenigstens einmal an den drei schönsten Tagen in der Fasnachtshochburg einzukehren. In einem der Säle hatte es ganz hinten an der Wand noch wenige freie Plätze am Ende eines langen Tischs. Esthi hatte gleich gemerkt, dass die meisten Gäste Angehörige der Märtplatzclique waren. Auch Rahel war dies nicht entgangen. Sie konnte es kaum fassen und flüsterte Lisa zu, die hinter ihr den Saal betrat: „Das muss Schicksal sein." Als sie sich an den Tisch setzten, wurde Rahel erst recht in einen euphorischen Glücksstrudel gezogen. Ihr Tischnachbar war der Straßenwischer!

Lisa und Esthi nahmen vis-à-vis von Rahel und ihrem Märchenprinzen Platz. Wie immer, wenn Rahel nervös ist, redete sie wie ein Wasserfall. Straßenwischer und sein Kollege hielten bei dem Geschwafel und den Blödeleien mit, so gut es ging. Esthi beteiligte sich ebenfalls mit mehr oder weniger geistreichen Einfällen, nur Lisa verspürte keine Lust. Im Gegenteil, ihr war Rahels Auftritt eher peinlich. Und noch etwas hinderte sie am Reden. Immer wieder ertappte sie Straßenwischer, wie er sie ansah. Lisa ihrerseits schaute ebenfalls mehr als nur zufällig zu ihm, wendete aber ihren Blick umgehend wieder ab. Sie war nicht im Stande, ihr Interesse an diesem Mann offenzulegen, und schon gar nicht, ihm visuell oder sprachlich ein Zeichen zu geben. Es war ganz offensichtlich, dass Straßenwischer aus Höflichkeit mit Rahel flirtete, seine Worte und Gesten aber Lisa galten. Sie durchschaute es, ignorierte aber sein Benehmen. Je sympathischer sie ihn fand, desto verschlossener wurde ihr Mund. Lisa war keineswegs erstaunt, dass Rahel im Gegensatz zu ihr zur Höchstform auflief. Der Weißweinkonsum trug dazu bei, ihren Redeschwall unablässig fließen zu lassen. Irgendwie hatte Lisa noch Verständnis für Rahels Bemühen. Sie hatte ihnen vor wenigen Stunden erklärt, ein heißes Eisen zu formen, sollte sie Gelegenheit dazu haben. Und heute lag ein solch glühendes Eisen auf dem Amboss. Rahel ließ den Hammer darauf nieder sausen, und die Funken sprühten.

Lisa hatte ihr ganzes Leben lang nie um einen Mann gekämpft, auch wenn sie noch so sehr interessiert war. Sie überließ die Arena immer der jeweiligen Konkurrentin. Soll ich mich heute anders verhalten?, fragte sich Lisa und wurde in ihren Gedanken gestört, weil sie den Gesprächsfetzen entnahm, dass der Straßenwischer Rahel etwas Persönliches fragte: „Was machen eigentlich Harlekins außerhalb der Fasnacht?"

Rahel tappte umgehend in die Falle. „Wir zwei", sie zeigte auf Esthi und sich, „arbeiten bei der Basler Zeitung, backstage sozusagen. Lisa Berger hingegen ist eine bekannte freie Journalistin. Du hast bestimmt schon den einen oder anderen Artikel von ihr gelesen."

Straßenwischer bestätigte Rahels Vermutung nicht, sah aber Lisa an und lächelte. Unvermittelt machte er Anstalten zu gehen. Er stand vom Stuhl auf, sah in Richtung Saalausgang und sagte der verdutzten Rahel, er habe einen Kollegen entdeckt, den er unbedingt sprechen müsse.

„Sehen wir uns einmal bei anderer Gelegenheit? Du bist doch von Basel, oder nicht?", rief ihm Rahel hinterher.

***

„Hallo, Lisa Berger, bist du noch am Handy? Hörst du mich?"

„Ja, natürlich, entschuldige bitte." Lisa hat sich endlich von ihrer gedanklichen Rückblende gelöst und hört den Anrufer weiterreden.

„Ich dachte, der Hinweis auf Straßen wischen reiche aus, damit du weißt, wer ich bin."

„Klar weiß ich, wer du bist, aber nicht, wie du heißt."

„Johnny. Ich heiße Johnny Kaltenbach."

Kapitel 13 – John und Lisa verliebt

Blickpunkt Welt 2013:
200. Geburtstag Giuseppe Verdi
und Whistleblower Edward Snowdens Enthüllungen

„Johnny? In meinen Augen bist du eher ein John als ein Johnny. Wie ein Hänschen siehst du nämlich gar nicht aus." Kaum ist Lisa diese Bemerkung entschlüpft, bereut sie schon ihre Kritik. Nur weil sie eine Antipathie gegen Verniedlichungen hat, kann sie doch einer ihr beinahe unbekannten Person nicht bei der ersten Gelegenheit den Namen abändern, denkt sie.

„Wenn du wünschst, bin ich für dich John", sagt Johnny. „Umgekehrt wäre es diskriminierend. Aus einem John einen Johnny machen, weil ich dir wie Hänschen klein vorkomme, würde ich nicht ertragen. Aber wie gesagt, John ist okay."

Lisa weiß, dass sie schlagfertig ist, eine der diversen Fähigkeiten, die eine clevere Journalistin ausmacht, doch im jetzigen Gespräch muss sie sich etwas zurücknehmen.

„Wie hast du mich gefunden?", will sie wissen.

Aus dem Lautsprecher vernimmt Lisa Johns Lachen. „Das war ziemlich tricky. Beim Googeln habe ich deine zahlreichen Artikel entdeckt, aber nirgends einen Hinweis auf eine Direktverbindung gefunden. Zudem bist du im Telefonbuch nicht aufgeführt und einen Festnetzanschluss hast du offenbar ebenfalls nicht."

„Das ist auch nicht nötig. Wer etwas von mir will, kann die Handynummer wählen."

„Genau. Habe ich ja auch getan, sonst würden wir nicht miteinander sprechen." Wieder lacht John.

„Du hast mir immer noch nicht verraten, wie du zu meiner Nummer gekommen bist. Oder haben wir einen gemeinsamen Bekannten?"

„Nein, haben wir nicht. Aber deine Fasnachtskollegin, deren Namen ich nicht kenne …“

„… Rahel. Du meinst sicher Rahel. Sie saß ja in der Safranzunft neben dir und hat dich mit ihrem Gelaber um den Verstand geredet“, wird John von Lisa unterbrochen.

„Ja, diese. Rahel also hat doch erwähnt, dass sie bei der BaZ arbeite und du Journalistin seist. Glücklicherweise hat sie dabei deine Anonymität aufgehoben.“

Lisa denkt kurz nach. „Dann hast du dich an die Basler Zeitung gewandt, stimmt's?“

„Genau so war es. Aber eben, ich musste etwas mogeln. Ich wählt die Nummer des Sekretariats für Regionales und sagte stinkfrech, ich müsste dringend Lisa Berger etwas mitteilen, hätte aber dummerweise ihre Nummer nirgends gespeichert.“

Lisa war empört: „Sie gab dir einfach meine Nummer? Das ist strikt gegen die Regeln.“

„Easy, die Dame kann nichts dafür. Ich habe sie wirklich überrumpelt. Sie wollte mir nämlich deine E-Mail-Adresse verraten, das sei ihr erlaubt, meinte sie, nicht aber deine Handynummer und schon gar nicht, weil du eine freischaffende Journalistin bist.“

„Da bin ich wenigstens beruhigt, doch das Resultat deiner Bemühungen gibt mir dennoch zu denken, denn immerhin bist du bei mir gelandet.“

John spielt den Zerknirschten. „Da kommt meine Mogelei ins Spiel, was mein Gewissen sehr belastet.“

Nun ist es Lisa, die lacht. „Raus damit. Du musst nicht mehr um den heißen Brei herumreden.“ Seit Beginn der Plauderei versucht Lisa, sich Johns Aussehen in Erinnerung zu rufen. Es gelingt ihr jedoch nur halbwegs.

„Ich erklärte ihr mit gespielter Hektik, dass die Zeit nicht mehr ausreicht, dir zu schreiben. Den Hinweis, den ich dir zu geben hätte, müsstest du für eine brandaktuelle Meldung innert Sekunden erhalten. Mehr musste ich nicht mehr vorschwindeln. Die Dame zeigte sich umgehend kooperativ und meinte noch, eine Tageszeitung stehe und falle mit Aktualitäten und mit gutem Journalismus.“

Was Lisa hörte, stimmt sie versöhnlich. „Gut. Kommen wir zurück zum Anfang. Was willst du von mir?" Für den Ton ihrer Worte könnte sich Lisa umgehend ohrfeigen. Wieder fuhr sie als vorsorgliche Abwehr den Stachel raus, obwohl ihr zum puren Gegenteil zu Mute ist. Sie möchte von John nur eines hören, nämlich dass er sie sehen will. Lisa betitelt sich gedanklich mit „dumme Gans" und gibt sich innerlich einen Ruck.

„Sorry, John, dass ich dermaßen blöd daherrede. Ist ja klar, was du möchtest." Lisa fährt hektisch weiter: „Wollen wir uns treffen?"

Zum ersten Mal hat sie für ein Date die Initiative ergriffen.

***

Ein paar Mal trafen sie sich in Basel in verschiedenen Restaurants. Bei einem dieser Treffen lernte Lisa Johns Freund kennen. Rein zufällig war er ebenfalls im Restaurant Sperber und genoss sein Feierabendbier. John stellte ihr Berni vor, und als Lisa ihm die Hand gab, meinte sie lachend: „Wenn du Harry Potters Mantel tragen würdest, hätte ich dich sofort erkannt."

Der große, tapsige Berni war ihr auf Anhieb sympathisch. Berni blieb noch für eine zweite Runde sitzen, obwohl er von Mausi, wie er seine Frau Andrea nannte, daheim erwartet wurde. Als John Berni zuprostete, hat er ihn betreffend Namen ins Bild gesetzt. „Hör zu, Berni, ab sofort heiße ich John."

„Warum John? Seit unserer Schulzeit nennst du dich Johnny, weil du mit Johann nichts anfangen konntest."

„Es ist halt so", belehrte ihn John. „Passt doch besser zu mir, oder nicht?"

„Wenn du meinst. Für mich warst du erst Johann, dann Johnny, nun werde ich mich wohl auch an John gewöhnen." Er hob sein halbvolles Glas und stieß erneut mit John und Lisa an. „Prost." Berni schien der ständige Wechsel mit den Vornamen nichts auszumachen.

Tage später hatte Lisa John zu sich nach Liestal eingeladen. Sie wollte ihm endlich ihren Vierbeiner vorstellen und gleichzeitig herausfinden, ob die Chemie zwischen den beiden im Lot war. Sie wusste, dass John nichts gegen Hunde hat und war erleichtert zu sehen, wie Jessy den neuen Hausfreund mit freundlichem Schwanzwedeln begrüßte. Lisa offerierte John ein Bier und setzte sich neben ihn auf die Couch. Ihre Unterhaltung nahm bald turtelnde Formen an. Lisa war es ein wenig peinlich, als sie merkte, dass die im Korb liegende Jessy sie ununterbrochen beobachtete. Sie wollte den Hund aus dem Zimmer verbannen, ließ es aber bleiben, weil sie merkte, dass Jessy offenbar verstand, dass das Spiel der Zweibeiner wohl eine Weile dauern kann und sich vom Schlummer überwältigen ließ.

John hatte umgehend eine Gegeneinladung ausgesprochen, die Lisa schon eine Woche später wahrnahm. Sie fuhr nach Muttenz und fand auf Anhieb Johns Adresse. Vor dem Hochhaus blieb sie kurz stehen und blickte zum zehnten Stockwerk hoch, in der leisen Hoffnung, John würde ihr freudig winken. Erst dann ging sie zum Haupteingang und suchte auf dem Bereich mit allen aufgelisteten Bewohnern nach dem richtigen Klingelknopf. Zu ihrem Erstaunen las sie auf dem Schild den Namen John Kaltenbach und nicht Johnny. Dass John sich auch offiziell derart schnell den neuen Vornamen zulegte, hätte Lisa nicht gedacht. Offenbar war es ihm ernst, sonst hätte er das Namensschild nicht bereits ausgewechselt.

John erwartete sie unter der offenen Türe, und sie begrüßten sich intensiv und herzlich. Lisa trat in den Eingangsbereich, der gleich in das großzügige Wohnzimmer mit angegliederter Küche überging. Sie konnte lediglich sagen: „Schön hast du es hier", für mehr fehlten ihr die Worte. Denn Lisa war überwältigt und aufs Äußerste irritiert. Eine derart aufgeräumte Wohnung hatte sie im ganzen Leben noch nie gesehen. Sie konnte schauen, wohin sie wollte, nirgends lag oder stand etwas schräg oder unordentlich da. Auch nicht der kleinste Gegenstand. Der Flachbildschirm Fernseher und das Hi-Fi-Gerät mit DVD-Spieler waren platziert, als gälte es, einen Präsentationswettbewerb zu gewinnen. Auf dem Clubtisch entdeckte Lisa ein paar Zeitschriften, die allesamt an der Faltstelle bündig aufeinanderlagen. Krass, dachte sie, total krass. Als sie zum Bücherregal an der langen Wand schaute, fühlte sie sich wie auf einem anderen Stern. Nicht die große Anzahl Romane, Fotobücher und Fachliteratur ließ sie staunen, sondern deren Anordnung. Auf sämtlichen Tablaren war die obere Linienführung gleich, nämlich links hoch bis rechts zum niedrigsten Punkt.

Lisa drehte sich um und sah zum Küchenbereich. Auch dieser präsentierte sich aufgeräumt und blitzsauber. Kein überflüssiger Gegenstand lag auf der Ablagefläche. Die Kaffeemaschine stand auf den Millimeter ausgerichtet neben dem Brotkasten. Lisa hätte schwören können, dass der Abstand zwischen diesen beiden Küchenutensilien vorne wie hinten haargenau identisch war.

John stand hinter Lisa, umarmte sie und sagte, während er sein Kinn auf ihre Schulter legte: „Zeig mir dein Staunen nicht zu sehr, Lisa. Ich weiß, dass es bei mir etwas seltsam aussieht."

Er ließ sie los. „Darf ich dir einen Kaffee anbieten?" Nervös ergänzte er: „Schau dich in der Zwischenzeit weiter um, damit du deine Eindrücke in ein Gesamtbild packen kannst."

Lisa betrat das Badezimmer und konnte kaum glauben, was sie sah. Auf dem Tablar unter dem Spiegel waren alle Gegenstände der Größe nach aufgestellt, wobei zwischen den einzelnen Utensilien die Abstände gleich schienen. In Lisas Innern schrillte leise eine Alarmglocke. Gleichzeitig vernahm sie eine warnende Stimme, mit der sie einen stummen Dialog aufnahm:

Lass die Finger von diesem Perfektionisten.
So schlimm kann er nicht sein.
Schlimmer, als du ahnst.
Er ist vermutlich von Berufs wegen so pingelig.
Willst du ein weiteres Mal in einen Schlamassel geraten?

***

Lisa hatte während ihres Studiums in Luzern den Informatikstudenten Michael kennengelernt, der sich als Aushilfskellner im Restaurant Stadtkeller einen Zustupf verdiente. Sie war damals bereits aus ihrem Elternhaus in eine eigene Wohnung in Liestal umgezogen, und Michael ging so oft er konnte bei ihr ein und aus. Er wohnte noch bei seinen Eltern in Emmenbrücke. Der Vater war bei zwei Luzerner Nobelhotels auf deren eigenen Tennisplätzen als Tennislehrer engagiert und die Mutter saß zu Hause und überbrückte das Nichtstun mit Hochprozentigem. Sie war Alkoholikerin der diskreten Art. Nie sturzbetrunken, aber auch nie nüchtern. Lisa hatte bald einmal gemerkt, dass Michael auf derselben Schiene lief. Er war amüsant und ein brillanter Unterhalter, aber nur wenn der Alkoholpegel auf einem minimalen Level stand. Ein wenig darüber, und schon verlor Michael die Kontrolle über sein Verhalten. Er wurde entweder angriffslustig und streitsüchtig oder depressiv.

Lisa war dies vor allem bei Telefongesprächen aufgefallen. Er rief sie oft an, wenn er betrunken war, was sie sofort aufgrund seiner Artikulation merkte. Wenn sie ihn direkt fragte, ob er zu viel gebechert habe, gab er es zu, und gleichzeitig beschwichtigte er ihre Bedenken. Hie und da gingen sie gemeinsam in den Stadtkeller essen, amüsierten sich über die ausländischen Touristen, die im Stundentakt abgefertigt wurden, wobei Essen, Trinken und Folklore in dieser kurzen Zeit Platz haben mussten. Jedes Mal schüttete Michael das Bier in sich hinein, als ob er nach einem Wüstentrip halb verdurstet eine Oase erreicht hätte. Danach konnte er kaum mehr gehen, und Lisa musste ihn jeweils nach Emmenbrücke heim begleiten.

Lisa saß im Schnellzug nach Luzern. Ihr Handy klingelte und sie fischte es aus ihrer Mappe. „Lisa Berger."

„Affolter, Kantonsspital Luzern. Entschuldigen Sie die Störung. Ich bin Notfallarzt und rufe Sie auf Wunsch Ihres Freundes Michael an."

„Um Gottes willen, ist ihm etwas passiert?"

„Ja, er ist gestern Nacht verunglückt. Er fiel die Rathaustreppe hinunter und wurde zu uns eingeliefert. Ich kann Sie aber beruhigen. Er hat keine bedrohlichen Verletzungen."

Ungeduldig unterbrach Lisa: „Was hat er denn?"

„Starke Prellungen und eine leichte Gehirnerschütterung. Zum Glück keine Brüche."

„War er betrunken?"

„Das kann man wohl sagen. Das ist vermutlich auch der Grund, dass ich Sie und nicht seine Eltern informieren soll. Er will einer Standpauke aus dem Weg gehen."

„Die kann er von mir erhalten. Richten Sie ihm das bitte aus. Ich komme so bald als möglich. Danke für Ihren Anruf."

Lisa traf einen einigermaßen ausgenüchterten Freund an, der jedoch unter Schmerzen litt. Sie hatte ihr Mitleid unterdrückt und ihn gehörig mit Vorwürfen eingedeckt. Gleichzeitig machte sie ihm die Hölle heiß und drohte ihm, dass es zwischen ihnen aus sein werde, wenn er nicht augenblicklich mit der unsinnigen Sauferei aufhören würde. Michael versprach ihr hoch und heilig, keinen Tropfen Alkohol mehr anzurühren. Er konnte das Spital anderntags verlassen und hielt sich eine ganze Woche an sein Versprechen. Doch dann hatte ihn der Dämon Sucht mit seiner Gier nach Alkohol wieder in seinen Bann gezogen. Lisa hatte sich mit dem Arzt im Kantonsspital in Verbindung gesetzt und mit seiner Unterstützung Michael zu einer vier Wochen dauernden Entziehungskur überreden können. Nach weiteren zwölf Wochen im Therapiezentrum in Meggen schien er trocken zu sein.

Die Freude über Michaels Durchhaltewillen dauerte nur ein halbes Jahr, dann stürzte er wieder grausam ab. Lisa konnte und wollte nicht mehr Michaels Anker sein. Sie merkte auch, dass ihr Studium darunter litt. Immer wieder für jemand da zu sein und Kraft für eine unnütze Überzeugungsarbeit aufzubringen, zehrte zu sehr an ihr. Am meisten ins Gewicht fiel, nach und nach die Achtung einem geliebten Menschen gegenüber zu verlieren.

Das Liebesaus war eine einseitige Angelegenheit, denn Michael wollte nicht wahrhaben, dass Lisa einen Schlussstrich gezogen hatte. Immer wieder rief er sie an, letztmals an einem Freitagabend. Lisa hatte den Anruf auf ihrem Handy nicht entgegengenommen und war auch nicht gewillt, zurückzurufen. Das ganze Wochenende über hörte sie nichts mehr von ihm. Aus unerklärlichen Gründen hatte Lisa montags darauf das Bedürfnis, mit Michael zu reden. Nun war er es, der nicht ans Telefon ging. Zwei Tage später vernahm sie von einem Kommilitonen, dass Michael gestorben sei. Seine Eltern kamen von einer Auslandreise zurück und fanden ihn tot im Korridor liegen. Lisa hat nie erfahren, was die Todesursache war, wird aber oft von Gewissensbissen geplagt, dass sie ihn nicht umgehend kontaktiert hatte, als er sie anrief. Es gab auch Momente, in denen sie sich mindestens eine Mitschuld an Michaels Tod gab. Hätte sie damals mit ihm geredet, würde er heute noch leben. Oder auch nicht.

★★★

Lisas Rundgang durch Johns Wohnung schloss sie ab mit einem kurzen Blick ins Schlafzimmer, in dem auch ein Pult stand mit einem Bildschirm, Tastatur, Schreibblock und drei Kulis darauf. Kalte, unnatürliche Ordnung brandete ihr entgegen. Ihr Bauchgefühl wurde arg strapaziert, und sie brauchte eine gehörige Willensanstrengung, fast an Selbsthypnose grenzend, um die bimmelnden Alarmglocken im Unterbewusstsein abzustellen. Sie spürte augenblicklich ihr Herz schnell und heftig pochen.

„Wenn du den Kaffee noch einigermaßen heiß trinken möchtest, solltest du kommen“, hörte Lisa John rufen.

Irgendwie kam ihr seine Stimme verändert vor. Es war nicht die eines selbstbewussten Mannes. Aus dem Küchenbereich rief ein verunsicherter, abtastender John, der offensichtlich ihren verächtlichen Kommentar erwartete. Lisa tat einen tiefen Atemzug, stieß die Luft bewusst langsam aus, bis sie sich gefasst hatte. „Ich bin schon da.“

***

Im Laufe ihrer Zweisamkeit wurde John bald klar, dass Lisa nicht nur ein lustiger Zeitvertreib war. Er träumte bereits von einer gemeinsamen Zukunft und machte keinen Hehl aus seinen Absichten. Lisa hingegen war in dieser Sache eher zurückhaltend. Sie war zwar verliebt wie noch nie, doch ein undefinierbares Gefühl hielt sie davon ab, bereits an Heirat und Familienplanung zu denken. Als John ihr den Vorschlag machte, zu ihm zu ziehen, stürzte Lisa in ein seelisches Dilemma. Sie liebte ihn, sehr sogar, so sehr, dass ihre Vernunft hie und da ausgeschaltet wurde. Seit er in ihr Leben trat, fühlte sie sich wohl und geborgen in seiner Anwesenheit und freute sich auf jedes Treffen wie ein kleines Kind. Vor allem seine Besuche bei ihr übertrafen alles bisher Erlebte. Aber seit dem Tag, als sie erstmals in Johns Wohnung trat, konnte sie sich einen gemeinsamen Haushalt kaum vorstellen. Jedenfalls nicht in Muttenz. Diese noch nie gesehene Ordnung und Sauberkeit verursachten bei ihr Albträume. Auch schienen ihr sowohl ihre wie Johns Wohnung zu klein, vor allem wenn sie an ihren Hund dachte. Zudem brauchte sie ein eigenes Arbeitszimmer, das sie ihrem Geschmack entsprechend einrichten konnte und in dem sie ihr minimales Bedürfnis nach Chaos ausleben durfte.

John ließ nicht locker, und Lisa gab nach. Das Ganze mündete in einem Kompromiss.

„Gut, ziehen wir zusammen. Aber in eine für beide Parteien neue Wohnung, am liebsten in ein Haus."

John war sofort einverstanden und begann mit der Suche, die für ihn einfacher war, da ihm als Mitarbeitender in einem Architekturbüro gute Kanäle offenstanden. Er braucht nur wenige Wochen, um ein Reiheneinfamilienhaus in ländlicher Umgebung zu finden.

Kapitel 14 – Lisa und John wohnen

Blickpunkt Welt 2014:
Ebolafieber Epidemie in Westafrika und
Friedensnobelpreis an pakistanische Schülerin Malala

Es ist Herbst und ein wolkenloser, blassblauer Himmel wölbt sich über Arisdorf. Nur langsam hat sich Lisa an ihren neuen Wohnort gewöhnt. Sie ist mit Jessy auf dem Heimweg und hat den am südlichen Gemeindebann angrenzenden dichten Wald des Schleifenbergs vor Augen, hinter dem Liestal liegt. Nicht dass sie Heimweh nach ihrem Heimatort hätte, aber zu wissen, dass er nur eine zehnminütige Autofahrt entfernt liegt, gefällt ihr.

Plötzlich rast Jessy davon, verlässt den Feldweg, biegt in eine kürzlich gemähte Wiese ein und verschwindet hinter einer Kuppe. Lisa kann sich das Davonstieben ihres Hundes nur damit erklären, dass er ein aufgescheuchtes Reh verfolgt. Die sonst gehorsame Jessy reagiert weder auf ihr Rufen noch auf den scharfen Pfiff. Lisa bleibt nur noch die Verfolgung übrig und rennt deshalb die steile Anhöhe hinauf, in der Hoffnung, Jessy vom Aussichtspunkt aus zu entdecken. Schade, dass es keine Zuschauer gibt, die mich wie an einem Wettrennen den Berg hoch anfeuern, denkt sie schwer atmend. Augenblicklich wundert sie sich über die bizarre Assoziation mit ihrem ersten Basler Stadtlauf. Sie erinnert sich an die motivierenden Zurufe der Sportbegeisterten in der Freien Straße, aber auch an die mühsame Rheinüberquerung die nicht enden wollende Wettsteinbrücke hinauf zum Kunstmuseum.

***

Viele Sportler nehmen jährlich am Samstagabend vor dem ersten Advent den Straßenlauf durch Basel unter die Füße. Bei ihrer ersten Teilnahme passte das Wetter nicht zu Lisas freudig überdrehtem Befinden. Es war kühl, und durch die engen Gassen am Münsterberg und auf dem Münsterplatz wehte ein unangenehm bissiger Westwind. Eine ihrer drei Sportkolleginnen lief beim Einlaufen zur Turnhalle und holte dort drei schwarze, große Plastikmüllsäcke. Sie joggte zu ihren Freundinnen zurück, schwenkte dabei lachend die Säcke wie eine Piratenfahne über dem Kopf. „Da, nehmt. Ein alter Trick. Reißt ein Loch hinein und stülpt euch die Säcke über den Kopf."

„Das ist jetzt aber nicht dein Ernst?", fragte Lisa erstaunt. „Wie sollen wir mit diesen Dingern laufen können?"

„Frag nicht lange und zieh dir den Müllsack an. Wir müssen langsam in den Startsektor", bekam sie zur Antwort.

„Was ist mit der Startnummer? Die ist ja verdeckt." Lisa verstand immer noch nicht, um was es ging.

Als sie aufgeklärt wurde, dass der Müllsack die Auskühlung der Muskeln beim minutenlangen Stehen im Startraum mindern würde und er natürlich Sekunden vor dem Startschuss ausgezogen werden muss, war sie beruhigt. Augenblicklich wurde sie vom Lampenfieber gepackt, als stünde sie unmittelbar vor einer schweren Prüfung. So wie ihr ging es auch anderen Läuferinnen im Startblock C, genau vor den beiden mächtigen Zwillingstürmen des Münsters. Der Starter hob die Pistole und der Knall schickte die Läuferinnen auf die Reise. Lisa war derart euphorisch, dass sie ungestüm davonraste, ohne an die noch zu bewältigenden zweieinhalb Runden zu denken. Die Stimme des Speakers tönte aus zahlreichen Lautsprechern entlang des Startraums: „Ich wünsche allen Läuferinnen viel Erfolg und Spaß auf der gesamten Strecke." Übermotiviert von dieser Ansage schlug Lisa in der Rittergasse ein horrendes Tempo an. Nach ein paar Minuten hatte sie sich aber im Griff, und sie begann, ihre Kräfte einzuteilen. Beim Einbiegen in die Freie Straße, die wegen der Adventsbeleuchtung einem durch Sternenlicht bestrahlten Tunnel glich, feuerten begeisterte Zuschauer und eine Musikgruppe den Lauftross an. Den Trottoirs entlang stand eine Menschenmenge, dichtgedrängt wie an der Basler Fasnacht am Morgenstreich. Lisa erfuhr erstmals die phänomenale Wirkung der aufmunternden Zurufe, mit denen die Sportlerinnen auf einem Großteil der Strecke begleitet wurden. Mit langen Schritten ging es hinunter zum Marktplatz und via Rheinbrücke ins Kleinbasel. In der Rheingasse war die Zuschauerkulisse spärlicher, und ebenso wenige Leute standen beim Waisenhaus und auf der Wettsteinbrücke. Entgegen ihrem Vorsatz, die Laufkadenz beizubehalten, musste Lisa die unendlich lange Steigung auf dieser Brücke deutlich langsamer angehen. Ein böiger kalter Gegenwind bremste zusätzlich. Dank der exotischen Klänge einer Steelband im St. Alban-Graben fand Lisa wieder zum gewohnten Rhythmus zurück und konnte im Renntempo die zweite Runde in Angriff nehmen. Bei der letzten Rheinüberquerung wurden ihre Beine schwerer und schwerer, selbst die Arme schienen an Gewicht zuzulegen. Der Atemrhythmus erhöhte sich. Lisa mobilisierte ihre vorhandenen Kräfte, raste die Freie Straße hinunter, dem Ziel auf dem Marktplatz entgegen. Auf den letzten Metern vor dem Zielstrich überholte sie endlich eine hartnäckige Konkurrentin, der sie minutenlang an den Fersen klebte. Auf Höhe der Zeitmessung betrug ihr Vorsprung nur wenige Zentimeter und vor lauter Anstrengung hatte sie nicht einmal fürs Atmen Zeit. Geschafft! Mit einem gewaltigen Luftschnappen kamen ihre Lebensgeister schnell zurück. Ein in diesem Ausmaß noch nie erlebtes Glücksgefühl durchströmte sie. Nach dem Blick auf die große Digitalanzeige wusste Lisa, dass ihre Zeit unter ihrem sich selbst gesetzten Limit lag. Sie hätte jauchzen können vor Freude oder die Tränen fließen lassen.

★★★

Lisa erreicht keuchend die Kuppe und blickt sich um. Sie lässt weder einen Freudenschrei aus, noch kommen ihr die Tränen, als ihr Jessy gemütlich entgegentrabt. Schweigend kehrt Lisa um, und die Hündin folgt ihr ohne Anzeichen einer Schuld.

Seit einer Stunde streifen die beiden schon durch Feld und Wald, und die Sonne verschwindet langsam am westlichen Horizont.

Nicht nur der Hund braucht die täglichen Spaziergänge, sondern auch Lisa kann dabei jeweils gehörig Energie auftanken. Je nach Auftragsstand benötigt sie eine Menge davon. Mehr als sie je geahnt hätte, zerren aber die neuen Lebensumstände an ihren Kräften. Mit dem legeren Haushalten, wie sie es seit Jahren gewohnt war, ist es vorbei. Ein Kleidungsstück im Schlafzimmer auf einen Stuhl legen, die Schuhe im Korridor abstreifen und nicht versorgen oder eine Mineralwasserflasche auf dem Küchentisch stehen lassen, geht nicht mehr. John räumt alles auf. „Jedes Ding an seinen Ort erspart viel Zeit und böses Wort", hatte jeweils Lisas Vater gesagt, wenn er in seinem Hobbyraum etwas suchte. Dieser Spruch kommt ihr oft in den Sinn und sie hat ihn John auch schon lachend vorgesagt. Mit todernster Miene gab ihr John zu verstehen, dass das selbstverständlich sei.

***

Der Umzug vor ein paar Wochen bedeutete für beide Stress pur. Zuerst konnte Lisa ihre Wohnung räumen und nach Arisdorf ziehen, eine Woche später zügelte John. Für die wenigen Möbel und Kartons benötigte die Umzugsfirma lediglich einen kleinen Lastwagen. Zwei Männer hatten im Nu Johns Büchergestell, sein Pult und die Unterhaltungsgeräte reingetragen. Zehn Kartons, gefüllt mit Büchern und dem Inhalt der Pultschubladen, wurden in ein Zimmer, das Johns Bereich sein soll, gestellt. Sowohl Lisa wie John hatten auf ihre eigenen alten Betten verzichtet und das Schlafzimmer mit neuen Möbeln ausgestattet. Diese hatte das Möbelhaus zusammen mit einer Couch und modernen Sesseln fürs Wohnzimmer bereits vor Tagen geliefert.

Am zweiten Zügeltag waren sie abends beide hundemüde und dementsprechend gereizt. Sie machten sich daran, als letzte Arbeit noch die diversen Schachteln zu leeren. Lisa wollte John beim Einräumen der Bücher helfen und fragte ihn, mit welchem Karton sie beginnen solle.

„Lass nur. Ich mach das gerne selber."

Lisa insistierte: „Diese leichte Arbeit kann ich dir abnehmen."

„Wenn du unbedingt darauf bestehst." John gab ihr widerwillig Anweisungen. „Ich habe die Kartons nummeriert. Beginne mit der Nummer zehn. Das sind die kleineren Bücher. Sie kommen aufs unterste Regal rechts."

Lisa stellte die Bücher auf, wobei sie entweder farblich zueinanderpassende oder solche vom selben Autor nebeneinander platzierte. Auch den Inhalt aus Karton Nummer neun hatte sie schnell auf ein Tablar gestellt. Währenddessen füllte John das unterste Tablar in der linken Gestellshälfte mit den großen Fotobüchern und -alben. Lisa ging zum Kartonstapel und suchte nach der nächsten Ladung. Als sie zum Bücherregal zurückkam, wurde sie am Weitereinräumen gehindert. John sortierte die von ihr hingestellten Bücher um, und zwar nach deren Größe. Die Farbe der Buchdeckel oder die Autorennamen waren für ihn nicht relevant.

„Das ist doch keine logische Anordnung", wagte Lisa zu sagen.

„Für mich schon", war Johns knappe Antwort.

Beide räumten danach stumm weitere Behälter aus. Hie und da unterbrach John die Stille mit einem Hinweis, welcher Karton als nächster drankommt. Als Lisa das fünfte Tablar bestückte und John wiederum mit Umsortieren begann, weil ein, zwei Bücher aus seiner logischen Reihe fielen, explodierte Lisa: „Mir reicht es. Mach doch deinen Mist allein."

Voller Wut stapfte sie aus dem Zimmer. Sie ging in die Küche und trank ein Glas Mineralwasser, um sich zu beruhigen. Ihr Ausrasten tat ihr leid und Gewissensbisse veranlasste sie, mit Wasserflasche und einem leeren Glas für John wieder zurückzugehen. Als Lisa vom Korridor aus das Zimmer betreten wollte, blieb sie augenblicklich stehen, weil sie John bei einer eigentümlichen Handlung ertappte. Sie sah, wie er auf einem bereits bestückten Tablar die zwei größten Bücher mit weißen Rücken von der linken Seite wegnahm und sie im letzten Drittel der Reihe zwischen kleinere, aber ebenfalls mit hellem Einband, einschieben wollte. Um eine Lücke aufzutun, hätte John ein paar Bücher zur Seite rücken müssen. Lisa traute ihren Augen nicht, als sie sah, wie Johns Hand zitterte. Seine Fingerspitzen berührten einen Buchrücken, er war aber völlig unfähig, das Buch auch nur einen Millimeter zu verschieben. Er nahm seine Hand zurück und betrachtete sie, bis sie wieder vollkommen ruhig war. Erneut probierte John dasselbe Vorgehen. Kaum kam er in die Nähe der eingereihten Bücher, begann die Hand wieder zu zittern. Es ging beim besten Willen nicht. John war offenbar nicht imstande, eine Lücke aufzumachen und zwei Buchbände hineinzustellen, die für sein Empfinden ein zu großes Maß aufwiesen. Lisa bemerkte, dass er aufgab und sie wieder an den alten Platz versorgte, nämlich ganz links außen. Danach wischte er sich über die schweißnasse Stirn und wandte sich den noch vollen Kartons zu. Er entschwand aus Lisas Blickfeld.

Bei der soeben miterlebten Szene kam Lisa unwillkürlich eine Schilderung ihres Onkels in den Sinn. Er war Jäger und hatte ihr einmal erzählt, dass er während der Sommerbockjagd auf dem Hochsitz gesessen sei und sein zum Abschuss freigegebener Bock nach längerem Warten endlich auf die Lichtung hinauskam. Als der Onkel das Tier ins Visier genommen hatte, begannen unverhofft seine Arme zu zittern. So konnte er sich keinen Schuss erlauben. Er hatte sich umgekehrt, das Gewehr angelegt und auf einen Baumstamm gezielt, diesmal waren die Hände völlig ruhig geblieben. Erneut hatte er sich dem äsenden Rehbock zugewandt, gezielt und wieder hat ihn ein gehöriges Zittern überfallen. Er hatte unverrichteter Dinge den Hochsitz verlassen und in diesem Jahr auf den Abschuss eines Sommerbockes verzichten müssen. Lisa wusste, dass die beiden Handlungen mit ihren Schlottereffekten keineswegs miteinander verglichen werden können, und doch sah sie irgendwelche Parallelen. Sie wartete kurz, bevor sie ins Zimmer trat.

„Sorry, hab's nicht so gemeint. Möchtest du auch etwas trinken?“

„Nein, danke. Lass mich das fertig machen, und zwar am liebsten alleine.“

„Bist du jetzt eingeschnappt? John, ich weiß, dass ich nicht von ‚Mist‘ hätte reden dürfen, aber du hast mich eben saumäßig genervt.“

„Und du mich jetzt“, gab John zu verstehen.

Lisa ging wieder raus in die Küche. Wenige Minuten später kam John ebenfalls. Er setzte sich an den Küchentisch, schaute Lisa lange an, bevor er sagte: „Wir sind wohl etwas übermüdet und gereizt. Lass uns eine Pizza essen gehen. Morgen ist auch noch ein Tag."

***

Lisa pfeift Jessy zu sich und leint sie an, weil sie sich der verkehrsreichen Hauptstraße nähern. Zielstrebig gehen sie ihrem Daheim entgegen, wo auf den Hund sein bereits gefüllter Fressnapf wartet. Lisa geht in ihr Büro. Der Artikel für die Sonntagsausgabe der *Basellandschaftlichen* muss unbedingt noch redigiert werden. Sie ist fast fertig, als John anruft und ihr mitteilt, dass er Berni auf einen Drink treffe und es wohl später werde. „Hast du etwa schon das Abendessen vorbereitet?"

„Nein, noch nicht. Ist für mich aber okay, dann kann ich in Ruhe noch den neuen Marsch üben. Morgen Abend sollte er einigermaßen sitzen. Du musst dich also nicht beeilen."

Lisa beendet ihren Artikel, nimmt danach ihr Piccolo und das Notenbuch aus dem Schrank und stellt den Notenständer auf. Rahel, Esthi und sie wollen den Marsch „Liberty Bell" in ihr Repertoire aufnehmen. Noch im Herbst beginnen sie jeweils mit wöchentlichen Proben, um an der Fasnacht mit fehlerfrei vorgetragenen Stücken brillieren zu können. Lisa findet das Notenblatt nicht auf Anhieb und erinnert sich, dass sie es John ausgeliehen hat, weil er den Marsch auch lernen will. Sie geht zum Pult von John, weiß aber nicht genau, in welcher Schublade er sein Instrument und die Noten aufbewahrt. In den beiden oberen findet sie das Gesuchte nicht, ist aber erneut fasziniert von der darin herrschenden Ordnung. Im Grunde ist ihr nicht wohl, in Johns Pult zu stöbern. Sie hält beim Öffnen der untersten Schublade inne und will ihrem Impuls nachgeben, John anzurufen, damit er ihr sagen kann, wo die Noten liegen. Während sie ihr Handy aus der Hosentasche fischt, blickt sie auf ein vergilbtes Blatt, das mit Kinderhandschrift beschrieben ist. Lisa nimmt es heraus und liest den Text, der offenbar vor Jahren an John gerichtet war.

Lisa hat die Noten gefunden. Sie lagen auf dem Pult, jedoch unter einem Stapel Fachzeitschriften. Sie spielt gerade den letzten Vers des Stückes, als John nach Hause kommt. Lisa hört auf, versorgt ihr Piccolo und begrüßt John im Wohnzimmer.

„Hast du erkannt, welchen Marsch ich gespielt habe?", fragt sie John nach dem Willkommenskuss.

„Nicht dem Namen nach, gehört habe ich ihn aber schon mal."

„Es ist ‚Liberty Bell'. Tönt noch gut, findest du nicht?"

„Ja, sehr melodiös. Ich höre sogar die amerikanische Freiheitsglocke bimmeln."

Lisa lacht. „Übertreib nicht zu sehr." Umgehend wird sie wieder ernst. „John, ich muss dir etwas beichten. Ich habe die Noten nämlich auf deinem Pult gefunden", beginnt sie, „vorher habe ich aber in den Schubladen gesucht."

„Und? Das ist doch kein Verbrechen. Du darfst doch jederzeit an mein Pult. Wo liegt das Problem? Ich weiß ja, dass das Notenblatt in meinem Zimmer lag."

Lisa geht in Johns Büro und kommt mit dem beschriebenen Zettel zurück. „Dieses Papier habe ich gefunden und den eigentümlichen Text gelesen." Sie reicht es John.

„Ach ja, das ist ein Brief von meinem Bruder Max, den er mir vor zig Jahren mal geschrieben hat."

„Um was für ein Pferd ging es denn?"

Johns Miene verdüstert sich. Er faltet den Zettel und steckt ihn in die Hosentasche. Er muss ihn nicht lesen, da er den Wortlaut auswendig kennt. „Ich hatte als Kind ein Steckenpferd, das heißt, eigentlich war es nur eine lange Holzstange mit einer montierten Kordel als Zügel. Max und seine damaligen Kumpels haben mir die Stange zerbrochen."

Lisa bittet John, ihr das Blatt nochmals zu geben, und sie liest aufmerksam Zeile für Zeile.

„Offenbar hat dir dein Bruder einen Ersatz geschenkt. Hast du ihn gefunden?"

„Wen?"

„Den Ersatz, oder eben dein neues Pferdchen." Lisa blickt John erwartungsvoll an.

„Nein, habe ich nicht. Ich hatte ja bis vor ein paar Monaten keine Ahnung davon. Ich fand das Blatt Papier, als ich Mama beim Räumen von Max' Zimmer geholfen habe."

„Und das Rätsel konntest du nicht lösen?" Lisa ist erstaunt. „Du weißt nicht, von welchen vier Strichen die Rede ist? Er schreibt doch: ‚Verschieb 4 Striche nur im Wort, dann findest du dein Pferdchen dort.'"

„Keine Ahnung, was er mit den vier Strichen meinte. Ich habe mir darüber auch keine weiteren Gedanken mehr gemacht. Kürzlich erzählte ich Max, dass ich sein Gedicht gefunden habe. Bei dieser Gelegenheit hat er mich bis zur Weißglut geärgert."

„Warum geärgert? Er hätte dir ja nur auf die Sprünge helfen müssen." Lisa schüttelt ungläubig den Kopf.

„Lass die Fragerei, Lisa. Ich habe das Rätsel nie gelöst, und Max bleibt mir bis heute eine Antwort schuldig. Ich solle studieren, bis ich schwarz werde, hat er mir an den Kopf geworfen." John wendet sich ab und geht zur Terrassentüre. Lisa lässt sich aber nicht so leicht abwimmeln.

„Das hat doch sicher einen Grund, dass Max das Wort Striche in Großbuchstaben schrieb, meinst du nicht auch?"

John kehrt sich zu Lisa um. „Lisa, bitte verschon mich mit dem alten Scheiß. Am besten ist, du wirfst den Zettel in den Müll."

Lisa legt ihn aber zusammen und sagt: „Weißt du was? Ich bewahre ihn so lange auf, bis ich das Rätsel gelöst habe. Einverstanden?"

„Von mir aus, studiere du, bis – nein, natürlich nicht bis du schwarz wirst", lächelt John und zieht Lisa an sich. „Bis du herausgefunden hast, was mein irrer Bruder sich ausgedacht hat."

***

„Liebste Großmama, wie geht es dir?" Lisa umarmt ihre Großmutter herzlich. Die zwei begegnen sich im Korridor des dritten Stocks im Altersheim in Liestal. Großmutter Berger spaziert mit dem Rollator vom Aufenthaltsraum in ihr Zimmer.

„Grüß dich, Lisa. Ja, wie soll es mir schon gehen. Gut natürlich."

„Das freut mich. Darf ich dich zu einem Kaffee einladen?"

„Willst du, dass ich die ganze Nacht im Bett stehe? Nein, lieben Dank, ich komme soeben von einem Kaffeekränzchen. Lass uns in mein Zimmer gehen."

Die alte Dame kommt dank ihrer Gehhilfe auf Rädern noch flott voran. Im Zimmer ist es heimelig, da Frau Berger wenigstens ein paar eigene Möbel und Bilder mit ins Heim nehmen durfte. Auf dem kleinen Tisch steht ein winziges Weihnachtsbäumchen aus Plastik, ein Hinweis auf die bevorstehenden Festtage. Kerzen sind wegen Brandgefahr nicht erlaubt.

Frau Berger setzt sich aufs Bett, und Lisa nimmt sich einen Stuhl.

„Dass du mich besuchen kommst, freut mich außerordentlich. Du musst dir bestimmt jede Minute Zeit stehlen." Großmutter Berger sieht ihre Enkelin mit einem zufriedenen Lächeln an.

„Mach dir keine Sorgen, für dich habe ich immer Zeit. Doch einen Grund hat es schon, dass ich hier bin. Bald kommt ja das Christkind. Hast du einen besonderen Wunsch, den ich dir zu Weihnachten erfüllen darf?"

„Ach Gott, Kindchen, hier brauche ich doch nichts mehr. Schmackhaftes Essen gibt's genug und Kleidungsstücke und Schmuck habe ich im Überfluss."

„Ich würde dir aber gerne etwas schenken."

„Weißt du was, Lisa, schenke mir ein wenig von deiner Zeit. Besuche mich und nimm John mit. Das würde mir am meisten Freude bereiten. Was macht er eigentlich, dein Sonnyboy?"

„Der putzt alles blitzblank und räumt die Wohnung auf." Lisa will ironisch sein, merkt aber, dass die Worte völlig anders rüberkommen. Ihre Großmutter ist sehr feinsinnig, deshalb entschärft Lisa umgehend ihre Aussage. „Keine Angst, er ist kein Putzteufel."

Frau Berger nickt. „Das habe ich auch nicht erwartet. Dass er aber mehr als genau ist, habe ich ja bei meinem", sie deutet mit zwei Fingern an jeder Hand Anführungszeichen an, „Auszug aus Ägypten erlebt. Ihr zwei hattet auch eine Unmenge Arbeit mit mir. Was hätte ich getan ohne euch? Wenn ich nur ans Räumen meiner Wohnung denke, wird mir schlecht."

„Als Kind habe ich auf deine Hilfe zählen dürfen. Für einmal konnte ich mich revanchieren." Lisa tätschelt liebevoll Großmamas Arm.

„Ich werde dir und John bis ans Lebensende dankbar sein. Was du geleistet hast, übersteigt mein Fassungsvermögen. Erst der Unfall deiner Mama und dann meinen Umzug ins Heim. Man sollte nicht so alt werden und den Jungen zur Last fallen." Großmutter Berger seufzt schwer. „Nein, das sollte man nicht."

„Großmama, du bist doch keine Last für mich. Im Gegenteil. Du bist mir geblieben, und das hoffentlich noch viele Jahre", sagt Lisa tröstend zu ihrer Großmutter. „Bald haken wir das verschissene 2014 ab."

***

Lisas Mama wollte nur eine kleine Besorgung im Städtchen machen. Sie fuhr mit dem Fahrrad, weil es an diesem trüben Tag ausnahmsweise nicht regnete. Vom Schwimmbad herkommend hatte ein Lastwagenfahrer sie auf der Rosenstraße Kreuzung beim Rechtsabbiegen übersehen und überrollt. Sie war auf der Stelle tot. Wiederum wurde Lisa telefonisch über ein Unglück informiert, das ein Familienmitglied betraf. Dass das Opfer ihre Stiefmutter war, ließ die Hiobsbotschaft nicht minder heftig erscheinen. Es vergingen einige Wochen, bis Lisa wieder über die Todeskreuzung, wie sie sie nannte, fuhr. Eher mied sie die Strecke und machte kilometerweite Umwege. Als sie diese Route endlich wieder einmal wählte, brach sie beim Anblick der Kerzen und teils verblühten, teils frischen Blumen, die gegenüber der Kreuzung rund um einen Baumstamm aufgestellt waren, in Tränen aus.

Beim ganzen Beerdigungsstress, den Lisa bewältigen musste, hatte sie zum Glück etwas Beistand von John. Doch sie musste vieles organisieren, an das kaum jemand gedacht hatte. Dazu gehörte auch die Betreuung ihrer Hündin Jessy. Als Lisa Jessy zwei Tage lang bei einer Nachbarin ihrer verstorbenen Mama abgeben durfte, wurde ihr bewusst, dass sich Mama nur ein Jahr an Jessy freuen durfte, und zwar immer, wenn sie den Hundehütedienst übernahm. Einige Male hatte sie Lisa mit dem Hinweis geneckt, dass sie wenigstens den Hund hüten dürfe, wenn schon keine Großkinder vorhanden seien.

Das Jahr 2014 war für Lisa in jeder Hinsicht schicksalhaft. Kaum war die Stiefmutter beerdigt, musste sie mithelfen, der betagten Großmutter einen Platz in einem Altersheim zu finden. Großmutter Berger hatte aber vorgesorgt und sich schon zwei Jahre zuvor auf eine Warteliste schreiben lassen. Weil sie keine Schwiegertochter oder andere Angehörige mehr hatte, die sie hie und da betreuen konnten, war der Übertritt ins Heim rasch vollzogen worden.

***

Großmutter Berger steht vom Bettrand auf und setzt sich in den bequemen Sessel neben der Verandatür. Einen Moment lang ist Stille im Raum, die Lisa unterbricht: „Du bist alles, was ich noch habe, Großmama."

„Stimmt nicht ganz, meine liebste und einzige Enkelin", widerspricht die Großmutter. „Ich bin nur das letzte Überbleibsel deiner Familie. Vergiss John nicht, der zu dir gehört."

„Im Moment gehört er zu mir, ja, aber ob für eine Ewigkeit steht in den Sternen."

Großmutter Berger wird hellhörig. „Ist etwas nicht in Ordnung mit euch beiden?"

„Doch schon, glaube ich wenigstens." Lisa zögert. „Er kann manchmal sehr anstrengend sein mit seiner Exaktheit."

„Wie meinst du das?"

„Wie ich es sagte. Er ist dermaßen pingelig, dass er schon zweimal total ausflippte, wenn etwas nicht mehr dort lag oder hing, wo er es hingetan hatte."

„Wenn es nur das ist, Lisa, kannst du damit leben. Den perfekten Mann gibt es nicht. Glaube einer alten Frau mit Erfahrung."

„Er ist aber perfekter als perfekt und zudem …" Lisa stockt.

„Zudem?"

„Ich habe auch schon seinen Jähzorn erleben müssen. Das war gar nicht schön, kann ich dir sagen."

Die Großmutter betrachtet ihre Enkelin lange, bevor sie weiter redet. „Ihr werdet euch aneinander gewöhnen müssen. Aber mit einem darfst du dich niemals abfinden, mit dem Jähzorn. Der ist teuflisch. Probiere, mit John darüber zu reden."

„Habe ich schon getan. Doch bei diesem Thema blockt er ab."

Lisa steht auf und geht zur Verandatüre. Sie blickt zum blassblauen Himmel hoch, an dem Wolkenteile wie festzementiert hängen. Die Sonne ist auf ihrer Winterbahn bereits hinter dem Horizont verschwunden und die Abenddämmerung kündigt sich an. Lisa wendet sich wieder ihrer Großmutter zu. „Vor vielen Jahren war ich auch mal zornig. Mein Opfer war Papa. Damals kam ich mich bei dir ausheulen, weißt du das noch?"

„Ich kann mich noch schwach erinnern, ja. Aber worauf willst du hinaus?"

„Seit meinem ungerechtfertigten Zorn gegenüber Papa war unser Verhältnis gestört. Ich hoffe nicht, dass dies zwischen John und mir auch passiert." Lisa beißt unwillkürlich die Zähne so sehr aufeinander, dass sich die Kaumuskeln hart abzeichnen. Trotz ihrer inneren Spannung setzt sie sich wieder neben ihre Großmutter.

„Eben deshalb rate ich dir, mit ihm zu reden. Versuch es immer wieder", besänftigt Großmama Berger.

Lisa nimmt ihren ganzen Mut zusammen und spricht aus, was ihre Seele derart belastet und das sie seit Jahren noch niemandem anvertrauen konnte. „Ich habe Papa sogar auf dem Sterbebett Vorwürfe gemacht. Heute tut es mir leid, dass ich ihm vorgeworfen habe, die genauen Todesumstände meiner leiblichen Mutter verschleiert zu haben." Lisa blickt auf und sieht ihrer Großmutter ins Gesicht. „Großmama, auch du hattest mir damals keine klare Antwort gegeben. Du hast dich sogar hinter einem Versprechen versteckt, das du deinem Sohn gegeben hast."

Großmutter Berger sieht unverwandt auf ihre im Schoß gefalteten Hände. Nur das unstete Spiel mit den beiden Daumen verrät ihre innere Unruhe. „Ja, Lisa. Ich habe deinem Papa etwas versprechen müssen und daran halte ich mich."

„Großmama, ich bitte dich. Nein, ich flehe dich inständig an, vergiss das Versprechen. Du musstest es sicher nicht über seinen Tod hinaus abgeben."

„Nein, das denn doch nicht. Mit seinem frühen Tod hat niemand gerechnet."

Lisa geht vor ihrer Großmutter in die Hocke und umfasst ihre Hände. „Wie ist meine leibliche Mutter gestorben? Warum musste sie uns so früh verlassen?"

Großmutter Berger streicht mit ihrer zarthäutigen und mit Altersflecken übersäten Hand über Lisas Haare. „Ich denke, du hast ein Recht, die wahren Umstände zu erfahren." Sie räuspert sich und fährt fort: „Deine richtige Mama war Realist und gleichzeitig ein Mensch mit einem unvergleichlich großen Herzen. Ihre Freude war unbeschreiblich, als sie mit dir schwanger wurde."

Lisa sieht die alte Dame erwartungsvoll an. „Und danach passierte etwas?"

„Genau. Es war ein Hammerschlag. Aus heiterem Himmel die Diagnose Krebs. Als die Ärzte ihr und Peter mitteilten, dass nur noch eine ganz geringe Hoffnung bestand, den Kampf gegen den Krebs siegreich zu beenden, war dein Papa am Boden zerstört. Mama hingegen wollte genau wissen, wie das Kämpfen gehen sollte. Die Ärzte erklärten, dass mit einer Chemotherapie noch gewisse Chancen bestünden. Deine Mama hat sich danach mit Recherchen auf verschiedenen Kanälen ein großes Wissen über Lymphdrüsenkrebs und Behandlungsmethoden angeeignet."

„Wie denn das? Zu jener Zeit gab es ja noch kein Internet."

„Sie hat vor allem in den großen Buchläden in medizinischen Büchern geschmökert. Jedenfalls so lange, wie es ihre Kräfte noch erlaubten. Sie wusste, dass ein Fötus die Chemotherapie nicht überleben würde. Mit dieser Erkenntnis hat sie ihre Ärzte fast zur Verzweiflung gebracht. Im Gegensatz zu den Medizinern, die unbedingt ihr Leben retten wollten, hatte sie nämlich ein anderes Ziel. Sie wollte ebenfalls retten, jedoch das Leben ihres Ungeborenen."

Die Großmutter hält inne und nickt: „Ja, so war es. Deine Mama hatte nur ein Endziel vor Augen. Sie wollte ihren Tod so lange hinausschieben, bis du zur Welt gekommen bist. Zum Wohle ihres ungeborenen Kindes hatte sie einen eisernen Willen an den Tag gelegt, dem niemand etwas entgegensetzen konnte, weder Papa noch die Ärzte."

Großmutter Berger fiel soeben ein großer Stein vom Herzen. Endlich darf sie ihrer Enkelin wahren Wein einschenken. Befreit von der jahrelangen Last, sich an ein Versprechen halten und schweigen zu müssen, fährt sie fort: „Solange du noch in ihr drinnen warst, hat sie lediglich milde Schmerzmittel zu sich genommen. Kein Gift sollte das in ihr wachsende Menschlein beeinträchtigen oder gar zerstören. Erst als du auf der Welt warst, hat sie radikalere Medikamente zugelassen, die ihr etwas Linderung brachten. Für eine Rettung ihres Lebens war es aber längst zu spät."

Lisa setzt sich wieder auf den Stuhl und beginnt lautlos zu weinen. Der mitfühlende Blick von Großmutter Berger ruht auf ihr.

„Aber warum hat mir Papa dies nicht erklären können?", fragt Lisa schluchzend.

„Peter hat befürchtet, dass du die Wahrheit nicht ertragen könntest. Er hat oft gesagt, dass er dir ersparen möchte, jemals in einen seelischen Konflikt zu geraten, nämlich dein Leben gegen dasjenige deiner Mutter eingetauscht zu haben."

Schniefend begehrt Lisa auf: „Das ist doch Blödsinn. Ich konnte ja nicht bestimmen, ob ich im Mutterleib abserbeln oder gesund durch den Gebärkanal hinausschlüpfen soll."

„Du hast Recht. Hier irrte Peter. Er hatte aber jederzeit nur dein Wohl im Auge. Vergiss das nie, Lisa."

Lisa verabschiedet sich von ihrer Großmutter und gibt beim Wegfahren vom Parkplatz des Altersheims einem Impuls nach. Sie macht auf dem Weg nach Arisdorf einen Zwischenhalt auf dem Friedhof in Liestal. Sie geht erst zum Urnengrab ihrer Stiefmutter, danach zu demjenigen ihres Vaters. An beiden Ruhestätten hält sie einen Moment inne und spricht die zwei Seelen in Gedanken an. Beim Grabstein ihres Vaters sagt sie laut: „Verzeih mir, Papa. Es tut mir unendlich leid, wie ich in deinen letzten Stunden mit dir gesprochen habe. Ich hoffe inständig, du hast mich damals nicht gehört. Jetzt, da ich alles weiß, schäme ich mich für meine Worte in Grund und Boden."

Dann schlendert Lisa zum Abschnitt mit den Gräbern aus den Achtzigerjahren und hält Ausschau nach der letzten Ruhestätte ihrer leiblichen Mutter. Sie findet nur ein leeres, mit Rasen angesätes Feld. Lisa betritt es und bleibt ungefähr an der Stelle stehen, wo einst der Grabstein ihrer leiblichen Mama stand. Sie betet leise, nicht zu Gott, sondern zur Mutter Erde. Sie dankt ihr dafür, ihr eine so tapfere, aufopfernde Mama ausgesucht zu haben. Lisa ist nämlich davon überzeugt, dass die Mutter Erde, vielleicht auch zusammen mit einer göttlichen Allmacht, aber vor allem sie, für eine Kontinuität aller Lebewesen verantwortlich ist. Mutter Erde hat Mama und Papa ausgesucht, um sie, Lisa, zu zeugen.

Kapitel 15 – John lebt

Blickpunkt Welt 2015:
Time erkürt Angela Merkel als Person des Jahres
und Entgleisung TGV während Testfahrt im Elsass

John vernimmt dumpfe Geräusche, die er nicht einordnen kann. Er weiß ganz genau, dass er sie kennt, doch ihm kommt der Begriff auch mit aller Anstrengung nicht in den Sinn. Er ist von einer Dunkelheit eingehüllt, aus der er fast nicht entrinnen kann. Das rhythmische Klopfen wird lauter, dann leiser, wird wieder intensiver und verstummt nach einem heftigen Knall. Plötzlich hat John Worte für den Lärm. Es waren Schritte und der Ton einer zugeschlagenen Türe. Er begreift jetzt, was er hörte, jedoch nicht, wer der Verursacher der Töne war.

John liegt auf dem Boden. Auf der rechten Gesichtshälfte spürt er kühlen Stein, und beim langsamen Öffnen der Augen nimmt er eine hellschimmernde Wand wahr. Vor der Wand steht jemand unbeweglich da. Die Gestalt trägt ein dunkelgraues, bodenlanges Gewand. Langsam kauert sie nieder. John merkt, dass sie ihn fixiert, doch er sieht keine Augen. Er kann überhaupt kein Gesicht wahrnehmen! Mit einem Schlag erkennt John, dass sein Gegenüber Nulli ist. Seine selbst erschaffene Kreatur, der er den Namen Nulli gab, und die ihn seit Kindheit begleitet. Noch immer ist John unfähig, sich zu bewegen. Nicht einmal den Kopf heben kann er. Darum betrachtet er Nulli auch aus ungewohnter Perspektive. Seine horizontale Lage kreuzt sich mit Nullis vertikalen.

„Weißt du, was ich hier mache?“, fragt John das Wesen, wobei er bereits eine Spur klarer denken kann. „Irgendetwas ist passiert. Aber was?“

John kann langsam seinen Kopf heben. „Scheiße, Nulli, was geht hier vor?“ Er rappelt sich so weit hoch, bis er knien kann, und er versucht, die dunkelgraue Gestalt nochmals anzuschauen. Doch sie ist verschwunden. Mit kontrolliertem, langsamem Kopfdrehen will John sein Blickfeld vergrößern, Nulli bleibt aber unsichtbar. Mit einer Hand stützt er sich ab und mit der anderen fährt er über seine Stirn. Dabei merkt er, dass sie nass ist, und die Berührung schmerzt ihn. Zusehends wird die vernebelte Wahrnehmung klarer. Er sieht, dass seine Hand blutverschmiert ist und weiß augenblicklich, dass das Blut nur von einer Wunde am Kopf stammen kann. Endlich kann John aufstehen und sich am Tisch abstützen. Er erkennt die Umgebung, blickt verwundert auf den Staubsauger, der hinter ihm liegt, kann sich aber nicht erinnern, was die Ursache für seine Verletzung ist. Für ihn ist klar, dass er schnellstmöglich zu einem Arzt muss. Ebenso eindrücklich wird ihm bewusst, dass er Nulli gesehen hat. Gleichzeitig mit dieser Erkenntnis wird er traurig. Es gibt niemanden, mit dem er sein Geheimnis teilen kann. Mit wem denn auch? John fällt beim besten Willen kein Name ein. Zudem würde er postwendend in die Klapse gesteckt, sagt er sich.

Vorsichtig, aber zielstrebig geht John zur Türe raus in die Garage und setzt sich in sein Auto. Der Weg zum Arzt im Dorf ist ihm bekannt. John fährt los und erreicht in wenigen Minuten die Praxis, die allerdings geschlossen ist. Ganz automatisch begibt er sich zur Haustüre der Privatwohnung und läutet. Er vernimmt Kinderstimmen und schon geht die Türe auf. Vor ihm stehen die junge Frau des Allgemeinpraktikers mit einem Kleinkind auf dem Arm und ein kleiner Junge, der sich hinter seiner Mutter versteckt. Die Arztgattin und John kennen einander vom wöchentlichen Skiturnen, an dem auch der Dorfarzt, wann immer er kann, teilnimmt.

„Hallo, John“, begrüßt ihn die junge Frau und entdeckt sofort seine blutende Wunde. „Du willst zu Felix. Hast Glück, er ist noch hier.“ Sie dreht sich um und ruft in den Hauseingang: „Felix, kannst du mal bitte kommen“ und wendet sich wieder John zu. „Was ist passiert, John? Bist du gefallen?“

„Ich habe keine Ahnung, Bea.“

Felix, der Doktor, kommt zu den beiden, sieht John an und fordert ihn auf, mit ihm in die Praxis zu kommen. Auch er fragt nach der Ursache der Verletzung und erhält die gleiche Antwort wie seine Frau.

„Du weißt wirklich nicht, warum du eine Risswunde an der Stirn hast?“ Felix ist keineswegs über die Erinnerungslücke irritiert, da es sich um ein bekanntes Phänomen handelt, das bei Schlägen oder Stürzen auf den Kopf auftreten kann.

„Ich glaube, ich habe das Bewusstsein verloren“, murmelt John.

„Nur kurz oder längere Zeit?“

„Keine Ahnung. Ich lag jedenfalls auf dem Boden und habe mich mühsam aufgerappelt.“

Der Arzt reinigt die Wunde, anästhesiert lokal und näht den Riss mit wenigen Stichen. Erst dann fragt er John, ob er alleine mit dem Auto hergefahren sei. John nickt nur.

„Ist Lisa nicht zu Hause?“, will Felix wissen.

John sieht ihn an und studiert der Frage nach. „Lisa? Ich glaube nicht, Felix. Ich habe sie jedenfalls nicht bemerkt.“

„Kannst du dich erinnern, ob du ihr Auto gesehen hast?“

„Ihr Wagen steht in der Garage, das hingegen weiß ich genau.“

„Also ist Lisa irgendwo ohne Auto unterwegs. Wir müssen sie anrufen, denn ich möchte, dass du ins Spital nach Liestal gehst. Ich weise dich ein, damit man sich deinen Kopf genauer ansieht. So kann ich dich jedenfalls nicht nach Hause lassen. Am besten ist, sie holt dich hier ab und fährt dich zum Röntgen.“ Felix nimmt ein Formular aus einem Fach und zückt den Kugelschreiber.

John steht vom Stuhl auf, stützt sich aber mit der Hand auf der Lehne auf. „Mich nervt total, dass ich keine Ahnung habe, warum ich verwundet bin.“

„Das ist jetzt nebensächlich“, beruhigt ihn Felix. „Wichtig ist eine Untersuchung deines Schädels. Du zeigst auch Symptome einer retrograden Amnesie.“

John blickt Felix entsetzt an. „Was zum Teufel ist das?“

„Ein Gedächtnisverlust, der aber eingrenzbar ist. Alles, was unmittelbar vor dem Schlag oder dem Sturz geschah, ist ausgelöscht.“

„Für immer und ewig? Das ist ja fürchterlich."

„Nein, wie ich es in deinem Fall einschätze, nur vorübergehend. Das kann Minuten bis Tage dauern. Lass dich nicht stressen, dann kommen die Erinnerungen wie von selbst wieder."

„Du kannst gut reden. Verdammt, mich gurkt das saumäßig an."

„Gib mir die Nummer von Lisa. Ich rufe sie an. Vielleicht ist sie in der Nähe und kann dich fahren."

John greift in die Taschen seiner Jeans, um das Handy zu zücken, doch das Gerät liegt irgendwo zu Hause. Felix fackelt nicht lange und meldet seinen Patienten in der Notfallaufnahme an. Danach fährt er John höchstpersönlich ins Kantonsspital nach Liestal.

Offenbar ist es äußerst wirksam, seinen eigenen Hausarzt mit ins Spital zu nehmen, denn die beiden müssen nur wenige Minuten auf die diensthabende Ärztin warten. Das Röntgen sowie die üblichen Schnelluntersuchungen werden beinahe im Zeitraffer abgewickelt, und alle Befunde liegen im grünen Bereich. Nach nur einer Stunde sitzen John und Felix wieder im Auto. Sie überqueren gerade den Kulminationspunkt auf der Höhe zwischen Liestal und Arisdorf, als John die Stille mit einem Ausruf unterbricht: „Ich weiß jetzt, was geschah. Lisa hat mich mit dem Staubsaugerrohr niedergeschlagen."

Felix steht voll aufs Bremspedal und reißt beinahe einen Vollstopp. Er stellt den rechten Blinker und hält am Straßenrand an.

„Bist du ganz sicher?"

„Ja, bestimmt. Sie hat mich regelrecht in die Knie gezwungen." John fasst Felix am Ärmel. „Felix, meine retrograde Amnesie ist vorbei." Dann schlägt er sich mit der flachen Hand mehrmals auf den Oberschenkel. „Mann, ist das eine mega, supercoole Erleichterung."

Felix fährt wieder an und lässt John sich erst einmal in der Freude baden, dass er seinen Gedächtnisverlust überwunden hat. Im Moment ist das für John das Wichtigste. Dann aber, sie erreichen gerade den Parkplatz vor der Praxis, will Felix Genaueres wissen. „Was hat sie veranlasst, auf dich loszugehen?"

John erzählt vom Streit, den Lisa und er hatten. Felix ist die konfuse Schilderung aber suspekt. Er bittet John erneut in die Praxis, wo er ihm in seinem Büro einen Stuhl anbietet. „Nochmals von vorne, John. Lisa war also in der Küche beim Reinigen, als du vom Joggen heimkamst. Dann hast du dir ein Bier aus dem Kühlschrank geholt, worauf sie mit dem Staubsaugerrohr auf dich losging. John, hier fehlt doch ein wichtiger Teil. Wenn das aber die ganze Wahrheit ist, wäre es seitens Lisas eventuell eine kriminelle Handlung. Ein Vorkommnis jedenfalls, das man untersuchen müsste."

John blickt einen Moment lang stumm auf den Boden, bevor er antwortet: „Ich habe ihr Vorwürfe gemacht, weil …" Er umfasst mit beiden Händen krampfhaft die Armstützen.

Felix fragt einfühlsam: „Weil was, John?"

„Die Ordnung im Kühlschrank war gestört. Die Ordnung der eingereihten Getränke."

Felix steht vom Bürostuhl auf, macht ein paar Schritte zum Fenster und kehrt um. Er stellt sich direkt vor John auf und erklärt ihm: „Als dein Arzt und Sportsfreund hätte ich schon früher reagieren sollen." Felix räuspert sich und fährt mit ruhiger Stimme weiter. „Ich hätte dich unbedingt auf eine Krankheit hinweisen müssen, die für viele ein Tabu ist oder sogar als Stigma empfunden wird."

„Ich bin doch nicht krank. Was soll das?" John sieht zu Felix auf. „Von was redest du überhaupt?"

Felix setzt sich wieder auf seinen Stuhl und rollt ihn näher zu John. „Als du anfangs Jahr die Grippe bekommen hast, machte ich bei dir einen Hausbesuch. Du erinnerst dich?"

„Klar. Du bist gekommen, weil ich wegen des hohen Fiebers das Haus nicht verlassen durfte. Und?"

„Lisa hat mich empfangen. Erst war ich an deinem Bett im Schlafzimmer, dann bat mich Lisa ins Wohnzimmer. Von dort hat man eine gute Sicht in dein Büro."

John reagiert störrisch. „Ich kenne die Aufteilung meines Hauses."

„Mir ist auf den ersten Blick aufgefallen, wie ausgerichtet deine Bücher im Regal stehen und wie die Gegenstände auf deinem Pult liegen. Ich sprach ganz nebenbei Lisa auf die unnatürliche, überpingelige Ordnung an. Sie wich aus, indem sie sagte, dass dies ein kleiner Tick von dir sei, mit dem sie leben könne. Sie sprach von einem kleinen Tick, John. Aber glaube mir, von klein kann keine Rede sein. Zwanghafte Rituale und Ordnungszwang machen krank, und die Krankheit ist therapierbar."

Wie von der Tarantel gestochen springt John vom Stuhl auf und schreit Felix an: „Spinnst du, mich als krank einzustufen, nur weil ich gerne in einer ordentlichen Umgebung wohne. Kümmere dich um Krankheiten, die eine ärztliche Behandlung benötigen, aber nicht um meinen Ordnungssinn."

Auch Felix hält es nicht mehr auf seinem Stuhl aus. Er geht zu John und fasst ihn am Arm an. „John, glaube mir. Ich habe als Arzt genug Erfahrungen gesammelt und bin bestens ausgebildet, um eine Krankheit zu diagnostizieren und einigermaßen einzuschätzen. Du benötigst dringend eine Therapie." John schüttelt jedoch die Hand heftig ab und verlässt wortlos die Praxis.

Daheim angekommen bemerkt John sofort, dass Lisas Wagen nicht mehr in der Garage steht. Wo mag sie wohl sein?, denkt er und verspürt gleichzeitig ein leichtes Kopfweh, das ihn aber aufgrund der guten Untersuchungsergebnisse nicht beunruhigt. Er schenkt sich in der Küche ein Glas Wasser ein und setzt sich an den Tisch. Erst jetzt fällt ihm das gefaltete Blatt auf, nimmt es und liest eine Mitteilung von Lisa. Nach den ersten Zeilen legt John das Blatt mit zittriger Hand ab. Seine Reaktion ist unbändige Wut, Wut auf seine Geliebte, die meint, mit einer Entschuldigung ist alles vergeben und vergessen. Er leert das Glas Wasser in einem Zug und liest den Rest der Notiz: „Du wirst schnell bemerken, dass ich einiges eingepackt habe und daraus die naheliegenden Schlüsse ziehen. Ich möchte eine weitere Eskalation vermeiden und auf unbestimmte Zeit verreisen. Frage mich bitte nicht wohin, denn ich weiß es selber noch nicht."

Wie stellt sie sich eine Eskalation vor, wenn ich bewegungslos am Boden liege?, denkt John. Er kann mit vor Zorn tränennasser Augen kaum weiterlesen: „Jessy nehme ich mit. Versuche auch nicht, telefonisch Kontakt aufzunehmen. Ich werde mich zu einem mir passenden Zeitpunkt melden. Wie immer du dann reagieren wirst, ich werde es akzeptieren. Alles Gute. Lisa."

Den Zusatz mit der Bitte, dass er Lisas Sachen packen und deponieren soll, ist der letzte Tropfen ins volle Fass. John schleudert das Papierblatt vom Tisch. Er ist kreidebleich und verspürt einen leichten Schwindel. Dann geht er ins Büro sein Handy suchen. Er checkt den Eingang und stößt prompt auf eine SMS von Lisa, in der steht, dass sie noch eine halbe Stunde zu Hause sei und sie ihm einen Brief hinterlassen werde, falls sie sich nicht treffen würden. Er sieht, dass sie diese SMS vor zwei Stunden geschrieben hat. Johns Wut verflüchtigt sich auf einen Schlag. Der Jähzorn hat blindlings zugeschlagen, sich aber auch ebenso schnell wieder aus dem Staub gemacht. Lisas Mitteilung, dass sie noch mit ihm reden wollte, hat in seinem Innern den Sturm bis auf ein kleines Säuseln zum Erliegen gebracht.

John geht ins Schlafzimmer und bemerkt einige Lücken an der Kleiderstange und auf Tablaren in Lisas Kleiderschrank. Erst jetzt ist die in wenigen Zeilen geschriebene Botschaft definitiv bei ihm angekommen. Lisa ist weg! Erneut meldet sich eine Sturmbö an. John kann es nicht fassen, dass Lisa ihn erst verletzt liegen ließ und sich dann auf- und davonmachte. Unverhofft meldet sich ein scheuer Gedanke und lässt John der Realität ins Auge blicken. Er weiß, dass er eine ebenso große Mitschuld am Streit hat. Ich bin ein Pedant, ein Perfektionist der übelsten Sorte. Zum Teufel mit meinem Ordnungswahn. Ordnungswahn? Wahnsinnig? Nein, das denn doch nicht. Wahnsinnig bin ich nicht. Oder doch? John seufzt tief.

***

John und Berni sitzen vor dem Restaurant Papa Joes am Barfüsserplatz und trinken ein Feierabendbier. Endlich hat John den Mut gefasst, seinem Freund umfassend von seiner Misere und dem Streit mit Lisa zu erzählen. Berni hat die ganze Zeit zugehört, ohne John zu unterbrechen. Er räuspert sich, bevor er sich äußert. „John, dieser Streit ist eine wirkliche Scheiße. Ihr beide passt zueinander wie“, er sucht nach einem Vergleich, „wie der Vieruhrschlag zum Morgenstreich. Da sollte es doch eine Möglichkeit geben, die Sache wieder einzurenken.“

„Ich wüsste nicht, wie.“

„Ruf sie an. Das kann doch nicht so verdammt schwer sein“, sagt Berni lauter als beabsichtigt, denn vom Nebentisch schaut interessiert eine junge Frau zu ihm.

„Ich habe mich noch nicht entschlossen. Lisa hat mir übrigens eine SMS gesandt.“ John zückt sein Handy und liest Berni vor: „Lieber John. Ich hoffe, es geht dir gut. Mein momentaner Aufenthaltsort ist Hamburg. Darf ich dich anrufen? Ich danke dir für eine Antwort und grüße dich. Lisa.“

„Hamburg also.“ Berni nickt mehrmals.

„Was soll ich tun? Für einen Tipp, der alles ins Lot bringt, hast du bei mir einen Wunsch frei“, antwortet John geknickt.

Berni nimmt einen großen Schluck aus seinem Glas, stellt es hin und neigt sich John zu. „Pass auf, John. Ich habe dir zwei, nein drei Tipps. Befolge sie, und die Angelegenheit ist geritzt.“

„Lass hören.“

„Melde dich umgehend bei Lisa, flieg nach Hamburg und hol sie heim und der dritte und wichtigste Rat ist folgender: Klemm dich endlich in den Arsch und bekämpfe deine verdammte Sucht zur überperfekten Pingeligkeit.“

Kapitel 16 – John holt Lisa

Blickpunkt Welt 2015:
Weltwoche kürt Joseph Blatter zum „Schweizer des Jahres"
und Guy Parmelin wird als neuer Bundesrat gewählt

Lisa und John sitzen im Außenbereich einer idyllischen Altstadtbeiz am Rheinufer in Köln und essen eine Kleinigkeit, bevor sie sich auf die Weiterfahrt nach Basel machen. Jessy liegt neben Lisas Stuhl und bearbeitet ihren Kauknochen, den sie bereits am Morgen im Hotelzimmer zu knabbern begann. Ein stetiger Menschenstrom aus Touristen und Einheimischen bevölkert den Fußgängerbereich zwischen Restaurant und Rhein. Wie schon auf der Fahrt von Hamburg bis Köln fallen zwischen den Heimkehrern nicht viele Worte und wenn, sind es eher belanglose Themen, die sie ansprechen.

Lisa betupft den Mund mit der Papierserviette, trinkt ihr Glas Kölsch leer und blickt über den Rhein. „Das Wasser im Fluss hat unser Ziel Basel schon verlassen und steuert dorthin, von wo wir herkommen."

John schiebt ebenfalls eine letzte Gabel voll Penne in den Mund und korrigiert Lisa: „Du irrst dich. Er fließt nach Rotterdam und nicht nach Hamburg."

„Ach ja, natürlich." Lisa nimmt einen Plastiksack aus ihrer Tasche und greift nach dem Kauknochen. „Jessy, gib her, wir müssen weiter. Noch wenige Stunden und du kannst zu Hause in gewohnter Umgebung weiter nagen."

Sie haben nicht weit bis zum Hotel, wo ihr Wagen in der Tiefgarage steht. Da sie bereits ausgecheckt und das Gepäck im Auto verstaut haben, sind der Aufbruch und die Fahrt raus aus der Stadt auf die Autobahn von kurzer Dauer. John sitzt wortlos am Steuer, Lisa hängt wieder einmal ihren Gedanken nach und beweint im Stillen den Abschied von ihrer Lieblingsstadt an der Elbe.

***

Drei Tage zuvor hat ihr Handy geklingelt, als sie gerade den Jungfernstieg entlanggging und die Sicht über die Alster genoss. Trotz des leichten Nieselregens ließ sich Lisa nicht von einem Spaziergang abhalten. Sie hatte sich vor allem wegen Jessy bereits an die typische Hamburger Wetterlage gewöhnt. Schließlich verlangt die Hündin bei jeder Witterung ihren Freigang.

Lisas erster Impuls war, seinen Anruf abzulehnen. Dann meldete sie sich, bevor auf die Combox umgeschaltet wurde. Sowohl Lisa wie John waren gehemmt. Erst als John fragte, ob er nach Hamburg kommen soll, hatte Lisa erschrocken und konsequent mit „Nein" geantwortet. John ließ aber nicht locker. Im Laufe ihrer Unterhaltung erfuhr er wenigstens, in welchem Hotel Lisa logierte, aber eine Zusage, dass er sie abholen soll, hatte Lisa noch nicht gegeben.

„John, ich entschuldige mich nochmals für meine Tat, aber begreife doch, dass mir dieses Gespräch auf Distanz angenehmer ist, als wenn du mir gegenübersitzt."

John brachte seinen letzten Trumpf ins Spiel. „Ich habe Berni alles erzählt. Dabei war ich schonungslos offen, glaube ich wenigstens."

Lisa hatte etwas Mühe damit, dass Berni über den Streit mit fatalem Ausgang Bescheid weiß. Doch gleichzeitig wusste sie, wie wichtig den beiden Freunden Offenheit und Vertrauen ist. „Ist gut zu wissen, dass Berni unsere Geschichte kennt. Ich muss mich dann nicht verstellen, falls wir uns zufällig begegnen."

„Das ist doch klar, dass du ihn bald sehen wirst."

„So klar ist das eben nicht, John."

Die folgende Stille hing bleischwer im Äther. Dann meldete sich John als Erster. „Lisa, Berni hat mir quasi gehörig ans Schienbein gestopft und mich ultimativ aufgefordert, dich anzurufen, dich zu holen und ..." Er tat erst einen tiefen Atemzug, bevor er fortfuhr: „Ich solle etwas gegen meine verdammte Pingeligkeit tun. Mit diesen Worten hat er sich jedenfalls ausgedrückt. So, jetzt ist es raus."

Der letzte Satz hatte Lisa beinahe umgeworfen. Was so viele Male zu Streitereien geführt hatte, soll endlich aus der Welt geschafft werden. Immerhin ist das ein Anfang, dachte sie. Doch ihre Skepsis war mit dem Telefongespräch keineswegs ausradiert. Wie sie John inzwischen kannte, kann unmöglich von einem Tag auf den anderen aus einem Saulus ein Paulus werden. Deshalb tönte Lisas Stimme vorsichtig optimistisch: „Ich finde nach wie vor nicht gut, dass du hierherkommst. Anderseits habe ich nicht vor, noch lange im Exil zu bleiben. Wenn du also unbedingt Bernis Rat befolgen willst, komm her und wir fahren gemeinsam zurück. Auf der langen Rückfahrt haben wir genügend Zeit, über unsere Zukunft zu sprechen."

John flog bereits am nächsten Tag mit der Abendmaschine nach Hamburg und wurde von Lisa im Hotel empfangen. Da Lisa in einem Doppelzimmer logierte, war es für John klar, dass er bei ihr übernachten konnte. Er musste Lisa allerdings erst zu dieser Lösung überreden. Das einstmals heißverliebte Paar lag im Bett, ohne dass einer den Bereich des anderen auch nur annähernd streifte. John getraute sich nicht, Lisa zu berühren, und Lisa wurde hin- und hergerissen vom Verlangen, John nahe zu sein, und dem Trotz, ihm eine Lektion zu erteilen. Am nächsten Morgen war Jessy das einzige Lebewesen im Raum, das gut geschlafen hatte.

Da John das erste Mal in Hamburg war, fand er Lisas Vorschlag gut, noch vor der Wegfahrt mit ihr zusammen den Hafen anzusehen. Von den Landungsbrücken aus sah John die Elbphilharmonie in Wirklichkeit und voller Pracht. Bisher hat er sich im Geschäft lediglich mit zahlreichen Plänen und Fotos des neuen Hamburger Wahrzeichens begnügen können. Er war erschlagen von der Wirkung des gewaltigen und vor allem wunderschönen Gebäudes mit der interessanten Silhouette. Nur mit Mühe konnte er seine Blicke lösen und der Elbe zuwenden. Majestätisch glitt ein Dreimaster flussabwärts an ihnen vorbei. Diesem Segelschiff schaute er nach, bis es kaum mehr zu sehen war. John war derart vom Schiff und dem gigantischen Fluss in Bann gezogen, dass er wie aus einem Traum erwachend Lisa sagen hörte: „Jedes Mal, wenn ich ein großes Segelschiff sehe, kommen mir weise

Worte in den Sinn, die ich irgendwo gelesen habe: ‚Wenn ein Schiff in die See sticht und am Horizont verschwindet, klagen die einen Menschen, dass es verschwunden sei, andere freuen sich, dass es kommt.' Schön, nicht?"

„Ja, sehr schön." John nahm das Segelschiff nur noch als kleinen Punkt inmitten riesiger Containerfrachtern wahr. „Ich gehöre nun zu den Menschen jenseits des Horizontes, die hoffnungsvoll dem kommenden Schiff entgegenblicken."

***

Jessy setzt sich zum wiederholten Male auf und schaut zum Fenster raus. Lisa guckt nach hinten und beruhigt sie: „Bald sind wir daheim, Jessy, noch eine knappe Stunde und du kannst auf Baselbieter Wiesen Gras beschnuppern." Als ob Jessy verstanden hätte, legt sie sich wieder hin. Seit dem Aufbruch aus Köln haben Lisa und John nicht viel gesprochen. Lisa sieht der Rückkehr in die gemeinsame Wohnstätte mit mulmigem Gefühl entgegen. Eines scheint aber sicher zu sein, dass sie die Koffer wieder auspackt und vorerst bei John bleibt. In Gedanken dankt sie Berni für sein offenes Gespräch mit John und vor allem für seine Aufforderung, das Übel an der Wurzel zu packen. Sie hofft inständig, dass sich John den Ratschlag zu Herzen nimmt. Vor ihrem geistigen Auge sieht sie Johns Bücherregal und das aufgeräumte Pult mit der herrschenden Ordnung in allen Schubladen. Pultschubladen? Wie aus dem Nichts erinnert sich Lisa an das Blatt mit dem kindlichen Reim von Max und dem Rätsel der vier Striche. Ein Geistesblitz führt zur naheliegenden Erkenntnis, dass nämlich ein großes E aus vier Strichen gebildet wird. Das monotone Fahrgeräusch wird mit Lisas aufgeregter Stimme unterbrochen: „Jetzt weiß ich, wo dein Pferdchen liegt."

„Was?", fragt John, der aus einer Flut wirrer Gedanken aufgeschreckt wird. „Welches Pferdchen?" Augenblicklich sind jedoch seine Sinne wieder voll da, und er realisiert sofort, von was Lisa spricht.

„Dein Pferd steht auf dem Estrich." Es ist, als ob dieser simple Satz eine Blockade gelöst und eine schwere Last weggefegt hat.

Lisa lächelt nicht nur mit dem Mund, sondern auch ihre Augen versprühen eine schon lange nicht mehr gesehene Fröhlichkeit. „Max schrieb doch die Wörter STREICH und STRICHE in Großbuchstaben. Wenn du jeweils das E an den Wortanfang nimmst, wird daraus Estrich. Bingo. Gehen wir auf den Estrich und suchen dein Pferd.“

***

Zwei Wochen sind vergangen, seit Lisa und John wieder in ihr gemietetes Haus in Arisdorf zurückgekehrt sind. Sie gehen höflich miteinander um, doch es herrscht eine undefinierbare Stimmung. John bemüht sich, beim Tischdecken nicht automatisch die Bestecke und Teller auf ein gleiches Maß auszurichten. Lisa wiederum vermeidet eifrig, Johns Ordnung zu verändern, sei es im Kühlschrank die Reihenfolge mit den verschiedenen Getränkeflaschen oder auf dem Clubtisch mit den Journals und Zeitschriften. Die gegenseitige Rücksichtnahme zerrt aber auch an ihren Nerven. Sowohl John wie Lisa weichen einem Disput aus, indem sie sich entweder sportlich betätigen oder, in Lisas Fall, wichtige Schreibarbeit als Vorwand nehmen. Das gemeinsame Schlafzimmer gleicht einer neutralen Zone, in der Erotik völlig ausgeschlossen scheint. John möchte Lisa liebend gerne näherkommen, hat aber Hemmungen, sie auch nur sachte zu berühren. Lisa hat genau dieselben Wünsche, aber auch ihr fehlt der Mut zum ersten Schritt.

Schon beim Öffnen der Haustüre hört Lisa das Telefongebimmel, doch es reicht ihr nicht mehr abzunehmen. Auf dem Display steht die Nummer von Paul, dem Redaktionsleiter der *Basellandschaftlichen*. Sie versorgt zuerst die Lebensmittel, die sie im Dorfladen gekauft hat, und ruft ihn zurück. „Hallo Paul. Geht's um meine Kolumne?“

„Nein, die hat Zeit. Ich wollte mich nur erkundigen, wie du lebst. Eine SMS ist zu unpersönlich und eine E-Mail wollte ich auch nicht schreiben, ganz einfach, weil ich deine Stimme hören will.“

Lisa setzt sich auf den bequemen Sessel, weil sie ahnt, dass das Gespräch länger dauern kann. Sie freut sich immer, mit Paul zu reden. Manchmal kommt er ihr vor wie ein Menschenflüsterer. So hat sie ihn auch schon betitelt, in Anlehnung an Pferdeflüsterer und ähnlichen verständnisvollen Individuen. Lisa kennt niemanden, der einfühlsamer ist als Paul. Dank seiner Empathie durfte sie schon mehr als einmal seine lebenswichtigen Ratschläge entgegennehmen. Das letzte Mal hatte sie von Hamburg aus mit Paul telefoniert. Danach haben sie nur noch schriftlich miteinander korrespondiert. Lisa wird deshalb von seiner bohrenden Frage, wie es ihr geht, überrumpelt. Ihre Antwort macht Paul hellhörig und er hakt nach: „Gut ist gut, blendend wäre besser."

„Da gebe ich dir vollkommen Recht. Doch ich will dir nichts vorgaukeln. John und ich hatten einen Streit, der vieles in unserer Beziehung geändert hat."

„Streit gibt es überall, Lisa. Wichtig ist, welche Konsequenzen die Beteiligten daraus ziehen."

„Du sagst es. Ich weiß, dass ich mit meiner Unbeherrschtheit, damit meine ich den Angriff auf John, die Hauptschuld trage. Ich bemühe mich auch, meine Schuld mit meinem jetzigen Verhalten nach und nach zu sühnen."

Paul unterbricht sie: „Mach dich nicht zum Opferlamm, sondern versuche, deine Selbstvorwürfe zu entkräften."

„Dies wird sehr schwer, glaube mir. Überhaupt macht es den Anschein, dass ich an einer Depression leide."

„Ach woher, Lisa. Du und depressiv. Nie im Leben."

„Ich hoffe schon, dass ich nicht an einer psychischen Erkrankung leide. Doch glaube mir, Paul, in letzter Zeit studiere ich oft an meiner Vergangenheit herum. Ich habe dir erzählt, wie meine leibliche Mutter gestorben ist. Oft denke ich, Papa hatte Recht, mir die Wahrheit vorzuenthalten, weil ich sie nicht ertragen könnte." Lisa macht eine Pause, und Paul bleibt stumm. „Was soll's Paul. Ich versuche, diesem Kapitel ohne große Gefühle nachzusinnen. Doch aus der Welt schaffen kann ich es so wenig wie die Trauer um meine verunglückte Mama und, was noch schwerwiegender ist, wie ich meinen Papa über seinen Tod hinaus ungerecht verurteilte."

Paul spürt Lisas Verzweiflung und antwortet ihr einfühlsam: „Es ist gut, dass wir unsere Zukunft nicht kennen und vor allem nicht wissen, wann wir sterben. Noch viel wichtiger aber ist, dass wir loslassen können. Wer das nicht kann, Lisa, bleibt emotional gefangen. Nur wer loslässt, kann etwas Neues erleben. Ich hoffe, du verstehst, was ich dir sagen will."

„Natürlich verstehe ich es. Und ich danke dir auch, dass du einmal mehr die richtigen Worte gefunden hast." Als hätte Lisa einen Schalter umgekippt, tönt sie wieder erleichtert und froh. „Paul, du bist und bleibst mein liebster Redaktionschef und Seelenklempner."

***

John hat seiner Mutter einen Besuch in der Güterstraße angekündet. Wie immer hat sie sich darüber gefreut, aber zu Johns Missfallen Max und Noemi auch bei diesem seltenen Familientreffen dabeihaben wollen. John hat freudlos zugestimmt, sie aber darauf hingewiesen, dass er nach dem Imbiss für ein paar Minuten auf den Estrich verschwinden müsse. Auf ihre Frage, was er denn dort oben wolle, gab John nur ausweichend Antwort.

John und Lisa samt Jessy treffen am Samstagnachmittag zu Kuchen und Kaffee bei seinen Eltern ein. Max und Noemi sind schon da. Mit Erstaunen entdeckt John, dass Noemi schwanger ist, und er beglückwünscht sie herzlich. Seinem Bruder klopft er auf die Schulter. „Gut gemacht, Bruderherz. Ich hoffe, dass beim Kleinen Noemis Charakter durchschlagen wird."

„Selbstverständlich ist das auch mein Wunsch", entgegnet Max, dabei wirft er John einen nebulösen Blick zu.

Mutter Kaltenbach bittet zu Tisch und bedient ihre Gäste mit selbstgebackener Rüblitorte, für den sie von allen Seiten Komplimente erhält. Die drei Paare unterhalten sich dezent, wobei tiefgründige Themen nicht aufs Tapet kommen. Max erkundigt sich bei Lisa, wie sie sich im Bauerndorf eingelebt hat, und noch genauer will er wissen, ob das Zusammenleben mit seinem Bruder nicht anstrengend sei. „Keineswegs", antwortet Lisa, „wenn man sich aneinander gewöhnt hat, ist das ja kein Problem."

„Ordnungssinn hat er, das wissen wir alle hier", dabei schaut Max seine Mutter an. „Aber das ist ja kein Verbrechen." Er lacht laut und Lisa bleibt stumm. Max neigt sich zu Lisa: „Hast du bemerkt, wie er seine Schuhe anzieht?"

„Nein, habe ich nicht. Er wird sie anziehen wie jedermann."

Max doppelt nach: „Mach mal einen Test mit ihm. Verstecke seinen linken Schuh und bitte ihn, den rechten zuerst anzuziehen."

„Weißt du was, Max?", zischt ihm Lisa leise zu, „du bist ein Blödmann."

„Darf ich dir noch Kaffee einschenken, Lisa", unterbricht Mutter Kaltenbach zum Glück den Dialog. Der Vater unterhält sich mit Noemi, von der er offensichtlich sehr angetan ist.

Das Kaffeekränzchen geht seinem Ende zu, und Max zieht nochmals wortstark die Aufmerksamkeit auf sich. „John, du bist der einzige Mann in Noemis und meiner Familie, der als Pate in Frage kommt. Sie hat eine Schwester, die bereits zugesagt hat, Taufpatin zu werden. Ich frage dich heute offiziell an, ob wir mit dir rechnen dürfen."

John sitzt da wie ein geohrfeigter Affe. Erst als ihn Lisa antippt, findet er seine Sprache wieder. Dabei sieht er aber nur Noemi an. „Okay, wenn ihr das wünscht, warum nicht. Das wird eine neue Erfahrung in meinem Leben."

***

Lisa betritt den Estrich im Hause Kaltenbach, hinter ihr steigt John die Treppe hoch. „Aus deinem Bruder werde ich nicht schlau", sagt Lisa zu John. „Sein Verhalten dir gegenüber ist doch schizophren."

„Wem sagst du das? Du meinst sicher seine Bemerkung wegen meines Rituals beim Anziehen der Schuhe. Diese darfst du aber nicht überbewerten."

„Es ist nicht, was er sagte, sondern mit welchem Ton. Beinahe boshaft. Ein paar Minuten später verkündet er freudig, dass du Taufpate seines ersten Kindes sein darfst. Diese zwiespältige Sinneshaltung irritiert mich sehr."

John steht fast in der Mitte des großen Raums und blickt aufmerksam in die Runde. Er geht zu den alten Skiern und stellt ein Paar zur Seite, in der Hoffnung, dahinter etwas zu finden. „Wenn ich nur wüsste, wie das Pferd aussieht, das Max hier oben versteckt hat."

Lisa, die sich ebenfalls umsah, sagt plötzlich: „Vielleicht haben deine Eltern vor Jahren schon etwas entsorgt, von dem sie nicht wussten, was es sein soll."

„Ich glaube nicht, und wenn, wäre das Problem gelöst."

Lisa nickt. „Eigentlich müssen wir nicht mehr suchen. Anderseits wäre es schade, so kurz vor des Rätsels Lösung aufzugeben. Schon deshalb, weil Max offenbar nichts verraten will und wir ihm unseren Erfolg präsentieren könnten."

John geht zum großen Holztisch und bückt sich. Er zieht den Harass mit den alten Pfannen hervor, kann aber wegen der Dunkelheit dahinter nichts erkennen.

„Hilf mir mal bitte, den Tisch zu verschieben."

Lisa stellt sich an das obere Ende und gemeinsam ziehen sie das schwere Möbel zur Seite. Hinter dem Wäschekorb und der Harass liegen ganz an der Wand total verstaubte Holzstangen und ein Steckenpferd. John nimmt die Gegenstände hervor und steht erst mal da, ohne ein Wort zu sagen. In seiner Linken hält er zwei Stangenstücke mit zersplitterten Bruchstellen und mit seiner Rechten umfasst er ein wunderschön bemaltes Spielzeug. Der auf einer dunkelbraun lackierten Holzstange montierte Pferdekopf hat sogar Ohren aus Leder und ein ledernes Zaumzeug mit Zügel.

Wie schon an dem Tag, als er den Zettel von Max mit seinem Rätsel gefunden und die Zeilen gelesen hat, überfluten John Erinnerungen an die Zerstörung seines kleinen Ponys, seine heimlich vergossenen Tränen und seinen unbeschreiblichen Zorn auf den Bruder. Er hält die beiden Stangenstücke fest umklammert und muss dagegen kämpfen, nicht loszuheulen. Vor Wochen, als er das Rätsel gelesen hatte, war er traurig, jetzt aber, da er die

Bruchstücke seines selbstgebastelten Pferdchens in der Hand hält, ist der Schmerz unbeschreiblich. Lisa merkt, dass John erschüttert ist, kann ihn aber weder mit einer Umarmung noch wenigstens mit einer Berührung trösten. Es ist, als würden ihre Arme von einem unsichtbaren Wesen festgehalten. Warum zum Teufel verhalte ich mich wie ein kalter Stockfisch?, denkt Lisa und ein Groll gegen sich selber rumort in ihr. Zum Glück kommt ihr die abgedroschene Weisheit von der Zeit, die heilt, in den Sinn. Sie hofft, dass der Zwiespalt, John ablehnen und gleichzeitig seine Nähe suchen, bald verblassen wird. Lisa löst sich von ihren Gedanken und geht nochmals zum Tisch, den sie wieder an die Wand schieben will, entdeckt dabei ein graues Blatt am Boden liegen. Sie bückt sich danach, schüttelt es und bläst den Staub weg. Sofort erkennt sie dieselbe kindliche Handschrift wie beim Rätsel.

„John, schau mal, was ich gefunden habe. Ich vermute, dies ist eine Botschaft für dich." John liest laut vor:

> *„Lieber Bruder. Du hast das Rätsel gelöst. Das Holzpferdchen ist vom Franz ~~K~~Carl Weber an der Freien Straße. Ich habe dafür mein Sparschweinchen geblündert. (Oder hat geblündert ein p?). Egal. Hoffentlich kannst du gut mit ihm galoppieren."*

„Aus meinem Bruder werde ich nicht schlau." John verwendet dieselben Worte wie Minuten zuvor Lisa.

Lisa legt ganz sachte ihren Arm auf Johns Schulter. „Nehmen wir das Ganze als gütigen Fingerzeig. Vielleicht hilft Max mit seinem versöhnlichen Text aus der Jugendzeit auch unserer leicht angeschlagenen Beziehung."

John ist immer noch ergriffen. Dennoch lässt ihn Lisas Bemerkung nicht kalt. Statt ebenfalls zuversichtlich zu antworten, sagt er sibyllinisch: *„Am Ende wird alles gut, und wenn es nicht gut ist, ist es noch nicht zu Ende."*

HERZ FÜR AUTOREN A HEART F SCHR
FÖR FÖRFATTARE UN CORART FO
PER AUTORI ET HJERTE F Á LA ESCUCHA DE LOS AUTORES YAZARLARIMIZA
SZERZŐINKÉRT SERCE DLA AUTJERTE FOR ORFATTERE EEN HART VOOR SCHRIJVERS
ORAÇÃO ВСЕЙ ДУШОЙ К АВТОFА AUTORÓW EIN HERZ FÜR AUTOREN A HEART FOR
MIA ΚΑΡΔΙΑ ΓΙΑ ΣΥΓΓΡ К АВТОРАМ ETT HJÄRTA FÖR FÖRFATTARE UN CORAZÓN
YAZARLARIMIZA GÖNÜL VERELA ΓΙΑ ΣΥΓΓΡΑΦΕΙΣ UN CUORE PER AUTORI ET HJERTE FOR
SCHRIJVERS TEMOS OSVERELIM SZÍVÜNKET SZERZŐINKÉRT SERCEDLA AUTORÓW

novum VERLAG FÜR NEUAUTOREN

Bewerten Sie dieses Buch auf unserer Homepage!

www.novumverlag.com

Die Autorin

Myrtha Kuni, 1944 in Arisdorf in der Schweiz geboren, arbeitete bis zu ihrer Pensionierung nach ihrer Ausbildung in der Handelsschule als Direktionsassistentin. Dabei konnte sie in Form von einigen Beiträgen in Firmenzeitungen Erfahrungen im Verfassen von Texten erwerben. Aufgrund dessen kam sie zum Schreiben und „Das zerbrochene Steckenpferd" ist bereits ihr zweites Buch. Ihr erstes „Septemberträume" ist ein historischer Roman, der vor allem in Arisdorf spielt. Insgesamt ist Myrtha Kuni eine aktive und bewegungsfreudige Person, die viel Sport treibt und in ihrem Leben oft auf Reisen gegangen ist. Aber auch der Genuss kommt bei ihr nicht zu kurz. So gönnt sie sich gerne ein kühles Bier, hört klassische Musik und verwöhnt ihren Hund und den Kater. Darüber hinaus engagiert sie sich auch für die Gesellschaft, indem sie sich ein paar Jahre als Bürgerrätin zu Verfügung gestellt hat und heute Mitglied der Rechnungsprüfungskommission ist.

novum VERLAG FÜR NEUAUTOREN

Der Verlag

Wer aufhört
besser zu werden,
hat aufgehört
gut zu sein!

Basierend auf diesem Motto ist es dem novum Verlag ein Anliegen neue Manuskripte aufzuspüren, zu veröffentlichen und deren Autoren langfristig zu fördern. Mittlerweile gilt der 1997 gegründete und mehrfach prämierte Verlag als Spezialist für Neuautoren in Deutschland, Österreich und der Schweiz.

Für jedes neue Manuskript wird innerhalb weniger Wochen eine kostenfreie, unverbindliche Lektorats-Prüfung erstellt.

Weitere Informationen zum Verlag und seinen Büchern finden Sie im Internet unter:

www.novumverlag.com